Jutta Wilke

Roofer

Für Marco.
Irgendwo da draußen.

Die Arbeit an diesem Buch wurde mit einem Stipendium des Hessischen Ministeriums für Wissenschaft und Kunst gefördert.

MIX
Papier aus verantwortungsvollen Quellen
FSC® C014496
FSC
www.fsc.org

5 4 3 2 1
ISBN: 978-3-649-61509-5

Text: Jutta Wilke
Umschlaggestaltung: Frauke Maydorn, unter Verwendung
von Motiven von © Blaze986, © nenetus, © Dusan Petkovic,
© Vytautas Kielaitis/www.shutterstock.com
Motivnutzung mit freundlicher Genehmigung von
Commerzbank AG und Deutsche Bank
Lektorat: Sara Mehring
Satz: Sabine Conrad, Bad Nauheim
Printed in Germany
www.coppenrath.de
Das @book erscheint unter der ISBN: 978-3-649-62703-6.

Jutta Wilke

ROOFER

COPPENRATH

Denn mit Göttern
Soll sich nicht messen
Irgendein Mensch.
Hebt er sich aufwärts
Und berührt
Mit dem Scheitel die Sterne,
Nirgends haften dann
Die unsichern Sohlen,
Und mit ihm spielen
Wolken und Winde.

(aus: Grenzen der Menschheit,
Johann Wolfgang von Goethe)

Eine Geschichte vom Himmel,
die doch eigentlich
die Geschichte eines Buches ist.

Prolog

Am Anfang ist graues Rauschen. Dann ein Flimmern, endlich ein Bild: ins Dunkel wachsende Wände mit gähnenden Höhlen, Eisenträger, ein Stapel Bohlen, Zementreste, Kippen, eine Schubkarre, eine Kabeltrommel, leere Bierflaschen.

Turnschuhe lösen sich aus dem Schatten der Container, laufen über den Beton bis zu dem stählernen Baukran, Hände greifen nach den Sprossen, ziehen sich hoch, greifen wieder, ziehen sich hoch, nachfassen, ziehen, nachfassen, ziehen. Sie klettern so schnell, dass die Kamera Mühe hat, ihnen zu folgen.

Einer gewinnt an Tempo, springt, landet auf einem Balkon, noch ohne Geländer. Dann von einer Betonplatte zur nächsten. Fünfzig, sechzig Meter über dem Boden, als gäbe es für ihn keine Schwerkraft und zwischen den Platten keine gähnende Leere. Dann der Zweite. Laufen, springen, laufen, springen, nur wenige Meter liegen zwischen ihnen.

Jemand schreit. Die Kamera verirrt sich, einer fällt aus

dem Bild, das verwackelt. Für einen kurzen Moment ist da wieder nur das graue Flimmern, dann ist die Kamera ganz nah, befindet sich mit ihnen auf einer Höhe. Kurz sieht man ihre Augen, Blicke wie Eis krachen aufeinander, sofort wenden sie sich wieder ab. Ein Schwenk auf die Füße des einen, zwei ausgetretene Schuhe verharren kurz auf dem Gerüst, setzen sich dann in Bewegung. Schritt für Schritt legt er auf dem Träger zurück, unter ihm nichts als ein paar Zentimeter Eisen, gerade breit genug, dass ein Fuß darauf Platz findet, darüber nichts als der nächtliche Himmel. Sein T-Shirt flattert im Wind.

Für einen Moment wackelt das Bild wieder; als die Kamera endlich den anderen eingefangen hat, steht der noch höher, noch weiter draußen, die Füße parallel nebeneinander, die Arme ausgebreitet, als ob er der Stadt seinen Segen erteilen wolle. Die Kamera folgt seinem Blick, langsam, in Zeitlupe der Schwenk nach unten, es dauert einen Moment, bis die Augen sich an die Dunkelheit gewöhnt haben. Weit unter ihm pulsiert das Leben, tausend kleine weiße Lichtpunkte, zu weit weg, als dass sie ihn hier oben wahrnehmen könnten. Seinen Körper verschluckt die Dunkelheit, lässt ihn eins werden mit dem Stahlträger, mit dem Beton, mit dem Wind, der an seinen Haaren zieht.

Seine Füße, immer noch parallel, wippen vor und zurück, vor und zurück, dann – plötzlich – stellt er sich auf die Zehenspitzen, wirft den Kopf in den Nacken, lacht laut und springt …

1

Sonntag, 13. November

Vielleicht hört es jetzt auf.

Vielleicht hört dieser ganze Wahnsinn jetzt endlich auf.

Ich lehne meinen Kopf an die Scheibe und sehe Nikolas nach, wie er davongeht. Ich wünschte, er wäre geblieben. Es hat sich gut angefühlt, ihn hier zu haben. Richtig irgendwie. Mit jedem Meter, den er sich entfernt, kehrt die Kälte in mir zurück. Mit jedem Meter fühle ich mich einsamer. Und ich will jetzt nicht allein sein. Ich will überhaupt nie mehr allein sein.

Ich starre ihm so lange hinterher, bis die Nacht ihn endgültig verschluckt hat.

Kurz schließe ich die Augen, bevor ich mich vom Fenster losreiße und zu dem wimmernden Etwas gehe, das da in meinem Bett liegt und nach dem ich jetzt die Hand ausstrecke. Als könne meine Hand noch irgendwas ändern.

»Ist ja gut«, murmele ich und streiche vorsichtig über die Bettdecke. Immer wieder. »Ist ja alles gut.«

Dabei ist nichts gut. Gar nichts.

Wie ein verwundetes Tier liegt Nasti da, die Beine eng an den Körper gezogen, der die ganze Zeit zittert.

Ich habe keine Ahnung, wie spät es ist, wie lange ich jetzt schon neben ihr sitze und darauf warte, dass sie sich endlich beruhigt, dass dieses Zittern und Wimmern endlich nachlässt und sie einschläft.

Ich greife nach meinem Handy. Warum ruft Mara nicht an? Sie hat versprochen, sich sofort zu melden. Ich habe das Handy lautlos gestellt, damit Nasti es nicht hört. Erst will ich allein mit Mara sprechen.

Bestimmt ist es ein gutes Zeichen, dass sie noch nicht angerufen hat. Es muss ein gutes Zeichen sein. Bestimmt wird sie noch gebraucht. Für irgendwelchen Papierkram vielleicht. Aber dauert das wirklich so lange?

Mein Handy vibriert. Ich zucke zusammen. Starre auf das Display.

Yannik.

Nicht Mara.

Hast du was gehört?

Nein. Noch nichts.

Meine Finger zittern so, dass ich beim Tippen kaum die Buchstaben treffe.

Ich hätte es verhindern müssen. Ich hätte irgendetwas tun müssen, um es zu stoppen.

Man musste doch etwas tun. Man konnte doch nicht einfach nur zusehen.

Aber genau das habt ihr getan, flüstert die Stimme in mir. *Ihr habt zugesehen. Alle. Immer wieder.*

Die Kälte in mir kommt zurückgekrochen. Gnadenlos dringt sie durch meine Kleider, unter meine Haut, in meinen Körper.

Ich greife zu der Tasse auf dem Nachttisch. Der Kaffee ist nur noch lauwarm. Ich starre in die schwarze Brühe. Sehe wieder den Fluss vor mir. Sehe den Kranz aus Plastikblumen, der auf dem Wasser schwimmt. Dunkles träges Wasser. In meinem Kopf dreht sich alles.

Ich falle. Stürze einfach weiter ins Bodenlose. Unter mir nur das Nichts.

Ein Ton begleitet meinen Fall. Ein langer, quälender, nicht enden wollender Ton.

Die Tasse in meiner Hand kippt sanft nach vorn, rutscht fast in Zeitlupe vom Bett. Die schwarze Flüssigkeit läuft über meine Beine, tropft auf den Fußboden und versickert in dem Bündel, das auf dem Teppich liegt. Nastis Jeans. Ihr Sweatshirt. Und ihre Jacke.

Ich balle die Hände zu Fäusten und presse sie gegen meine Schläfen. Nasti stöhnt, bewegt sich unter der Decke. Und da weiß ich, dass sie den Ton auch hört. Den Ton, der in meinem Kopf anschwillt wie das Heulen einer Sirene, immer lauter.

Rote Turnschuhe, denke ich, rote Turnschuhe. Rote. Turnschuhe. Und dann, plötzlich, begreife ich, dass gar nicht ich es bin, die da fällt. Wie in Zeitlupe segeln die roten Turnschuhe an mir vorbei, drehen sich vor meinem Gesicht.

DAS bin nicht ich, das bin gar nicht ICH.

Die Sirene in meinem Kopf verstummt. Einen Moment herrscht Stille. Totenstille. Und dann … lauter als alles andere auf dieser Welt … das klatschende Geräusch eines Körpers, der auf Asphalt knallt.

Dann ist da nichts mehr.

Einfach nichts.

Eiskaltes schlammiges Wasser steigt aus meiner Kehle in meinen Mund. Der Fluss bahnt sich seinen Weg zurück. Ich stürze aus meinem Zimmer ins Bad, fast zu spät, hänge mit dem Kopf über der Schüssel, würge und würge, aber es kommt nichts. Krämpfe jagen durch meinen Körper und auf meiner Stirn steht kalter Schweiß. Alles in mir ist Schmerz. Ich rolle mich auf dem Fußboden zusammen, will am liebsten nie wieder aufstehen.

Du darfst jetzt nicht zusammenbrechen. Ich kann aber nicht mehr, ich *will* zusammenbrechen. Ich höre mich atmen, fühle meinen Herzschlag. Immerhin, mein Herz schlägt noch.

Mein Blick fällt auf die Dusche und auf einmal sehne ich mich nur noch nach warmem Wasser.

Ich ziehe mich aus, streife ein Kleidungsstück nach dem anderen ab, falte es, lege es ordentlich zusammen, stapele ein Teil auf das andere. Mechanisch, wie in Zeitlupe.

Als ich endlich unter der Dusche stehe, erwarte ich fast, dass auch das Wasser sich nur in Zeitlupe bewegt. Ich drehe die Temperatur so hoch, dass ich es gerade noch aushalte, und beobachte, wie meine Haut krebsrot wird. Als ich fertig bin, greife ich nach einem großen Badehandtuch, wickele mich darin ein und gehe zurück in mein Zimmer.

Ich will in meinem Bett sein. Will eingekuschelt unter der Decke neben Nasti liegen. Will die Zeit zurückdrehen und einfach nur schlafen.

Behutsam setze ich mich aufs Bett, hebe die Decke ein Stückchen an, suche nach ihrem Körper, nach ihrer Wärme, nach ihrer Nähe. Aber da ist nichts.

»Nasti?« Nur ein Krächzen. Meine Stimme gehorcht mir nicht. Mit einem Ruck ziehe ich die Bettdecke weg, verstehe nicht, was ich sehe, verstehe nicht, dass ich nichts sehe, nichts, außer einem Blatt Papier, säuberlich herausgetrennt aus einem Buch. Aus einem alten, in braunes Leinen gebundenen Buch. Das weiß ich sofort. *Deutsche Gedichte*. Nikolas' Buch.

In meinem Kopf dreht sich alles. Warum liegt da eine Seite aus diesem Buch? Was hat Nasti damit zu tun? Und es dauert einen Moment, bis die Bilder in meinem Kopf an den richtigen Platz fallen.

»Warum?«, flüstere ich und ahne doch, dass ich die Antwort schon kenne. Das Bündel vor meinem Bett ist verschwunden. Die Jeans, das Sweatshirt und die Jacke sind nicht mehr da.

Aber sie sind doch nass. Der Kaffee. Ihre Sachen sind doch nass vom kalten Kaffee. Sie kann doch nicht einfach die nassen Sachen angezogen haben und weg sein. Ich starre wieder auf die Stelle im Bett, an der meine Freundin eben noch gelegen hat. Ihr Körper hat eine Kuhle in meiner Matratze hinterlassen.

»Nasti?!« Diesmal schreie ich.

Reiße das Blatt an mich. Lese.

Über allen Gipfeln
Ist Ruh,
In allen Wipfeln
Spürest du
Kaum einen Hauch;
Die Vögel schweigen im Walde.
Warte nur, balde
Ruhest du auch.

Und in meinem Kopf klatscht ein Körper auf Asphalt. In Endlosschleife. Immer wieder.

Einige Tage zuvor …

2

Die fünf Euro hätte ich mir sparen können. Von dem fettigen Zeug wurde mir nur schlecht. Die Taube vor meinen Füßen hüpfte enttäuscht weiter, als ich den Döner zurück in die Folie wickelte.

»Alice!« Nasti stieß mich an. »Hast du mir überhaupt zugehört?«

»Tut mir leid. Was hast du gesagt?«

Sie hielt mir ihr Smartphone unter die Nase.

»Sie haben es bei YouTube hochgeladen. Du musst dir das angucken!«

Ich hatte keine Ahnung, wovon Nasti redete, aber ich wollte sie nicht verletzen. Sie am allerwenigsten.

Ich legte meinen Arm um ihre Schultern und kniff die Augen zusammen. Erst als ich das Display mit der freien Hand vor der Helligkeit abschirmte, konnte ich überhaupt etwas erkennen. Ich sah jemanden an einem Baugerüst hochklettern. Konnte auch ein Kran sein. Dann sprang er auf etwas, das aussah wie eine Betonplatte. Die Kamera versuchte, ihm zu folgen. Dabei verwackelte das Bild immer wieder. Keine Ahnung, was das sollte.

»Ja und?« Ich schob das Smartphone zur Seite.

»Nee, warte! Der spannende Teil kommt doch erst noch!«

Spannend? Na ja.

Jetzt wurde das Bild zwar wieder schärfer, aber ich konnte trotzdem nicht viel erkennen, nur diesen Typ, der über Beton lief.

»Cool, oder?« Erwartungsvoll sah Nasti mich an.

»Was macht der da?«

»Wart's ab!« Nasti rückte noch ein Stück näher. Kopf an Kopf starrten wir jetzt auf das Display.

Der Junge war inzwischen stehen geblieben. Die Kamera zoomte an ihn heran und machte dann einen Schwenk zur Seite.

Jetzt endlich erkannte ich, wo das war. Auf einem Gebäude hoch über der Stadt. Im Hintergrund sah ich die Skyline, den Dom, den Messeturm, weiter rechts die gläserne Fassade der europäischen Zentralbank. Vor dieser Kulisse floss träge der Main, auf dem Wasser der rötliche Himmel einer untergehenden Sonne.

»Was hat er vor?«

Nasti antwortete nicht.

Es gab eine Menge unscharfer Bilder, dann beruhigten die Aufnahmen sich wieder. Auf dem Display war ein Eisenträger zu erkennen, der von dem Gebäude weg einfach ins Nichts ragte. Keine Ahnung, was das mal werden sollte. Vielleicht ein Balkon oder so. Der Typ stand neben dem

Träger, für einen kurzen Moment schaute er in die Kamera, zu kurz, um sein Gesicht zu erkennen, aber den gestreckten Daumen, den er hochhielt, konnte ich sehen. Dann drehte er sich um und setzte einen Fuß auf den Träger.

»Sag, dass er das jetzt nicht tut«, flüsterte ich und griff nach Nastis Arm. Der Junge hob den zweiten Fuß vom Boden. Breitete die Arme aus.

War der Typ total durchgeknallt? Unter ihm lagen bestimmt dreißig Meter. Oder noch mehr.

Die Kamera hatte ihn jetzt fest im Visier. Zentimeter für Zentimeter bewegte er sich auf dem Träger vorwärts. Ihm fehlten nur noch ein, zwei Schritte, dann hatte er die Stelle erreicht, an der das Ding vom Gebäude weg ragte. Darunter befand sich nur noch das Nichts … und irgendwo darunter der nackte Asphalt eines Parkplatzes.

Mit angehaltenem Atem beobachtete ich, wie er den nächsten Schritt machte. Jetzt stand er am Rand des Gebäudes. Ich wollte die Augen schließen, aber etwas in mir zwang mich, diesem Irren weiter zuzuschauen. Ich sah den frei schwebenden Eisenträger. Sah seine Füße, die sich Stückchen für Stückchen vorwärtstasteten, sah seine ausgebreiteten Arme, sah seinen Blick, stur nach vorn gerichtet.

Dann hatte er das Ende des Trägers erreicht. Die Kamera schwenkte langsam an seinem Körper hinunter auf seine Schuhe. Ganz still standen sie nebeneinander auf dem letzten bisschen festen Bodens, das aus nichts bestand als aus einem Stück Eisen hoch über der Stadt.

Das Bild verschwamm für einen Moment und fuhr dann an den Beinen des Jungen wieder nach oben. Ich erkannte, dass er seine Arme jetzt nicht mehr ausgebreitet hatte, sondern sie rechts und links herunterhängen ließ und die Hände fest an den Körper presste. Er stand da wie ein Turmspringer kurz vor dem Sprung ins Wasser. Ich hielt die Luft an.

Was sollte das? Was war das für ein Clip? Zum ersten Mal fragte ich mich, wer das da eigentlich die ganze Zeit filmte. Ich wollte das nicht sehen. Aber anstatt einfach die Augen zu schließen, starrte ich fasziniert weiter auf das Display.

Er hatte jetzt seine Position verändert. Hatte die Arme wieder gehoben und seitlich ausgestreckt. Wie in Zeitlupe bewegte er sich. Ich biss mir auf die Lippen, als ich sah, wie die Fersen des Jungen sich vom Boden hoben. Jetzt stand er auf den Zehenspitzen. Und dann verwackelte das Bild wieder vor meinen Augen.

»Was ist jetzt? Ist er …?« Plötzlich wurde das Bild wieder scharf. Die Kamera war auf die Füße des Jungen gerichtet. Er stand immer noch auf den Zehenspitzen.

Rote Turnschuhe, dachte ich, der Typ trägt rote Turnschuhe.

Jetzt, ganz langsam, vollführten diese roten Turnschuhe eine Drehung. Die Bewegung erinnerte mich an die Ballettstunden, die ich als kleines Mädchen bekommen hatte. Damals, als mir die Welt noch leicht und rosa erschienen war, so leicht, dass man sie auf Zehenspitzen aushalten konnte.

Die Kamera zoomte wieder zurück. Der Junge hatte sich komplett gedreht und trat offenbar den Rückweg an. Erst jetzt merkte ich, wie lange ich die Luft angehalten hatte. Ich atmete ein. Noch war die Gefahr nicht gebannt. Der Verrückte befand sich schließlich immer noch auf einem frei schwebenden Stück Eisen, irgendwo hoch über der Stadt.

Mit ausgebreiteten Armen kam er zurück. Schritt für Schritt näherten sich die roten Turnschuhe dem sicheren Boden. Der Typ würde es tatsächlich packen. Ich entspannte mich. Wer war das? Wer war so krank, erst sein Leben aufs Spiel zu setzen und dann auch noch den Clip bei YouTube hochzuladen? Jetzt hatte er es gleich geschafft. Ihm fehlte vielleicht noch ein halber Meter.

»Nein!« Ich packte Nastis Schulter wieder fester, als könnte ich so auch den Jungen festhalten, der jetzt nur noch mit einem Bein auf dem Träger stand. Ein Fuß war abgerutscht. Was machte er denn da? Und wieso filmte der Kerl mit der Kamera in aller Seelenruhe einfach weiter? Plötzlich kippte der Junge zur Seite, auch sein zweiter Fuß hatte sich vom Eisenträger gelöst. Dann verwackelte das Bild, man konnte nichts mehr erkennen, alles war dunkel, ein zu einem undurchdringlichen Grau eingefrorenes Standbild, so als ob jemand die Kamera einfach auf den Boden geworfen hatte.

»Was ... was ist jetzt?« Ich konnte kaum sprechen.

»Warte.« Nasti griff ungerührt nach den Resten meines Döners und wickelte ihn aus. Wie konnte sie jetzt etwas essen? Ich nahm das Smartphone an mich und starrte wieder auf den Bildschirm. Der kleine grüne Balken lief weiter, der Clip war noch nicht zu Ende.

Dann wurde das Bild wieder klarer und ich sah die roten Turnschuhe. Fest und sicher standen sie auf dem Boden, die Kamera schwenkte langsam nach oben, fing das Gesicht des Jungen ein. Er hatte sich ein Tuch vor den Mund gezogen, aber ich sah trotzdem, dass er grinste, dann zoomte die Kamera zurück. Er verbeugte sich mit einer eleganten Bewegung nach allen Seiten wie ein Artist in einem Zirkus. Das Display wurde schwarz.

»Das war …«

»Absicht. Klar!« Nasti wischte sich mit dem Handrücken über den Mund.

»Aber warum?« Mein Herz klopfte immer noch bis zum Hals.

»Warum? Na, um es spannender zu machen.«

»Nein, ich meine, warum macht der Typ das überhaupt? Das ist doch totaler Irrsinn!«

Nasti neben mir steckte das Handy wieder ein. »Er ist ein Roofer.«

»Ein was?«

»Ein Roofer. Jemand, der auf Dächern rumturnt. Na ja, oder eben auf Baustellen.«

»Aha.« Ich verstand nur Bahnhof. »Und warum tut er das?«

Nasti zuckte mit den Schultern. »Vermutlich, weil es Spaß macht. Aber das kannst du ihn am besten selbst fragen.«

»Ich? Ich kenne den Typ doch gar nicht.« Ich wischte mir die Hände an den Jeans ab und stand auf.

Nasti sprang ebenfalls auf. »Aber ich kenne ihn. Er heißt Trasher. Okay, das ist nicht sein richtiger Name, aber alle nennen ihn so«, setzte sie schnell hinzu.

»Du kennst ihn? Woher denn?« Erstaunt sah ich Nasti an. »Was ist das überhaupt für ein Name? Trasher. Heißt trash nicht Müll?«

»Ist doch egal.« Nasti zuckte mit den Schultern. »Ich habe ihn beim Skaten kennengelernt. Unten am Main. Na ja, eigentlich habe ich ein paar seiner Kumpels getroffen. Aber Trasher war auch da. Er hat mir 'ne Cola spendiert.«

Sie knüllte die leere Alufolie zusammen und zielte damit auf die Taube, die wieder zurückgekommen war und aufgeregt um sie herumtrippelte. Sie traf nicht. Der Vogel machte einen kleinen Hüpfer zur Seite und warf Nasti einen missbilligenden Blick zu.

Ich nickte. Nasti war oft auf der Skateranlage am Osthafen. Viel öfter als ich. Ich machte mir nicht so viel aus Betonrampen und waghalsigen Sprüngen.

»Und was ist das mit euch? Trefft ihr euch wieder?« Im gleichen Moment, in dem ich die Frage stellte, bereute ich sie auch schon. Nasti ist meine beste Freundin. Ich hatte überhaupt keinen Grund, ihr zu misstrauen. Und ich wollte auch echt nicht als eifersüchtige Glucke rüberkommen. Nasti antwortete gar nicht erst. Sie beobachtete nur weiter die Taube und drehte eine ihrer Dreadlocks zwischen den Fingern. Schnell versuchte ich, das Thema zu wechseln, und sah demonstrativ auf die Uhr. »Scheiße, so spät schon?«

»He, ist alles in Ordnung?«

»Ja klar, ich muss nur los.« Ich zog Nasti an mich und gab ihr einen schnellen Kuss. »Wann lerne ich ihn denn kennen, deinen neuen Freund?« Langsam war ich echt neugierig auf diesen Trasher. »Auf dem Video konnte man außer seinen roten Turnschuhen ja nicht viel erkennen.« Ich grinste.

»Die Clique trifft sich abends unten am Main.« Nasti zog ein Päckchen Kaugummis aus der Hosentasche und hielt es mir hin. »Aber heute kann ich nicht. Und hey«, sie hakte sich bei mir ein, »ich habe gar nicht gesagt, dass er mein Freund ist.«

Ich zog meinen Arm zurück. »Aber du hast doch …«

»Na ja, ich finde ihn süß«, gab Nasti zu. »Sehr süß sogar.« Sie gab mir ebenfalls einen Kuss auf die Wange. »Schau ihn dir einfach mal an.«

»Okay, aber jetzt muss ich echt nach Hause. Dicke Luft, du weißt schon.«

Besorgt musterte sie mich. »Bist du dir sicher, dass du dir das jetzt antun willst?«

»Meine Mum braucht mich. Es geht ihr nicht gut.«

»Hat der Scheißtyp sie schon wieder betrogen?«

Ich antwortete nicht.

»Okay, hat er also. Warum schmeißt deine Mutter den Kerl nicht raus?«

Ich zuckte mit den Schultern. Das war eine Frage, die ich meiner Mutter nicht stellte. Einmal hatte ich es versucht, hatte es sogar gefordert. »Schick ihn weg«, hatte ich gesagt. »Wir brauchen ihn nicht.«

Den stundenlangen Beschimpfungen meiner Mutter hatte ich damals nur entgehen können, indem ich mich in mein Zimmer eingeschlossen hatte. Undankbar hatte sie mich genannt. Eine Frau mit Kind nimmt nicht jeder. Aus ihrem Mund hatte das Wort ›Kind‹ wie eine ansteckende Krankheit geklungen.

»Bis morgen«, sagte ich deshalb nur. Ich umarmte Nasti kurz und ließ sie dann einfach stehen.

Nikolas

Es war Mittwoch, als Nikolas Carter das Buch fand.

Normalerweise spielte Zeit keine Rolle für ihn. Seine Uhr war der Lärm in den Straßen und der Rhythmus seines Lebens wurde bestimmt durch seinen Hunger und seine Müdigkeit.

Wochentage interessierten ihn nicht.

Mit Ausnahme des Mittwochs.

Mittwochs stand er auf, lange bevor sich die ersten Autos Stoßstange an Stoßstange durch die Straßen schoben.

Er packte die Tüten mit den Flaschen zusammen, stopfte das, was er an Wäsche hatte, dazu – viel war es nicht – und stieg vorn in die leere S-Bahn ein.

Nach vier Stationen musste er aussteigen und dann waren es nur noch wenige Meter bis zum Haus von Granny.

Wie jeden Mittwoch stand Granny schon in der offenen Tür und wartete darauf, dass er endlich seine sperrigen Tüten fünf Stock-

werke nach oben geschleppt hatte. Sie umarmte ihn und küsste ihn und er ließ es geschehen. Wenn man sonst nie umarmt wurde, konnte man einmal in der Woche ein paar Zärtlichkeiten gut aushalten.

In der Küche dampfte schon ein Kaffee und auf dem Tisch stand ein Teller mit Butterbroten. Er setzte sich und verzehrte sein Mittwochsfrühstück, während Granny die Tüten leerte, die Flaschen sortierte und seine beiden Shirts und die Hosen in der Spüle auswusch.

Er zwang sich, langsam zu essen. So wie er nicht wissen sollte, dass Granny sich dieses Frühstück vom eigenen Mund abgespart hatte, musste Granny nicht wissen, dass dies seine erste richtige Mahlzeit seit zwei Tagen war. Und natürlich kannten beide die Wahrheit.

Er schaute ihr zu, wie sie die leeren Pfandflaschen in einen großen Plastiksack umfüllte, jede einzelne so behutsam hineinlegte, als seien es rohe Eier. Sie verlor kein Wort darüber, dass es weniger waren als letzten Mittwoch.

Seine Wäsche hing inzwischen über der Heizung.

Granny fischte zwei saubere Shirts und etwas Unterwäsche aus dem Schrank, faltete sie sorgfältig und schob sie in eine der leeren Tüten, packte die anderen Tüten dazu und reichte sie ihm. Er wusste, dass er die fünf Euro irgendwo zwischen der Wäsche finden würde, fünf Euro wie jeden Mittwoch. Fünf Euro, das reichte für Kekse, zwei, drei Packungen von dem Toastbrot und ein paar Tüten Milch. Und vielleicht sprang noch ein Päckchen Kaugummi dabei heraus.

Er wischte mit feuchten Fingern die letzten Krümel auf dem Teller zusammen, schob sie sich in den Mund und stand auf.

»Ich muss dann zur Schule.«

Sie wussten beide, dass das eine Lüge war, und wie jeden Mittwoch war er ihr dankbar, dass sie nichts sagte.

Auf dem Rückweg machte er noch einen Abstecher zum Papiercontainer. Die Nächte in der Unterführung waren kalt und ein paar zusätzliche Pappschichten konnten nicht schaden.

Er schob seinen rechten Arm durch die schmale Öffnung.

Zwei oder drei Stücke Karton schienen ihm brauchbar; er zog sie vorsichtig heraus. Dann versenkte er seinen Arm noch einmal im Dunkeln. Vielleicht hatte er Glück und erwischte noch ein paar Comics. Seine Finger gruben sich durch Papier, bis er plötzlich etwas anderes berührte. Ein Buch. Ein ziemlich dickes Buch sogar.

Er stieß seine Schulter noch ein Stück tiefer in den Container, um seinen Fund besser fassen zu können. Seine Finger schrammten an den scharfen Metallkanten vorbei durch die Öffnung, aber er ließ nicht los. Behutsam zog er das Buch heraus. »Deutsche Gedichte« entzifferte er. Die geprägten Buchstaben schimmerten golden in der Morgendämmerung.

3

»Was ist? Willst du gar nicht reingehen? Ist doch ganz kalt heute.«

Ich antwortete nicht.

Die Frau schüttelte den Kopf und zog ihren Hund weiter hinter sich her, der japste und keuchte; vielleicht war er schon alt, vielleicht hatte er aber auch einfach nur keine Lust, sich von ihr durch die Gegend zerren zu lassen. Kurz sah ich den beiden nach. Mir war wirklich kalt, aber mit dem Wetter hatte das nichts zu tun.

Ich hätte bei Nasti bleiben sollen. Solange ich mit ihr zusammen war, fühlte ich mich gut. Frei und stark irgendwie. Und ungebunden. Aber sobald ich in unsere Straße einbog, war dieses Gefühl weg. Es war, als ob eine graue Wolke unser Haus und alle, die darin lebten, einhüllte. Eine Wolke aus Traurigkeit. Und aus Angst. So gut es ging, zog ich die Ärmel meiner Jacke über die Fäuste.

Nasti. Sie war vor etwas über einem Jahr mit ihrer Mutter von Berlin nach Frankfurt gezogen und hatte deshalb mitten im Jahr die Schule wechseln müssen. Wir schrieben gerade einen Mathetest, als sie plötzlich im Klassenzimmer stand. Und obwohl Frankfurt alles andere als langweilig ist, fühlte ich mich bei Nastis Anblick sofort klein, grau und unglaublich spießig. Sie trug eine von diesen indischen Pluderhosen, die aussehen, als seien sie aus hundert verschiedenen bunten Flicken zusammengesetzt worden. Darüber hatte sie ein schwarzes Top an, das mit einer silbernen Stickerei verziert war. Ihre feuerroten Haare fielen in wilden Dreadlocks auf ihre Schultern und um einzelne Strähnen hatte sie buntes Garn gewickelt. Ich glaube, es gab niemanden in unserer Klasse, der sie nicht mit offenem Mund anstarrte, als sie den Raum betrat.

Nasti wartete gar nicht erst ab, bis unsere Lehrerin ihr einen Platz zuwies, sondern ließ Frau Bockelmann einfach stehen, schlenderte zu mir rüber und pflanzte sich neben mich auf den freien Stuhl.

»Hi, ich bin Nasti«, sagte sie und schob mir eine Packung Zimtkaugummis rüber. Von diesem Moment an waren wir in der Schule fast nur noch zu zweit unterwegs. Vorausgesetzt, Nasti kam überhaupt in die Schule. Dazu hatte sie nämlich immer häufiger keine Lust und die Ermahnungen und Drohbriefe der Lehrer quittierte sie stets nur mit einem Lächeln oder der gefälschten Unterschrift ihrer Mutter.

Auch heute war der Platz neben mir leer geblieben, und obwohl ich nicht halb so cool war wie meine Freundin, hatte ich es nach der vierten Stunde nicht mehr ausgehalten und war statt in den Matheunterricht in die Stadt gelaufen, um Nasti zu treffen. Mir war klar, dass ich mir damit noch einen Haufen Ärger einhandeln würde, aber das war es mir wert. Warum war ich danach nur nach Hause gegangen?

Mein Blick fiel auf das Auto. Groß und schwarz parkte es vor dem Haus, fast wie ein böses Tier, das lauerte und nur auf mich wartete. Das Auto gehörte Ralph, und ich fragte mich, was er um diese Uhrzeit hier zu suchen hatte. Normalerweise kam er nie mittags nach Hause. Ganz egal, was er hier wollte, es konnte nichts Gutes sein. Ich schlang die Arme enger um meinen Körper und trat von einem Fuß auf den anderen. Besser wurde nichts davon.

Ich sehnte mich nach einer heißen Dusche und nach meinem Bett. Dazu hätte ich nur rübergehen, die Haustür aufschließen und an all den knallenden Türen und stummen Wänden vorbei in mein Zimmer schleichen müssen.

Stattdessen stand ich hier auf der anderen Straßenseite und wartete. Ralph war der Letzte, dem ich jetzt begegnen wollte. Er war überhaupt der Letzte, dem ich irgendwo begegnen wollte.

Ich schaute auf die Uhr. Vielleicht hatte ich ja Glück und er war in seinem Arbeitszimmer. Langsam überquerte ich die Straße. Ich musste nur leise genug sein.

Die Tür wurde aufgerissen, noch bevor ich den Schlüssel ins Schloss stecken konnte.

»Wo kommst du jetzt her?« Ralph musterte mich von oben bis unten. Der Geruch seines Rasierwassers verursachte mir sofort Übelkeit. Ich versuchte, mich an ihm vorbeizudrängen, aber seine Hand packte mich am Oberarm. »Ich habe dich gefragt, wo du jetzt herkommst?«

»Aus der Schule, wieso?« Ich versuchte, meinen Arm zu befreien, aber Ralph hielt mich fest.

»Jetzt schon? Und wie läufst du überhaupt wieder rum?«

»Das geht dich einen Sch…« Ich schluckte die letzten Worte runter. Was hätte ich auch sagen sollen?

»Ich muss zurück ins Büro.« Plötzlich ließ Ralph mich los und schob sich an mir vorbei. So schnell ich konnte, schlüpfte ich ins Haus.

»Kümmer dich um deine Mutter«, hörte ich noch, bevor die Tür endlich ins Schloss fiel. Ich fing erst wieder an zu atmen, als ich hörte, wie er das Auto aus der Einfahrt fuhr.

»Mama?« Ich durchquerte den Flur, warf einen Blick ins Wohnzimmer. Nichts. Auch die Küche war leer. Steril und aufgeräumt wie ein OP-Saal. Der Kaffee, der gestern von der Wand getropft war, war längst weggewischt, die Scherben der Tasse zusammengefegt. Ein perfektes, glückliches Leben in einer perfekt geputzten Küche.

Ich lief die geschwungene Marmortreppe nach oben.

»Mama, wo bist du?«

Leises Stöhnen aus dem Schlafzimmer. Für einen Augenblick überlegte ich, es einfach zu ignorieren und gleich im Bad zu verschwinden. *Kümmer dich um deine Mutter*. Die Tür zum Schlafzimmer war nur angelehnt.

»Mama, ist alles in Ordnung?«

Das Stöhnen hörte auf. Meine Mutter lag auf dem Bett. Angezogen. Die Augen mit einem gefalteten Waschlappen bedeckt. Migräne. Wieder mal.

Ich wusste, dass sie nicht schlief. Und ich wünschte, sie würde das lassen. Es war so sinnlos, sich schlafend zu stellen, während die Welt um einen herum in tausend Stücke zerbrach. Ich zog die Tür leise hinter mir zu und ging ins Bad. Dort griff ich nach meinem Honigshampoo und wusch mir die Haare. Erst als das heiße Wasser restlos aufgebraucht war, verließ ich die Dusche wieder. Kalt war mir trotzdem noch.

In meinem Zimmer fiel mein Blick auf das Bild auf meiner Kommode. Meine Konfirmation. Meine Mutter, Ralph und dazwischen ich. Zwei Jahre war das jetzt her. Ich hatte mich verändert. Alles hatte sich verändert. Aber war das nicht immer so? Der Augenblick, in dem man auf den Auslöser drückte, war im gleichen Moment schon Vergangenheit. Ein Bild aus einer anderen Zeit.

Ralph. Er sah gut aus. Keine Frage. Meine Freundinnen beneideten mich oft um diesen Stiefvater. Dabei hatten sie keine Ahnung. Gar keine.

Nur Nasti hatte Ralph von Anfang an nicht leiden können. Die Abneigung beruhte auf Gegenseitigkeit. »*Was treibst du dich mit einer wie der rum?*« war eine von Ralphs Lieblingsfragen.

An dem Tag, an dem das Doppelleben meines Stiefvaters ans Licht gekommen war, war Nasti zu meiner besten Freundin geworden. Ich musste wieder an das Video denken und fragte mich, wann sie diesen Jungen wohl kennengelernt hatte. Wir unternahmen schließlich so gut wie alles gemeinsam. Beim Skaten, hatte sie gesagt. Ich ließ mich aufs Bett fallen und schloss die Augen. Das hatte ich jetzt davon, dass ich Nasti letzte Woche versetzt hatte. Ich war echt gespannt, wen meine Freundin da wieder aufgerissen hatte.

Nasti schleppte öfter mal die unmöglichsten Typen an. »*Just for fun*«, sagte sie immer. Für mich war das okay. Ich wusste auch so, dass uns nie jemand auseinanderbringen konnte. Wie hatte sie ihn genannt? Trasher? Was für ein bescheuerter Name. Ich gähnte und drehte mich auf die Seite.

Ein unangenehmes Geräusch bohrte sich in meinen Kopf und ließ mich hochschrecken. Es dauerte einen Moment, bis ich realisierte, dass es das Klingeln meines Handys war. Draußen wurde es bereits dunkel. Verschlafen warf ich einen Blick auf das Display.

»Nasti, was …«

»Alice! Du musst kommen, schnell!« Ihre Stimme überschlug sich. Sofort war ich hellwach.

»Was? Nasti? Was ist passiert?«

»Die bringen sich um!«

»Wer? Wer bringt sich um? Nasti? Hallo??«

Ich hörte nur lautes Rauschen. Dann ein Schluchzen.

»Ich habe Angst! Bitte!«

»Nasti, wo bist du? Was ist los?«

»Trasher. Und Adrian. Die beiden sind völlig durchgeknallt. Alice, bitte komm. Du musst mir helfen, sie da runterzuholen. Bitte!«

»Aber ich …« Wer zur Hölle war Adrian? »Wo bist du überhaupt? Nasti? WO? Nasti, bist du noch da?«

»Am Main. Das neue Hotel! Bitte!!« Nasti schrie jetzt ins Telefon. Dann war es still.

Nikolas

Janosch grunzte nur, als er ihn schüttelte.

Nikolas' Blick fiel auf die fast leere Flasche neben dem Stapel Comics. Es würde schwer werden, den Alten wach zu kriegen. Er zog und zerrte an dem Schlafsack. In etwa fünfzehn Minuten öffnete das große Kaufhaus auf der anderen Seite der Straße. Dann kamen die Männer vom Sicherheitsdienst, um die Unterführung von Leuten wie ihnen zu säubern. So nannten sie das. Säubern.

Nachts ließ man sie für gewöhnlich in Ruhe. Aber am Tag mussten sie verschwinden. Schlafende Obdachlose gehörten zu den Dingen, die man den Kunden nicht zumuten wollte.

Sie konnten sich keinen weiteren Ärger leisten. Erst letzte Woche waren sie mit einem dieser Security-Typen aneinandergeraten.

Er bückte sich und stopfte die Comics in eine der herumliegenden Plastiktüten. Dann zog er die Pappe unter dem Schlafenden weg. Janosch stöhnte und schlug die Augen auf. Nikolas hockte sich neben ihn und winkte mit dem Fünf-Euro-Schein. Die Aussicht auf ein Frühstück würde hoffentlich helfen.

Das Geräusch schwerer Schritte ließ ihn herumfahren. So schnell hatte er nicht mit ihnen gerechnet.

Er packte Janosch an seinem Parka und zerrte an ihm. »Los Mann, wir müssen weg hier!« Nur langsam kam Leben in seinen Freund.

»Ey, Scheiße, pennen die hier? Verdammte Scheiße, Mann!«

Zu spät.

Er blickte auf schwarze Stiefel. Springerstiefel. Zwei Paar. Und dahinter noch ein Paar. Die Security war das nicht.

»Ey, du Nigger! Was ist mit dem Opa los? Pennt der?«

Ein Stiefel traf ihn in der Seite.

Er zerrte weiter an Janosch, versuchte, den stechenden Schmerz zu ignorieren.

Da trat der Stiefel ein zweites Mal zu und endlich begriff sein Freund. Verflucht!

Er krabbelte aus dem Schlafsack und raffte seine Sachen zusammen. Jetzt waren die Stiefel überall. Er sah, wie Janosch mit dem Kopf auf den Boden knallte. Blut tropfte von seiner Stirn.

»Diese Scheißpenner!«

Sie mussten raus hier. Schnell. Er packte den Alten an den Schultern, wuchtete ihn hoch und drückte ihm die Tüte mit den Comics in die Hand. Den Schlafsack konnten sie vergessen.

»Lauf! Mach schon.«

4

»Nasti?! Welches Hotel? Hallo?!«

Nichts. Verdammt. Nasti hatte aufgelegt. Neues Hotel am Main? Was hatte sie damit gemeint? Ich wählte ihre Nummer und erreichte nur noch die Mailbox. Scheiße.

Die bringen sich um, dröhnte Nastis Stimme in meinem Kopf. *Trasher und Adrian. Du musst mir helfen, sie da runterzuholen.*

Trasher. Neues Hotel. Vor meinem inneren Auge sah ich Turnschuhe. Rote Turnschuhe. Und darunter nichts als einen schmalen Streifen über dem Abgrund. *Er ist ein Roofer.* Und auf einmal wusste ich, von welchem Hotel sie geredet hatte. Zumindest hoffte ich, dass Nasti dieses Hotel gemeint hatte. Die Großbaustelle unten am Fluss. Auf der anderen Mainseite. Ich stopfte mein Handy in die Hosentasche und stürzte in den Flur. Auf dem Weg zum Treppenhaus warf ich noch einen Blick ins Schlafzimmer.

»Ich muss noch mal los.« Keine Antwort. Meine Mutter

war eingeschlafen. Umso besser. Überflüssige Fragen waren so ziemlich das Letzte, das ich jetzt gebrauchen konnte. Ich sprintete die Treppe hinunter und riss meine Jacke vom Garderobenständer. Ich überlegte, den Bus zu nehmen, aber dann dachte ich an den Feierabendverkehr, der sich jetzt durch die Stadt schob, und zerrte mein Rad aus der Garage. Ich schwang mich auf den Sattel und raste los. Kurz rutschte ich weg, das Hinterrad drehte auf dem Kies in unserer Hofeinfahrt durch, ich kippte zur Seite. In letzter Sekunde konnte ich mich abfangen und trat gleich wieder in die Pedale. *Die bringen sich um, die bringen sich um*, hämmerte es in meinem Kopf. Was erwartete Nasti denn, was ich tun sollte? Wie sollte ich denn verhindern, dass sich irgendjemand umbrachte? Warum rief sie nicht die Polizei?

Polizei? Nur kurz wunderte ich mich über diesen Gedanken. Ich hatte noch nie mit der Polizei zu tun gehabt. Ich atmete tief durch, versuchte, die aufsteigende Panik in mir wieder in den Griff zu bekommen und mich auf die Straße zu konzentrieren. Inzwischen war ich froh, dass ich das Rad genommen hatte. Die Autos schoben sich tatsächlich im Schneckentempo vor mir her, und ich musste aufpassen, nicht den Lack von irgendeinem dieser großkotzigen Pkws zu beschädigen, während ich mich ständig von einer Seite auf die andere schlängelte.

Vor mir entdeckte ich eine Lücke, ich setzte zu einem kurzen Sprint an, als plötzlich von rechts eine Stoßstange auf mich zukam; ich sah die Scheinwerfer, hörte das Hupen und wich auf den Gehweg aus.

»He, kannst du nicht aufpassen!« Eine Frau riss einen

Kinderwagen zur Seite, fast wäre ich in sie hineingefahren. »Das hier ist ein Fußweg und kein Radweg!«, brüllte sie hinter mir her. Ich hatte keine Zeit für lange Entschuldigungen. Außerdem musste ich jetzt quer über die Zeil. Fußgängerzone.

Drei Minuten später erreichte ich den Main. Die Großbaustelle, zu der ich wollte, befand sich auf der gegenüberliegenden Seite in Sachsenhausen. Ich musste nur noch über die Brücke und dann ein Stück nach links. Dreihundert, vierhundert Meter vielleicht. Auf der Mainpromenade waren zahlreiche Leute mit ihren Hunden unterwegs. Einer bellte mich an und sprang mir fast vors Vorderrad. Mit einem wackeligen Schlenker schaffte ich es gerade noch um den Köter herum. Ich fluchte. Was machte ich hier eigentlich? Warum war ich nicht zu Hause im Bett geblieben? Was gingen mich irgendwelche Idioten an, die auf Gerüsten rumkletterten?

Durch das Brückengeländer glitzerte der Fluss in der Abenddämmerung. Endlich war ich auf der anderen Seite. Hier war der Verkehr nicht mehr ganz so stark. Trotz der Dunkelheit konnte ich die Baustelle schon von Weitem sehen. Sie war riesig. Hoffentlich lag ich richtig mit meiner Vermutung. Noch konnte man nicht wirklich erkennen, dass dieser Kasten später einmal ein Hotel werden sollte, und auf dieser Mainseite war ich nur selten unterwegs. Aber als ich näher kam, kündeten immer mehr bunte Schautafeln von der glänzenden Zukunft dieses Gebäudes. Ich sprang vom Rad und suchte nach einer Möglichkeit, unbemerkt auf das Gelände zu kommen. Wie zur Hölle sollte ich Nasti hier finden? Am Gitter hing ein gelbes Schild.

Betreten der Baustelle verboten. Eltern haften für ihre Kinder.
Jemand hatte einen grünen Gecko quer über die Schrift gesprayt.

Endlich sah ich einen Spalt, durch den ich mich zwängen konnte. Ich ließ mein Rad irgendwo in die Büsche fallen, quetschte mich durch die Lücke in dem Gitterzaun und blickte mich erst einmal um. Obwohl es schon ziemlich finster war, konnte ich erkennen, wie weitläufig das Gelände war. Zwischen Baufahrzeugen und Lastwagen stapelten sich Eisenträger, Holzbohlen, irgendwelche Dämmplatten, meterlange Rohre und riesige Kabeltrommeln. Weiter hinten erkannte ich in der Dunkelheit gerade noch ein paar Baustellenklos und etwas, das aussah wie ein Bürocontainer.

Ich schickte ein Stoßgebet zum Himmel, dass die Büros jetzt nicht besetzt waren. Licht brannte jedenfalls keines. So leise wie möglich schlich ich weiter. Wie sollte ich Nasti hier finden? Ich zerrte mein Handy aus der Jeans und wählte noch einmal ihre Nummer. Nichts.

Ich wagte kaum zu atmen, aus lauter Angst, jemand könnte mich hören. Ein Quietschen über mir ließ mich erschrocken stehen bleiben. Zwei riesige Baukräne drehten sich über meinem Kopf langsam im Wind, eine Schubkarre und eine Werkbank schaukelten an dicken Ketten in der Luft wie Spielzeuge.

Ich dachte wieder an das Video, das Nasti mir gezeigt hatte. Die Typen waren doch nicht an diesen Kränen hochgeklettert? Aber wo war dann Nasti? Und wieso war von den anderen kein Laut zu hören? Meter für Meter suchte ich die Stahlverstrebungen ab. Allein vom Hochgucken wurde mir schlecht. Zu sehen war da oben zum Glück niemand. Ich hatte keine Ahnung, wo ich weitersuchen sollte. Ich merkte, wie Wut in mir aufstieg und sich langsam ausbreitete. Was sollte der Mist? Erst dieses Video und die Erkenntnis, dass meine beste Freundin offenbar Geheimnisse hatte, dann die totale Panikmache, und jetzt schaltete sie einfach ihr Handy aus?

Mir war kalt, ich fror, und ich stand mitten auf einer gottverlassenen Baustelle, auf der ich eigentlich nichts zu suchen hatte. Ich hatte keine Ahnung, was ich jetzt machen und wie ich hier irgendjemanden finden sollte. Schließlich konnte ich schlecht auf dem Gelände rumrennen und laut Nastis Namen brüllen. Ich hatte schon genug Ärger zu Hause, eine Anzeige wegen Hausfriedensbruchs, oder was immer das hier war, konnte ich echt nicht gebrauchen.

Was, wenn ich mich geirrt hatte und Nasti eine ganz andere Baustelle gemeint hatte? Vor mir wuchsen riesige Wände mit schwarzen Löchern, die später vermutlich einmal Fenster werden sollten, in die Höhe. Es war witzlos, Nasti in diesem gigantischen Gebäudekomplex zu suchen. Trotzdem bewegte ich mich ein paar Meter auf die Mauern zu. Ein Stapel Holzpaletten versperrte mir den Weg, dahinter ein Container voller Bauschutt. Ich stieg über ein paar Balken, machte einen Bogen um eine Pfütze, in der öliges Wasser glänzte. Ich hätte nicht herkommen sollen.

Ich habe Angst! Bitte!

Nastis Stimme dröhnte in meinem Kopf. Wenn ich sie hätte abschalten können, wäre ich auf der Stelle wieder umgedreht. Doch ich hatte sie noch nie so verzweifelt gehört.

Schritt für Schritt näherte ich mich dem Gebäude. Plötzlich flammte ein Scheinwerfer auf. Jemand brüllte über den Platz.

Scheiße.

Weiter hinten leuchteten vereinzelt Fenster auf.

Scheiße. Scheiße. Scheiße.

Offenbar war doch jemand in den Büros. Schnell drückte ich mich in den Schatten des Containers. Ich wich noch ein Stück weiter zurück und stieß mit dem Fuß gegen eine Getränkedose. Das Scheppern, mit dem die Dose über den Kies rollte und gegen das Blech knallte, dröhnte mir in den Ohren. Ich hielt den Atem an. Erst blieb alles ruhig. Dann hörte ich Schritte. Jemand rannte über den Platz. Ob die hier Sicherheitsleute hatten?

»He! Stehen bleiben!« Eine Stimme drang durch die Dunkelheit. Die Schritte kamen näher. »Verfluchtes Pack! Was habt ihr hier zu suchen?«

Ich musste weg. So schnell wie möglich weg. Vorsichtig wagte ich mich ein Stückchen aus meinem Versteck hervor. Noch war niemand zu sehen. Wenn ich mich beeilte, schaffte ich es vielleicht bis zu der Lücke im Zaun. Ein zweiter Scheinwerfer leuchtete auf, sein Lichtkegel bewegte sich hektisch über das Gelände. Schnell duckte ich mich, dann huschte ich rüber zu den Kabeltrommeln, ging dahinter wieder in Deckung. Das letzte Stück musste ich sprinten. Sichtschutz gab es hier nicht mehr. Ich atmete tief durch, dann rannte ich los. Doch schon nach wenigen Metern stolperte ich über ein Kabel, mein linker Fuß versank bis zum Knöchel im Schlamm und ich konnte mich nur in letzter Sekunde abfangen. Kurz bevor ich am Zaun ankam, blendete mich ein Lichtstrahl. Etwas traf mich hart an der Schulter, stieß mich zur Seite.

Ich knallte mit dem rechten Arm gegen das Gitter, ein stechender Schmerz jagte durch meinen Körper. Benommen guckte ich zu, wie zwei Typen in Kapuzenpullis sich durch die Öffnung im Zaun zwängten und verschwanden. Ich wollte gerade hinter ihnen her, da sah ich, wie von links zwei riesige Kerle mit irgendwelchen Stangen in der Hand auf mich zustürmten. Das war's dann wohl. Jemand rannte an mir vorbei. Dann noch einer. Die mit den Stangen kamen bedrohlich näher.

»Los, weg hier!« Einer der Jungen drehte sich um und griff nach meiner Jacke. Kurz sah ich in sein Gesicht, erkannte nur eine runde Brille, in der sich die Suchscheinwerfer spiegelten, dann stürzte ich hinter ihm her.

»Da rüber!« Der Junge zerrte an meiner Jacke und zeigte auf einen Bagger.

»He, was soll …?«, wollte ich gerade protestieren, als ich begriff, dass hinter dem Bagger noch eine andere Lücke im Zaun war, durch die sich gerade zwei Leute quetschten. Für einen kurzen Moment erkannte ich rote Dreadlocks im Scheinwerferlicht. Nasti.

Auch wenn ich den Typen mit der Nickelbrille noch nie zuvor gesehen hatte, beschloss ich, ihm zu vertrauen, und sprintete ebenfalls auf den Bagger zu.

5

»Los, zur Brücke!« Der Typ zerrte schon wieder an meiner Jacke, dabei lief ich längst freiwillig. Auch wenn ich nicht wirklich wusste, wohin, Hauptsache, weg von hier.

Mein Rad konnte ich erst mal vergessen. Im Hintergrund hörte ich Polizeisirenen. Keine Ahnung, ob die zur Baustelle wollten oder ob es Zufall war, dass sie genau jetzt hier vorbeikamen, trotzdem war ich froh, auf der anderen Seite des Bauzauns zu sein. Ich blieb kurz stehen, um zu verschnaufen. Meine rechte Seite tat vom Zusammenprall mit dem Gitter immer noch total weh, bestimmt war der ganze Arm ein einziger blauer Fleck.

Der Junge, der mir den Ausgang gezeigt hatte, blieb jetzt ebenfalls stehen. Von den anderen war weit und breit nichts mehr zu sehen.

»Nasti?« Suchend schaute ich mich um. Eben war sie doch noch da gewesen. Warum hatte sie nicht auf mich gewartet?

»Du kennst Nasti? Die ist bestimmt mit den anderen

runter zur Brücke«, erklärte mir der Fremde. »Los, komm!« Dann drehte er sich um und lief an der Straße entlang auf den Fluss zu.

Ich atmete tief durch und humpelte, so schnell ich konnte, hinter ihm her. Mein linker Schuh war klatschnass, mein Fuß fühlte sich inzwischen eiskalt an, und mein Herz schlug immer noch bis zum Hals. Und ich war wütend. Wütend auf Nasti. Schließlich hatte ich das alles ihr zu verdanken. Wenn Mister Nickelbrille mich nicht gerettet hätte … Ich dachte den Gedanken nicht zu Ende. Was hatte er eigentlich auf der Baustelle zu suchen? Gerade wollte ich ihn fragen, ob er diesen Trasher und Adrian auch kannte, da bog er von der Straße ab und kletterte quer über einen Grünstreifen, der steil zum Main hin abfiel.

Mir lief der Schweiß über den Rücken, meine Beine zitterten vor Anstrengung, und ich hatte Mühe, ihm auf dem rutschigen Hang zu folgen. Endlich waren wir unten angekommen. Erst jetzt sah ich, dass wir nur einen knappen Meter neben einer schmalen Treppe die Böschung runtergeschlittert waren.

»Diensttreppe. Betreten streng verboten!«, sagte der Typ, als er meinen Blick bemerkte, und nickte mit dem Kopf zu einem Schild, das oben neben der Treppe stand. Sehr witzig. Ich hatte gerade überhaupt keinen Sinn für seinen Humor.

Auf dem Main schob sich träge ein Lastkahn vorbei. Seine Scheinwerfer spiegelten sich im Fluss, schwarzes Wasser schwappte an die Kaimauer. Irgendwo weiter vorn hörte ich Stimmen.

»Wusst ich's doch, dass sie hier sind. Übrigens: Ich bin Yannik, aber alle nennen mich nur ›Doc‹. Wegen der hier.« Er tippte mit dem Zeigefinger an seine Brille und grinste. »Und wer bist du?«

Yannik also. Ohne eine Antwort abzuwarten, drehte er sich um und ging auf den breiten Brückenpfeiler zu, der vor uns in die Höhe ragte.

»Alice. War nett, dich kennenzulernen«, murmelte ich noch hinter ihm her, als ihn die Nacht auch schon verschluckte.

Noch bevor ich irgendetwas in der Dunkelheit unter der Brücke erkennen konnte, hörte ich Nastis Stimme.

»Lass mich einfach in Ruhe, okay?«

Beim Näherkommen sah ich gerade noch, wie sie den Arm eines Typen wegschob. Trasher. Ich erkannte ihn sofort, auch ohne einen Blick auf seine Turnschuhe geworfen zu haben. Er war genau die Sorte Jungs, die Nasti gefiel. Schlank, sportlich, und selbst in dem schlechten Licht konnte man seine dunklen Augen erkennen.

»He, was soll das auf einmal? Seit wann stellst du dich so an?« Trasher griff wieder nach ihr, aber Nasti stieß ihn weg.

»Ich hab gesagt, lass mich in Ruhe, Mann! Fass mich nicht an!« Sie wirbelte herum. »Seid ihr denn alle komplett durchgeknallt? Habt ihr nur noch Scheiße im Kopf, oder was?« Ihre Stimme war jetzt hoch und schrill. »Verdammt, was war das für eine beschissene Aktion? Um die Wette klettern? Wer zuerst abstürzt, hat gewonnen, oder wie? Was sollte der Mist!?«

Im Stillen gab ich meiner Freundin recht und meine Wut

auf sie löste sich auf. Offenbar hatte Nasti wirklich nur riesige Angst um diesen Jungen ausgestanden. Langsam ging ich ein Stück näher, aber sie nahm mich überhaupt nicht wahr, so sehr war sie damit beschäftigt, Trasher anzubrüllen.

»Du hättest tot sein können! Tot! Ist dir das überhaupt klar? Ihr hättet beide tot sein können!« Nastis Geschrei erstickte in einem Schluchzen.

»Mann, Nasti, ich bin aber nicht tot, wie du siehst.« Trashers Stimme war dunkel, fast rau. Er machte einen Schritt auf sie zu. »Roofer stürzen nicht ab, das weißt du doch. Und wenn da nicht dieser Idiot ...«

Weiter kam er nicht, denn plötzlich tauchte ein anderer Typ aus dem Dunkel auf und versetzte ihm einen Stoß.

»Nenn mich nicht Idiot, kapiert? Hättest ja schneller klettern können.«

»He, spinnst du?« Trasher stolperte rückwärts und fiel über einen leeren Getränkekasten. Sofort rappelte er sich wieder auf und ging mit erhobenen Fäusten auf seinen Angreifer los.

»Trasher, hör auf mit dem Scheiß!« Nasti hängte sich jetzt an seinen Arm, aber Trasher schob sie einfach zur Seite. Dann stürzte er sich auf den Jungen und holte aus. Der krümmte sich, als ihn Trashers Faust irgendwo zwischen den Rippen traf.

Ich hatte keine Ahnung, um was es zwischen den beiden eigentlich ging, ich spürte nur, wie meine Wut zurückkam. Langsam hatte ich die Nase voll von diesem Stress hier. Erst ließ Nasti mich wie eine Bekloppte durch die Stadt rasen, um zwei Verrückte davon abzuhalten, von einem Hochhaus zu stürzen, dann musste ich vor irgendwelchen eisenschwingenden Muskelprotzen fliehen, nur um jetzt zuzugucken, wie die beiden Vollpfosten sich am Boden wälzten und versuchten, hier das nachzuholen, was sie auf der Baustelle offensichtlich versäumt hatten: sich gegenseitig umzubringen. Mir tat es ehrlich leid, dass Nasti so viel Angst um diesen Trasher hatte, aber für heute hatte ich echt genug. Am liebsten hätte ich meine Freundin geschnappt und von den anderen weggezogen. Ich wusste echt nicht, was sie noch länger hier wollte.

Der Junge, den Trashers Faust mit voller Wucht erwischt hatte, schnappte immer noch nach Luft.

»Sag mal, geht's noch?«

Er wollte sich erneut auf Trasher stürzen, als eine Hand aus der Dunkelheit schoss und seinen Arm einfach in der Luft festhielt.

»Adrian, stopp! Hört auf! Beide! Euch ist wohl die Höhenluft ins Hirn gestiegen.«

Mein Retter mit der Nickelbrille versuchte, diesen Adrian von Trasher wegzuzerren. Aber Adrian schüttelte ihn ab wie ein lästiges Insekt. »Halt dich da raus, Doc. Das ist ein Ding zwischen dem da und mir.«

»Ach ja?« Dieser Yannik oder Doc oder wie auch immer dachte nicht daran, sich rauszuhalten. »Ihr seid Roofer, schon vergessen? Wie war das noch mal? Roofer halten immer zusammen. Roofer helfen sich gegenseitig. Roofer sind eine eingeschworene Gemeinschaft. Roofer bringen sich niemals gegenseitig in Gefahr. Hab ich noch was vergessen?« Er schob sich mit dem Zeigefinger die Nickelbrille wieder auf der Nase zurecht. »Stimmt, da war ja noch was: Roofer checken immer erst die Lage, bevor sie eine Baustelle betreten. Bewachte Baustellen sind tabu. Und Roofer sind niemals ohne Sturmhaube oder Maske unterwegs, um ihre Identität nicht preiszugeben, wenn sie sich gegenseitig filmen. Und von wegen ›Roofer können nicht abstürzen‹ – das ist ja wohl der größte Mist, den ich jemals gehört hab.«

Der Doc drehte sich zu mir um. »Falls du die bekanntesten Roofer von Rhein-Main gesucht hast, bist du hier leider falsch. Tut mir leid, dass du offensichtlich in einen Kindergarten geraten bist.«

»Alice?! Was machst du denn hier? Wieso … ich meine, wo kommst du denn jetzt auf einmal her?« Jetzt endlich hatte auch Nasti mich entdeckt. Ihr Gesicht war ein einziges Fragezeichen.

»Wo ich herkomme? Du hast mich angerufen, schon vergessen?«, blaffte ich Nasti an. »Du hast gebettelt, dass ich dir helfen soll. Dummerweise hast du es aber nicht für nötig gehalten, dein Handy anzulassen oder mir wenigstens zu sagen, dass deine Freunde es auch ganz allein schaffen, sich gegenseitig umzubringen.« Ich holte Luft. Nasti guckte mich erschrocken an. Sofort tat es mir leid, dass ich sie so angefahren hatte.

Nasti zog ihr Handy aus der Jeans und untersuchte es. »Sorry«, murmelte sie. »Ich hatte das Ding eigentlich nur auf lautlos stellen wollen, damit uns niemand erwischt.« Mit einem entschuldigenden Achselzucken schob sie das Teil zurück in die Tasche. »Aber jetzt bist du ja da und alles ist gut gegangen.« Ihr Strahlen wirkte aufgesetzt und unter »Alles ist gut gegangen« stellte ich mir echt was anderes vor. Doch bevor ich weiter darauf eingehen konnte, wandte Nasti sich schon um.

»Das hier«, sie zog Trasher, der immer noch wirkte, als ob er sich lieber weiter prügeln würde, am Arm zu sich, »ist Trasher. Der, den du auf dem Video gesehen hast«, fügte sie völlig überflüssigerweise hinzu.

»Trasher – darf ich bekannt machen: meine allerbeste Freundin Alice.« Mit diesen Worten schmiegte sich Nasti in Trashers Arme. Hatte sie ihn nicht eben noch angebrüllt, dass er sie nicht anfassen sollte? Ich versuchte, den blöden Stich in meinem Herzen zu ignorieren. Trasher ließ sich Nastis Umarmung etwas widerwillig gefallen.

»Doc hat recht. Die ganze Aktion war scheiße und echt saugefährlich.« Erst jetzt nahm ich einen weiteren Jungen wahr, der aus dem Schatten der Brückenmauer trat und offenbar den Streit die ganze Zeit aus dem Hintergrund beobachtet hatte.

»Halt dich da raus, Bob! Zeig lieber das Video!« Adrian nahm Bob ein Smartphone aus der Hand und starrte auf das Display. Ein zufriedenes Grinsen breitete sich auf seinem Gesicht aus. »Geile Sache. Kannst du hochladen.« Er gab diesem Bob sein Smartphone zurück. Dann drehte er sich wieder zu Mister Nickelbrille um. »Du hast was Wichtiges vergessen, Doc! Am Ende – ganz da oben«, Adrian machte mit dem rechten Arm eine Bewegung, die irgendwie alles einschloss: uns, die Brücke, den Fluss, die Stadt und den Himmel darüber. »Am Ende ist jeder nur für sich selbst verantwortlich.« Er nahm den Arm wieder runter und stieß Trasher einen Zeigefinger gegen die Brust. »Merk dir das: Ganz egal, wo du hinkommst, der Gecko war schon vor dir da!« Adrian zeigte Trasher noch den Mittelfinger, dann drehte er sich um und ging.

»Du verdammtes Arschloch!« Trasher brüllte auf und wollte hinter ihm herstürzen, aber Nasti und Bob hängten sich gleichzeitig an seine Arme und hielten ihn fest.

»Lass ihn laufen! Der kriegt sich auch wieder ein.« Der Doc legte Trasher beschwichtigend die Hand auf den Arm.

»Halt den Mund«, zischte Trasher. »Haltet einfach alle den Mund. Und lasst mich los, verflucht noch mal!«

Sofort traten Nasti und Bob einen Schritt zurück. Trasher drehte sich um, ging ein paar Schritte in Richtung Wasser, kam zurück und schlug wütend mit der Hand gegen die Mauer. Dann wandte er sich an Bob. »Lösch das Video!« Seine Stimme war jetzt vollkommen ruhig.

»Aber Adrian hat …«

»Es interessiert mich nicht, was dieses Arschloch gemacht oder gesagt hat. Du löschst jetzt dieses Video! Wenn ich es im Netz finde, passiert was, verstanden?«

Bob zuckte nur mit den Schultern. »Okay, okay, beruhig dich. Du bist der Boss.« Er zog sein Smartphone aus der Tasche, fummelte eine Weile dran herum, hielt es Trasher hin. »Hier, alles gelöscht. Kannst nachgucken.«

Aber Trasher winkte nur ab. Dann legte er einen Arm um Nasti und zog sie an sich. »Komm, Süße, ich brauche jetzt was zu trinken. Wer kommt mit?«

Zustimmendes Gemurmel von allen Seiten. Unschlüssig trat ich von einem Fuß auf den anderen. War ich auch gemeint? Eher nicht. Schließlich gehörte ich nicht zur Clique. Außerdem kannte ich bis vor zehn Minuten noch keinen von denen. Bis auf Nasti natürlich, aber die hatte offenbar schon wieder vergessen, dass ich überhaupt da war. Zumindest lachte sie gerade über irgendetwas, das Trasher ihr ins Ohr geflüstert hatte. Ich warf einen Blick zu Doc, der sich im selben Moment zu mir drehte, und guckte schnell wieder weg. Es war mir peinlich, so gemustert zu werden. Verstohlen checkte ich die Uhrzeit. Mist. Schon so spät? Meine Mutter machte jedes Mal totalen Ärger, wenn ich nicht pünktlich zu Hause war. Weil sie dann wieder Stress mit Ralph kriegte. Ralph wäre mir egal gewesen, aber meine Mutter war mir nicht egal und irgendwie war sowieso schon alles schlimm genug.

Die anderen brachen gerade gemeinsam auf. »Kommst du mit?« Der Doc sah mich fragend an. »Diesmal nehmen wir auch die Treppe. Versprochen.« Er grinste und wartete auf mich.

Ich dachte an den Stress zu Hause und an mein Fahrrad, das immer noch irgendwo im Gebüsch lag, und schüttelte schnell den Kopf. »Sorry, ich muss jetzt echt nach Hause. Ein anderes Mal vielleicht.«

Dabei war ich mir ziemlich sicher, dass es ein anderes Mal nicht geben würde.

»Okay, dann nicht.« Yannik-Doc zuckte mit den Schultern und stapfte hinter den anderen her. Nasti drehte sich nicht einmal mehr um.

Ich fühlte mich plötzlich ziemlich allein hier unter der Brücke und beeilte mich, aus der Dunkelheit raus wieder auf die beleuchtete Promenade zu kommen. Auf der Treppe begegneten mir zwei Typen mit Plastiktüten unter den Armen. Penner. Ich drückte mich an den Rand und betete, dass sie mich in Ruhe ließen. Erst als sie an mir vorbei waren, atmete ich aus und kletterte weiter.

Nikolas

Das mit dem Schlafsack war Scheiße. Ganz große Scheiße. Zitternd vor Kälte saß Janosch an die Mauer gelehnt und stopfte sich Toastbrot in den Mund. Er hatte ihm seinen eigenen Schlafsack um die Schultern gelegt, aber gegen das Frieren half das nicht. Wahrscheinlich hätte ein Schluck aus der Flasche geholfen, die jetzt kaputt war, aber für Nachschub hatte er kein Geld. Es wäre sowieso besser, wenn der Alte die Finger ganz von dem Zeug lassen würde. Prüfend betrachtete er ihn. Da saß auf diesem kleinen dreckigen Stück Pappe ein Mann, um den herum eine Einsamkeit war, die man sehen konnte. Er hatte ihn verarztet, so gut es ging. Aber er hatte keine Ahnung, wie sie die kalten Herbstnächte mit nur einem Schlafsack überstehen sollten. Und der Winter näherte sich mit Riesenschritten.

Bei Granny konnte er nicht schlafen. Sie würde Fragen stellen, würde wissen wollen, was passiert war, würde nach der Schule fragen, nach dem Sozialarbeiter, der sich angeblich kümmerte, und er würde lügen müssen, wieder und wieder lügen, und es würde ihm das Herz brechen, in ihren Augen die Wahrheit zu lesen.

Außerdem war Granny gar nicht seine richtige Großmutter. Sie tat schon genug für ihn, war immer für ihn da, so wie sie früher immer für seine Mutter da gewesen war, als er mit ihr noch in der Wohnung neben Granny gelebt hatte. Einen Vater gab es in seiner Erinnerung immer nur als den »Scheißtyp, der einfach abgehauen ist«. Einen anderen Namen hatte seine Mutter ihm nie genannt. Und irgendwann hatte er aufgehört, sie danach zu fragen.

Er erinnerte sich gut an die vielen Abende, die er bei Granny verbracht hatte, wenn seine Mutter mal wieder für eine Weile einen Job hatte oder zumindest so tat, als ob sie einen hätte. Er erinnerte sich an belegte Brote, an lange Geschichten aus dem dicken Märchenbuch, an Bilder, die sie zusammen malten. Er erinnerte sich an den Geruch ihres Kölnisch Wassers, den er mit in seine Träume nahm, wenn er mal wieder auf ihrem Schoß eingeschlafen war. Mit ihr schrieb er seine ersten Worte und lernte, die Zahlen auf den Rechnungen zu verstehen, die seine Mutter meistens ungeöffnet in irgendwelche Schrankfächer und Schubladen stopfte.

Irgendwann fing seine Mutter an, von einem Umzug zu sprechen, von einer schöneren, größeren Wohnung, hell sei sie, mit Garten und vielen Kindern zum Spielen.

Er wollte nicht weg. Die Kinder interessierten ihn nicht. Er klammerte sich weinend an Granny, als sie ihn holten und in das Kinderheim brachten. Seine Mutter war spurlos verschwunden.

6

Als ich in unsere Straße einbog, war ich mir schon zum zweiten Mal an diesem Tag nicht sicher, ob es eine gute Idee gewesen war, nach Hause zu fahren. An Migränetagen wusste man nie, was einen erwartete. Ich betete, dass meine Mutter einfach schlief und Ralph zu beschäftigt war, um mich zu beachten. Meistens verschanzte er sich abends in seinem Arbeitszimmer hinter dem Computer. Es war mir egal, ob er dort dreckige Pornos guckte oder stundenlang mit irgendwelchen Frauen chattete, ich ging sowieso davon aus, dass er genau das tat, sobald meine Mutter im Bett war.

So leise wie möglich schob ich das Garagentor auf. Die Garage war leer. Das schwarze Auto nicht da. Ralph war gar nicht zu Hause. Erleichtert zog ich meinen Hausschlüssel aus der Jackentasche und schloss auf.

Für einen kurzen Moment stellte ich mir vor, dass meine Mutter mit einem heißen Kakao und ein paar Keksen auf mich warten würde, so wie früher, wenn ich müde oder hungrig vom Ballettunterricht nach Hause gekommen war. Ich warf einen kurzen Blick in die Küche, aber natürlich war sie noch genauso sauber und steril wie vor ein paar Stunden.

Ich war so müde und wollte nur noch ins Bett. Raus aus den Klamotten und schlafen. Selbst der Umweg über das Bad war mir zu weit. Zähne putzen und duschen hatte auch Zeit bis morgen. Ich zog mich aus, ließ die Klamotten einfach auf den Boden fallen und warf mich aufs Bett. Im Dunkeln ließ ich die letzten Stunden noch mal Revue passieren, sah Nasti wieder vor mir, wie sie sich in Trashers Arme schmiegte, hörte seine dunkle Stimme, die so schnell zwischen Zärtlichkeit und Wut hin und her wechseln konnte. Was Nasti jetzt wohl machte? Ich griff nach meinem Smartphone, checkte, ob sie mir vielleicht doch noch eine Nachricht hinterlassen hatte, aber da war nichts.

Roofer. Ich gab diesen Begriff bei Google ein und stieß sofort auf einen Bericht über eine Gruppe Jugendlicher aus Russland, die sich ebenfalls so nannte. Bei YouTube fand ich einige Videos, die meisten ebenfalls aus Russland, und alle zeigten ähnliche Situationen: junge Männer bei mehr oder weniger waghalsigen Klettertouren auf Hochhäusern oder Baukränen. Es dauerte einen Moment, bis ich auch das Video wiedergefunden hatte, das Nasti mir heute Mittag erst gezeigt hatte. Noch einmal sah ich diesem Jungen mit den roten Turnschuhen dabei zu, wie er sein Leben aufs Spiel setzte. Jetzt, da ich wusste, dass der scheinbare Absturz nur ein Fake war, faszinierte mich die Sicherheit, mit der Trasher über den schmalen Eisenträger hoch über der Stadt lief. Wie um alles in der Welt übte man so etwas? Man konnte doch nicht ohne jedes Training auf dem Gerüst eines Hochhauses herumturnen.

Die bringen sich um! Nastis panische Stimme gellte mir immer noch in den Ohren. Ich klickte das Video weg und legte mein Smartphone zur Seite. Mir reichte der Stress hier zu Hause. Ich brauchte echt nicht noch mehr Probleme mit irgendwelchen Leuten, die ich nicht einmal kannte. Ich umklammerte meine Unterarme und zog die Beine enger an den Körper.

Als ich wach wurde, wusste ich nicht gleich, wo ich war. Ich fühlte mich wie gerädert, und es dauerte einen Moment, bis bei mir durchsickerte, dass ich auf meinem Bett lag, ohne Bettdecke, und dass ich die ganze Nacht so geschlafen hatte. Selbst zum Zudecken war ich offenbar zu müde gewesen. Ich fror. Die Erlebnisse der letzten Nacht lagen mir noch im Magen wie eine unverdaute Mahlzeit. Am liebsten wäre ich jetzt endlich unter die Decke gekrochen, hätte mich fest darin eingewickelt und weitergeschlafen. Ich überlegte, ob ich nicht einfach zu Hause bleiben sollte. Krank machen. Schon allein beim Gedanken an die Schule und den Stress mit der Bockelmann wurde mir schlecht. Aber war es zu Hause wirklich besser? Ich sah wieder meine Mutter vor mir, wie sie stöhnend auf dem Bett lag, fragte mich, wo Ralph gestern Nacht gewesen war, und dann schob sich das Bild eines Jungen mit roten Turnschuhen in meinen Kopf, der Nasti im Arm hielt.

Das Schrillen meines Weckers riss mich aus meinen Überlegungen. Ich stellte ihn aus, schlüpfte aus meinem Bett und schaltete um auf ›funktionieren‹, wie jeden Morgen. Im Moment war ich einfach nicht in der Lage, mir Gedanken über meine Mutter, Ralph, Nasti oder sonst jemanden zu machen. Mein Kopf fühlte sich an wie Watte, ich brauchte dringend erst mal einen Kaffee. Vor meinem Kleiderschrank blieb ich stehen. Ich betrachtete die Gestalt in dem zerknitterten T-Shirt, die mir aus dem Spiegel entgegenblickte. Mein Blick streifte meine Unterarme, registrierte die frischen Kratzer darauf und die feinen weißen Linien, kaum sichtbar, wenn man nicht danach suchte. Mein rechter Arm tat immer noch weh, und die Stelle, mit der ich gegen den Bauzaun geknallt war, fing langsam an, sich blau zu verfärben. Ich warf einen letzten Blick in den Spiegel, dann zog ich mich an und ging in die Küche, um mir Frühstück zu machen.

Von meiner Mutter war weit und breit nichts zu sehen. Ralph war entweder gar nicht nach Hause gekommen heute Nacht oder er war schon wieder auf dem Weg ins Büro. Während die Kaffeemaschine laut gurgelnd meine Tasse füllte, warf ich ein Toastbrot in den Toaster und öffnete die Schublade, in der meine Mutter ihr Portemonnaie aufbewahrte. Ich zog zwei Scheine raus und stopfte sie in die Hosentasche.

Ich würde in die Schule gehen. Die Entscheidung war gefallen. Ich hatte schon genug Ärger zu Hause und konnte mir zusätzlichen Stress im Moment nicht leisten. Und Nasti? Vermutlich würde sie nach der letzten Nacht auch heute nicht in der Schule auftauchen.

Ich bestrich das Toastbrot mit Marmelade, schlang es runter und nahm einen Schluck von dem viel zu heißen Kaffee.

Den Rest kippte ich einfach in die Spüle. Danach schnappte ich mir meinen Rucksack, schlüpfte in meine Winterjacke und verließ die Wohnung. Diesmal fuhr ich mit dem Bus.

Als ich zwanzig Minuten später die Schule erreichte, lehnte Nasti schon am Zaun und wartete auf mich. »Na, Prinzessin, bist du der Drachenhöhle wieder einmal entkommen?«

In meinem Hals zog sich etwas zusammen, etwas, das eklig schmeckte und sich nicht runterschlucken ließ. An jedem anderen Tag hätte ich innerlich gejubelt, Nasti schon vor der Schule zu treffen. An jedem anderen Tag wäre ich ihr um den Hals gefallen, hätte ihre fröhliche Begrüßung genauso erwidert. Heute wusste ich zum ersten Mal nicht, was ich sagen sollte. Nasti schien das gar nicht zu bemerken. Mit leuchtenden Augen hakte sie sich bei mir ein und zog mich weiter zum Schulgebäude.

»He, ich fand's schade, dass du gestern nicht noch mitgekommen bist. Und Trasher fand's auch schade«, setzte sie schnell noch hinzu, als hätte sie meinen zweifelnden Blick bemerkt. »Ach ja, und ich soll dich vom Doc grüßen.«

Ich antwortete nicht. Was hätte ich auch sagen sollen? Dass mir die Aufregung gestern gereicht hatte? Dass ich nichts mehr mit diesen Roofern zu tun haben wollte? Dass ich Angst davor hatte, dass Nasti jetzt nur noch mit diesen neuen Leuten abhängen würde? Dass ich mich plötzlich total überflüssig und einsam fühlte? Ich schämte mich für all diese Gedanken und biss mir deshalb auf die Lippen, während meine Freundin neben mir fröhlich weiterplapperte. Zum Glück klingelte es kurz darauf schon und unser Englischlehrer ersparte mir vorläufig jede weitere Kommunikation.

Erst als Nasti mir unter dem Tisch einen Tritt versetzte, merkte ich, dass Herr Dobler mit hochgezogenen Augenbrauen vor mir stand und ganz offensichtlich auf eine Antwort wartete. Ich hatte blöderweise nicht einmal die Frage mitbekommen.

»Entschuldigung, ich …«

»We speak English!«, blaffte er zurück.

»Sorry, I … I …« Ich verstummte. Mir fielen nicht einmal mehr die einfachsten Vokabeln ein. Herr Dobler schüttelte nur traurig den Kopf. »Our Alice has obviously been visiting Wonderland again«, teilte er der Klasse mit, dann zückte er seinen Stift und kritzelte irgendetwas in sein Notizbuch.

Die meisten in der Klasse lachten. Nur Nasti legte mir beruhigend eine Hand auf das Bein. Mist. Schlimm genug, dass die Bockelmann mich schon auf dem Kieker hatte. Ärger mit meinem Englischlehrer konnte ich jetzt echt nicht noch gebrauchen. Und Nastis Fürsorge auch nicht. Ich schob ihre Hand zur Seite und ignorierte ihren fragenden Gesichtsausdruck. Ich fühlte, wie sich so etwas wie Trotz in mir breitmachte. Sie war ohne mich losgezogen, jetzt würde ich sie auch abblitzen lassen. Geschah ihr ganz recht. Es kostete mich ziemlich viel Überwindung, auch noch die anderen Schulstunden neben ihr abzusitzen. Am liebsten wäre ich einfach abgehauen und nach Hause gefahren. Als es dann endlich klingelte, wollte ich nur noch eins: raus hier.

»Alice!« Eine eisige Stimme schallte über den Gang und schnitt mir den Weg ab. Die Bockelmann. Die hatte mir jetzt gerade noch gefehlt. War das Zufall oder hatte sie tatsächlich extra vor dem Klassenzimmer auf mich gewartet? Nasti schob sich an mir vorbei, warf mir einen mitleidigen Blick zu und verließ das Schulgebäude. Durch die Glasscheiben konnte ich sehen, dass sie in einiger Entfernung stehen blieb und auf mich wartete.

»Wo warst du gestern in den letzten beiden Stunden?« Die Bockelmann gab eine perfekte Herzkönigin ab.

»Ich … mir war schlecht.«

»Schlecht? Aha. Und wo ist deine Entschuldigung?« Auffordernd hielt sie mir die Hand entgegen.

Ich schüttelte den Kopf. »Ich habe keine.«

Wenn Blicke töten könnten, wäre ich jetzt vermutlich auf der Stelle tot umgefallen.

»Das ist schon das dritte Mal in diesem Halbjahr, dass du unentschuldigt meinem Unterricht ferngeblieben bist.«

Ich biss mir auf die Unterlippe. Was hätte ich auch sagen sollen? Die Bockelmann redete weiter auf mich ein, verwendete Wörter wie Verantwortung, Disziplin, Unzuverlässigkeit und Konsequenzen. Ihre Stimme kam von irgendwo ganz weit weg, ich konnte mich kaum darauf konzentrieren.

»… unterschrieben und mit einem Terminvorschlag zurück.« Erst jetzt sah ich den Briefumschlag in ihrer Hand, mit dem sie mir vor dem Gesicht rumwedelte. Ich hatte bestimmt nicht mal die Hälfte von dem mitbekommen, was sie gesagt hatte, aber ich nahm ihr den Brief ab und steckte ihn in meinen Rucksack.

»Haben wir uns verstanden? Montag will ich die Unterschrift deiner Eltern sehen und wissen, wann sie zu einem Gespräch kommen!«

Meine Finger bohrten sich in meine Handflächen. Ich schluckte jede Erwiderung hinunter. Ralph ist nicht mein Vater! Am liebsten hätte ich ihr diese Worte ins Gesicht gespuckt, aber ich nickte nur, drehte mich um und ging. Dabei zog ich die Ärmel meines Sweatshirts bis weit über meine geballten Fäuste.

Nasti wartete immer noch auf dem Schulhof auf mich, in der einen Hand ihr Handy, in der anderen eine offene Flasche Eistee. Ich hätte sie gerne ignoriert, aber da steckte sie ihr Handy schon ein, kam mir entgegen und legte mir den Arm um die Schultern. Ich wollte nicht, dass es so war, aber es fühlte sich gut an, ihre Nähe zu spüren. Deshalb hatte ich ja auch immer öfter geschwänzt. Um in Nastis Nähe sein zu können. An die Schule hatte ich dabei gar nicht gedacht. Erst jetzt, wo diese diffuse Angst in mir aufkam, ich könnte Nasti an einen Typen verlieren, wurde mir alles zu viel. Am liebsten hätte ich sie einfach stehen gelassen. Doch gleichzeitig wollte ich wenigstens so lange wie möglich mit ihr zusammen sein, bevor sie mich wieder für das nächste Date sitzen ließ.

»Alles okay?«, fragte sie und nahm einen Schluck Eistee. Sie wischte sich mit dem Ärmel über den Mund und hielt mir die Flasche hin. Nichts war okay, gar nichts. Aber ich nickte nur, griff nach der Flasche und nahm ebenfalls einen kräftigen Schluck. Dann gab ich sie ihr zurück. »Danke.«

Sie lachte. »Du siehst aus, als hätte ich versucht, dich zu vergiften. Oder ist es wegen der Bockelmann? Vergiss die blöde Kuh doch erst mal. Uns wird schon was einfallen. Notfalls unterschreibst du den Wisch einfach selbst. Hab ich auch schon oft gemacht.«

Nasti hatte also genau beobachtet, dass die Bockelmann mir einen Brief mitgegeben hatte. Darin war sie Profi. Und als ob ich nicht auch schon darauf gekommen wäre, das Ding selbst zu unterschreiben. Das war im Moment echt mein kleinstes Problem. Schlimmer war, dass die Bockelmann einen Termin mit meiner Mutter und Ralph vereinbaren wollte. Ich hatte keine Ahnung, wie ich aus der Nummer wieder rauskommen sollte.

Nasti räusperte sich. »Möchtest du drüber reden?«

»Nein.« Ich schüttelte den Kopf.

»Jetzt hak den Scheiß doch einfach ab. Na los. Ich zeig dir was, was dich aufmuntern wird. Nicht alles auf dieser Welt ist schlecht, nur das meiste«, versuchte Nasti es mit einem Scherz. Sie hatte gut reden. Sie hatte so gut wie nie Stress mit ihrer Mutter. Egal, ob es um Klamotten, Dreadlocks oder um die Schule ging, Nasti kam zu Hause eigentlich mit allem durch. Sogar das kleine Piercing in ihrer Oberlippe war ein Geburtstagsgeschenk ihrer Mutter gewesen. Ob die wirklich so tolerant war oder ob ihr Nasti einfach nur gleichgültig war, konnte ich nicht beurteilen. Aber letztendlich spielte das auch keine Rolle. Fest stand, dass ich Nasti oft um ihre Freiheiten zu Hause beneidete. Und um ihren unerschütterlichen Optimismus. Aber heute war alles anders. Heute nervte mich ihr Dauergrinsen einfach nur. Und was wollte sie mir jetzt schon wieder zeigen? Wollte sie schon wieder zu irgendeinem Hochhaus? Mein Bedarf an weiterem Stress war für diese Woche gründlich gedeckt.

»Kommst du jetzt?«, fragte Nasti da schon. Ich atmete tief durch, dann hängte ich mich bei ihr ein. Schlimmer konnte der Tag eigentlich sowieso nicht werden. »Okay. Wohin gehen wir?«

7

Zehn Straßenbahn-Stationen und etliche Gehminuten später standen wir in irgendeinem Frankfurter Vorort vor einem verlassenen Grundstück, das von einem halb zerfallenen Bretterzaun umgeben war. Das Gras hinter dem Zaun stand kniehoch, den Rohbau des Einfamilienhauses im Hintergrund hatte offensichtlich schon lange niemand mehr betreten. Gebaut wurde hier ganz bestimmt nicht mehr. Weit und breit war kein Mensch zu sehen. Nur eine fette Amsel saß in einem fast kahlen Apfelbaum und pickte an einem vergessenen schrumpeligen kleinen Apfel herum. Was wollte Nasti hier?

Ich ließ meinen Blick über das unfertige Gebäude gleiten. Ein Stockwerk nur. Für die Kletterübungen von Nastis neuen Freunden war das Haus also sicher völlig uninteressant.

»Na, komm schon!« Nasti hatte zwei Bretter zur Seite geschoben und war durch die Lücke geschlüpft. Das Verbotsschild am Zaun ignorierte sie einfach. Jetzt zog sie an meinem Jackenärmel. »Du musst dir keine Sorgen machen, das Ding hier steht schon seit Monaten leer.«

Die lockeren Bretter waren mit einem Maschendrahtzaun gesichert, der aber inzwischen verrostet war und an einigen Stellen Löcher hatte und lose herabhing. Ich griff nach dem rostigen Draht, bog ihn nach oben und schlüpfte hinter Nasti durch die Lücke im Zaun. Wir wateten durch das hohe Gras, folgten einem fast unsichtbaren Trampelpfad, ab und zu gab ein fauliger Apfel unter meinen Schuhen nach und zweimal verfing sich irgendein Dornengestrüpp in meiner Jacke. Wir näherten uns dem Haus von der Seite, irgendwann hatte hier einmal jemand eine Terrasse vorgesehen. Die Bodenplatte aus Beton war unter dem Efeu, das sie überwucherte, kaum noch zu erkennen. Dahinter lagen mit Brettern vernagelte Fensterhöhlen und etwas, das vermutlich einmal eine Tür hatte werden sollen. Die Öffnung war durch wilde Brombeerranken halb verdeckt. Nasti griff mit spitzen Fingern zwischen die Dornen und bog sie vorsichtig zur Seite. *Sie tut das nicht zum ersten Mal,* schoss es mir durch den Kopf. Dann musste ich mich beeilen, um ohne weitere Kratzer hinter ihr ins Haus schlüpfen zu können. Es war ein merkwürdiges Gefühl, einfach in ein fremdes Haus zu gehen, auch wenn es noch leer stand. Mein Herz klopfte bis zum Hals. Und wenn uns doch jemand gesehen hatte?

Ich schaute mich noch einmal um, aber draußen blieb alles still und den Bretterzaun an der Straße konnte man von hier aus durch all das Gestrüpp gar nicht mehr erkennen. Ein Geräusch irgendwo hinter mir ließ mich herumfahren. Waren da Stimmen?

Nasti schien sie entweder nicht zu hören oder sie beunruhigten sie nicht weiter. Sie lief vor mir her, als ob sie in dieser Bruchbude zu Hause sei. »Was machen wir hier?«, fragte ich, während ich versuchte, mit ihr Schritt zu halten. Erschrocken hielt ich die Luft an. Viel zu laut hallte meine Stimme durch den großen Raum.

»Wirst du gleich sehen.« Nasti lachte nur, bevor sie um eine Ecke bog und durch eine weitere Türöffnung verschwand. Ein lautes Klirren ließ mich abrupt stehen bleiben. Dann sah ich die leere Bierflasche; sie lag zwischen verbogenen Nägeln, abgebrochenen Schrauben, kaputten Dachlatten und Mörtelresten auf dem Boden. Nur eine Flasche. Erleichtert atmete ich aus. Und beeilte mich, um Nasti nicht aus den Augen zu verlieren.

Hinter der Türöffnung befand sich eine Treppe oder zumindest das, was mal eine Treppe werden sollte. Graue Betonstufen, übersät mit Glassplittern, führten in das nächste Stockwerk. Ein Geländer gab es nicht. Dafür hatte jemand die Wände des Treppenhauses mit bunten Graffitis verschönert. Ich hatte keine Zeit, die Malereien und Inschriften genauer zu betrachten, denn Nasti nahm immer gleich zwei Stufen auf einmal, sodass ich Mühe hatte, überhaupt an ihr dranzubleiben. Oben angekommen, blieb sie so abrupt stehen, dass ich fast in sie hineingelaufen wäre.

»He – was soll denn …?«

Nasti unterbrach mich einfach: »Darf ich noch mal vorstellen: Bob, Leon, Yannik, besser gesagt: der Doc, und Trasher – die berühmt-berüchtigten Roofer!« Wie bei der Präsentation einer Zirkustruppe breitete sie den Arm aus, trat zur Seite und gab den Blick frei. Für einen Moment blendete mich die Sonne, die durch eins der hinteren Fenster in den Raum schien, aber dann sah ich umgekippte leere Bierkisten, ein paar Bretter, und im hinteren Teil des riesigen Raums, der sich vor uns erstreckte, saß eine Handvoll Jugendliche auf dem Boden und schaute gerade auf ein Smartphone. Das waren also die Stimmen gewesen, die ich schon im unteren Bereich des Hauses gehört hatte. Auch wenn alle bei Tageslicht ganz anders aussahen als gestern Nacht, erkannte ich Yannik und Trasher sofort wieder.

Yannik sah auf und winkte mir zu, Trasher erhob sich und schlenderte betont lässig zu uns rüber. An Bob erinnerte ich mich auch, das war der Junge, der das Video gemacht hatte. Gestern unter der Brücke hatte ich sein Gesicht allerdings kaum erkennen können. Ein schmales Gesicht mit großen dunklen Augen unter einer knallbunten Häkelmütze, aus der schwarze Locken hervorquollen. Auch die rund zwanzig oder dreißig Buttons, mit denen er seine schwarze Jeansjacke bestückt hatte, waren mir gestern nicht aufgefallen. Bob nickte mir nur kurz zu, dann beschäftigte er sich wieder mit seinem Handy.

»Er ist mehr ein Zocker als ein Roofer«, flüsterte Nasti mir ins Ohr, bevor sie Trasher an sich zog. »Aber das kann er dafür richtig gut.«

Ich nickte nur, unschlüssig, was ich machen oder sagen sollte. Den anderen Jungen auf dem Fußboden – wie hatte Alice ihn genannt? Leon? – kannte ich nicht. Er hatte einen Kopfhörer auf, hielt die Augen geschlossen und wippte mit dem ganzen Körper im Takt zu einer Musik, die außer ihm niemand hören konnte. Ich war mir ziemlich sicher, dass er gestern nicht dabei gewesen war.

Verstohlen beobachtete ich, wie Trasher meiner Freundin einen Kuss auf die Nase drückte, und sofort kam die Eifersucht wieder in mir hochgekrochen, als ob sie die ganze Zeit nur dagelegen und auf den richtigen Moment gewartet hätte, um mir einen Stich zu versetzen. Was sollte das alles? Warum schleppte Nasti mich zu diesen Leuten? Am liebsten hätte ich auf der Stelle kehrtgemacht und wäre die Treppe wieder hinuntergelaufen, aber da stand Yannik schon vor mir. »Hi, Alice! Schön, dass Nasti dich mitgebracht hat. Und diesmal durftest du ja sogar die Treppe benutzen.« Grinsend reichte er mir die Hand.

»Klar durfte sie das. Ist ja nicht jeder so lebensmüde wie ihr.« Auch Nasti lachte. »Oder wie Bee.« Sie zeigte auf ein Mädchen, das auf einer Mauerbrüstung mitten im Raum herumturnte, als sei sie auf einem Schwebebalken. Gerade ließ sie sich mit ausgebreiteten Armen in einen Spagat nieder und winkte Nasti fröhlich zu.

»Bi?« fragte ich, nur um irgendetwas zu sagen. »Bi von Sabine?«

Nasti lachte. »Nee, von *bee* wie Honigbiene. *We speak English!*« Dabei äffte sie unseren Englischlehrer so perfekt nach, dass ich mir ein Grinsen jetzt doch nicht verkneifen konnte. Bee also. Ich konnte es nicht erklären, aber es beruhigte mich, dass Nasti nicht das einzige Mädchen in dieser Clique war.

»Hast du das Video schon gesehen?« Trasher wandte sich an mich und wies mit dem Kopf in Richtung der anderen. Ich sah kurz in seine dunklen Augen, die fast nicht zu erkennen waren unter der Kapuze seines grauen Hoodies, registrierte wieder die raue Stimme, dann schaute ich fragend zu Nasti.

»Klar, hat sie! Ich habe es ihr gestern schon gezeigt!« Nasti nickte begeistert. »Und hey, es war Wahnsinn! Alice wäre fast gestorben vor Angst um dich, als du den Absturz simuliert hast.«

»Echt?« Trasher konnte den Stolz in seiner Stimme nicht verbergen. Wahrscheinlich versuchte er das auch gar nicht erst. »Ja, das mit dem Absturz war cool. Das war Bobs Idee.«

»Die Idee war supergeil, Bob!«, rief Nasti überschwänglich, griff nach meiner Hand und zog mich zu den anderen. Dann ließ sie sich im Schneidersitz auf dem Fußboden nieder. Auch Yannik setzte sich wieder zu uns.

»Danke.« Bob lächelte schüchtern und wandte sich wieder seinem Smartphone zu.

»Kletterst du auch?« Bee kam herübergeschlendert, zog sich einen der Bierkästen heran und ließ sich darauf nieder. Ich schüttelte nur stumm den Kopf. Nasti lachte wieder. »Alice? Niemals. Da sind wir uns vollkommen ähnlich. Wie Zwillingsschwestern.« Sie legte den Arm um meine Schulter und zog mich an sich. »Sie könnte von da oben nicht einmal runtergucken, ohne dass ihr schlecht werden würde. Genau wie ich.«

Sie schmatzte mir einen Kuss auf die Wange. Wie Zwillingsschwestern, hatte sie gesagt. Dankbar lächelte ich ihr zu. Und fing langsam an, mich zu entspannen. Vielleicht hatte ich sie ja doch noch nicht verloren. Die anderen lachten. Aber es war kein gemeines Lachen, keines, das mir Angst machte. Im Gegenteil. Ich begann, mich wohlzufühlen. Irgendjemand hatte plötzlich eine offene Flasche Bier in der Hand und reichte sie an mich weiter. Dankbar nahm ich einen großen Schluck, bevor ich die Flasche Nasti gab.

»Willst du es mal ausprobieren?« Bee sprach mich so plötzlich an, dass ich mich prompt verschluckte.

»Was?« Ich hustete und schnappte verzweifelt nach Luft, bis mir Nasti mit der flachen Hand zwischen die Schulterblätter schlug.

»Na, das Klettern.« Bee grinste.

»Ich? Niemals! Ich falle ja schon von einem Schwebebalken, wenn mein Sportlehrer zuguckt.« Endlich bekam ich wieder Luft.

»Ein Schwebebalken bietet ja auch nicht gerade die schönste Aussicht«, erwiderte Bee vergnügt und sprang auf. »Los, komm mit, ich zeig dir was!«

Was wollte dieses Mädchen auf einmal von mir? Unschlüssig starrte ich sie an und blieb sitzen.

»Na, mach schon!« Nasti knuffte mich in die Seite. »Bee beißt nicht.«

Jetzt gluckste auch Yannik. »Nee, Bienen stechen höchstens.«

»Aber nur einmal«, kicherte Nasti. Ich konnte gar nicht anders, als mit ihnen zu lachen. Bee hielt mir immer noch eine ausgestreckte Hand hin und jetzt ergriff ich sie, ließ mich von ihr hochziehen.

»Wohin gehen wir?«, fragte ich, während ich ihr durch den Raum folgte.

»Lass dich überraschen!« Bee bog um eine Ecke und steuerte auf eine Leiter zu, die scheinbar völlig sinnlos mitten im Raum herumstand. Erst beim Näherkommen erkannte ich das Dachfenster, in dem die Leiter lehnte. Als sie meinen erschrockenen Blick sah, griff Bee wieder nach meiner Hand. »Du musst keine Angst haben, es ist echt nicht gefährlich.« Dann drehte sie sich um, stieg auf die unterste Sprosse und fing an, die Leiter nach oben zu klettern. Auf halber Höhe drehte sie sich zu mir um. »Na los, komm schon. Es wird dir gefallen!«

Ich atmete tief durch und griff ebenfalls nach der Leiter. Diese Blöße wollte ich mir dann doch nicht geben. Und so gefährlich konnte unser kleiner Ausflug ja wirklich nicht sein. Schließlich hatte ich schon vom Garten aus gesehen, dass das Haus nicht besonders hoch war. Ich fing an zu klettern, während Bee bereits durch die Dachluke verschwunden war. Als ich endlich meinen Kopf aus dem Fenster strecken konnte, sah ich sie ein ganzes Stück weiter seitlich auf einem Gitterrost neben dem Schornstein sitzen. Es sah gemütlich aus, wie sie da so im Schneidersitz hockte und sich gerade eine Zigarette drehte.

Ich hatte allerdings keine Ahnung, wie ich die Strecke zwischen Dachfenster und Schornstein zurücklegen sollte, ohne vom Dach zu fallen. Vorsichtig warf ich einen Blick über den Rand und sah über die steil abfallenden Ziegelsteine genau in den Garten, durch den Nasti und ich vorhin zum Haus gegangen waren. Auf einmal erschien mir das Haus doch wesentlich höher, als ich es in Erinnerung hatte.

»Du kannst hier rüberkriechen«, rief Bee. »Einfach übers Dach krabbeln, dabei kann gar nichts passieren.«

Bee hatte gut reden. Ich spürte, wie meine Knie weich wurden, während ich mit den Händen nach dem Fensterrahmen griff und mich vorsichtig aufs Dach zog. Was tat ich hier eigentlich? Bee streckte mir lachend wieder ihre Hand entgegen. Zentimeter für Zentimeter kroch ich auf sie zu. Bestimmt sah ich dabei total dämlich aus, aber das war mir egal. Jetzt war ich schon hier oben, jetzt wollte ich es auch schaffen. Nach einer gefühlten Ewigkeit konnte ich neben Bee auf das Gitter robben. Sie rutschte ein Stück zur Seite, um mir Platz zu machen, dann umarmte sie mich.

»Super! Du hast es geschafft! Und? Was sagst du?« Mit einer weit ausholenden Armbewegung zeigte sie über den Garten, als hätte ich gerade das Gipfelkreuz eines Achttausenders erklommen. Und so ähnlich fühlte ich mich auch. Wenigstens hatte sie mich nicht ausgelacht. Dankbar grinste ich Bee an. »Wie Superwoman«, antwortete ich.

Bee lachte. »Dann kannst du zurück ja den Luftweg nehmen.«

Endlich hatte sich mein Herzschlag so weit beruhigt, dass ich mich vorsichtig umsehen konnte. Ich saß tatsächlich auf einem Dach. Sicher nicht so hoch, wie es sich im Moment anfühlte, aber doch so hoch, dass ich über den ganzen Garten und auch die Nachbargrundstücke gucken konnte. Eine Amsel flog an uns vorbei und landete ein Stückchen weiter auf dem Dachfirst. Neugierig legte sie den Kopf schief und schaute zu uns rüber.

Und plötzlich fühlte ich mich unglaublich stolz. Verglichen mit den halsbrecherischen Touren von Trasher und den anderen, war unser kleiner Ausflug geradezu lächerlich.

Trotzdem fing ich an zu verstehen, dass es mehr war als nur Leichtsinn, was die Roofer antreiben musste. Ich fühlte mich frei. Es war ein bisschen so, als hätte ich alle Probleme einfach unter mir zurückgelassen. Die Amsel blinzelte noch einmal kurz, dann flog sie davon. Und plötzlich wollte ich auch wieder festen Boden unter den Füßen spüren.

»Lass uns zurückgehen«, bat ich, »die anderen warten bestimmt schon.« Bee nickte und verharrte, bis ich wieder sicher am Dachfenster angekommen war. Dann stand sie auf und balancierte mit ausgestreckten Armen einfach über den First.

»Und? Wie war es?« Nasti strahlte mich an, als ich mich neben sie setzte.

»Wie bei Karlsson vom Dach«, lachte ich und griff nach der Flasche, die sie mir reichte.

»He, Leute, es gibt ein Problem.« Trasher ließ sich neben Nasti auf den Fußboden sinken und schaute in die Runde. Er wartete, bis er sich sicher sein konnte, dass er die volle Aufmerksamkeit hatte. Bob rammte Leon seinen Ellbogen in die Seite. Erst als der seine Kopfhörer abgenommen hatte, sprach Trasher weiter: »Nikolas und sein Kumpel sind gestern wieder überfallen worden.« Die Gruppe quittierte diese Neuigkeit mit Stöhnen. »In der Unterführung.«

»Shit!« Bob schlug mit der Faust auf den Boden.

»Schon wieder? Wer war es diesmal?« Fragend sah Yannik Trasher an.

Ich wollte gerade von Nasti erfahren, wer dieser Nikolas denn war, als Trasher die Hand hob. Sofort verstummten alle.

»Janosch wurde nur leicht verletzt, Nik ist nichts passiert.

Aber Janosch ist ganz schön durch den Wind. Und sein Schlafsack ist dabei draufgegangen. Ich hab Nik vorgeschlagen, dass sie vorläufig hier unterschlüpfen sollen, auch wenn Janosch eigentlich nicht zu uns gehört. Aber solange diese durchgeknallten Idioten da draußen weiter auf jeden einprügeln, der ihnen nicht in den Kram passt, ist es in der Stadt einfach zu gefährlich für ihn. Er ist zu langsam.« Zustimmendes Gemurmel. Ich hatte keine Ahnung, um wen oder was es eigentlich ging, aber offenbar machten sich alle große Sorgen um diesen Janosch.

»Hat zufällig einer von euch zu Hause noch einen Schlafsack, den er nicht mehr braucht? Nik hat mich gefragt, aber meine Alten haben unsere ganze alte Campingausrüstung schon vor Jahren zum Sperrmüll gebracht.« Fragend schaute Trasher in die Runde.

»Ich habe einen. Einen ziemlich guten sogar.« Was sagte ich denn da? Wie kam ich denn dazu, einem Wildfremden meinen Schlafsack anzubieten?

»Super!« Trasher klopfte mir auf die Schulter. »Kannst du das Teil herbringen? So schnell wie möglich.«

»Klar, machen wir!« Wieder war es Nasti, die für mich antwortete. Dann drückte sie mich und hielt mir wieder die Bierflasche hin. Doc-Yannik nickte mir anerkennend zu. Sogar Bob hielt einen ausgestreckten Daumen in die Höhe. Okay. Ich nahm noch einen tiefen Schluck. Von dem Bier wurde mir warm und meinen Schlafsack brauchte ich ja wirklich nicht mehr. Campingurlaub lag auf der Beliebtheitsskala von meiner Mutter und Ralph irgendwo im Minusbereich. Aber wer dieser Janosch war, um den sich alle offenbar so viele Gedanken machten, wollte ich jetzt trotzdem gerne wissen.

»Kennst du diesen Janosch? Und den anderen? Niklas oder so?« Fragend wandte ich mich an Nasti, als ich registrierte, dass meine Freundin gerade anderweitig beschäftigt war. Und Trasher ebenfalls. Und überrascht stellte ich fest, dass es mich diesmal nicht einmal groß störte.

»He, Leute, guckt mal.« Bob hielt sein Smartphone in die Runde. »Der Gecko plant offenbar irgendein großes Ding.«

Der Gecko? Adrian?

Trasher war so in die Knutscherei mit Nasti vertieft, dass er überhaupt nicht reagierte. Wenigstens schmatzen sie nicht, dachte ich und nahm noch einen weiteren langen Schluck aus der Bierflasche.

»Scheiße!« Bob sprang plötzlich auf. »Der geht auf den Kran!«

Sein Aufschrei ließ mich zusammenfahren. Prustend spuckte ich das Bier durch die Gegend. Musste der Idiot so brüllen? Während ich noch versuchte, mir das Bier aus dem Gesicht und von den Klamotten zu wischen, waren die anderen ebenfalls aufgesprungen und scharten sich aufgeregt um Bob. Der starrte auf sein Smartphone und wischte wie wild darauf herum. Ich kapierte überhaupt nichts mehr. Auch Trasher war jetzt aufgesprungen. »Auf den Kran? Wann?« Er riss Bob das Smartphone aus der Hand.

»Keine Ahnung. Heute?« Bob zuckte mit den Schultern. »Er hat das Foto gerade eben auf Instagram hochgeladen. Ich sag doch, der plant irgendein großes Ding. Jedenfalls hat er das angekündigt.«

»Dieses Arschloch wird nicht ohne mich auf den Kran gehen!« Einmal mehr wunderte ich mich darüber, wie schnell Trashers Stimmung umschlagen konnte. »Los, wir müssen da hin!« Er kippte eine der Bierkisten um und zerrte einen kleinen schwarzen Rucksack darunter hervor.

Bob schüttelte den Kopf. »Du kannst da jetzt nicht hochgehen. Es ist noch taghell. Die Bullen würden dich in fünf Minuten wieder runterholen.«

»Bob hat recht.« Jetzt mischte Yannik sich ein. »Ich glaube auch nicht, dass Adrian jetzt auf den Kran geht. Der will dir nur vor den Bug schießen. Wenn überhaupt, dann wartet er auf die Dunkelheit. Aber vermutlich geht er gar nicht. Das bringt er nicht.«

Ich verstand nur noch Bahnhof. Wovon redeten die alle? Fragend schaute ich zu Nasti und erschrak. Meine Freundin war weiß wie eine Wand. Mit aufgerissenen Augen starrte sie Trasher an, dann hängte sie sich an seinen Arm. »Versprich mir, dass du da nicht hochgehst«, bettelte sie. »Ganz egal, was Adrian macht, du wirst nicht auf den Kran gehen. Das halte ich nicht aus. Bitte!« Nasti hatte Tränen in den Augen, als Trasher ihre Hand abschüttelte.

Nikolas

Er sah zu Janosch hinüber, bevor er das Buch unter dem Pullover hervorzog und es aufschlug. Er wollte es allein betrachten. Es gab so wenig, das ihm allein gehörte.

Seine Finger glitten noch einmal über den groben Stoff, mit dem das Buch eingebunden war, und auch über die geprägten Buchstaben. Golden leuchteten sie ihm entgegen und er las erneut die Aufschrift: ›Deutsche Gedichte‹.

Behutsam schlug er es auf.

Er las nicht. Noch nicht. Er blätterte nur. Fühlte zwischen seinen Fingern das dünne Papier, so dünn, dass es fast durchsichtig war. Nicht weiß. Eher gelblich. Wie Zeitungspapier, dachte er. Vorsichtig schlug er Seite für Seite um, die Buchstaben tanzten vor seinen Augen. Er hatte Mühe, sie zu entziffern, aber er kannte diese Schrift.

Ein Bild tauchte irgendwo in seinem Kopf auf. Er saß am Küchentisch und machte Hausaufgaben. Granny las in einem Buch, in dem sie Zeile für Zeile mit dem Finger entlangfuhr. ›Der Herr ist mein Hirte‹, murmelte sie. Als er fragend aufsah, schob sie ihm das Buch rüber. Da. Sie zeigte die Stelle. »Der Herr ist mein Hirte.« Er hatte auf die Buchstaben gestarrt.

»Ich kann das nicht lesen.«

»Das sind Worte Gottes«, hatte sie ihm erklärt.

Gottes Worte? Er wollte sie lesen. Unbedingt. Und so setzte er sich hin, Tag für Tag, und seine kleinen Finger hielten die Zeilen fest, wie er es bei Granny gesehen hatte.

Der Herr ist mein Hirte, mir wird nichts mangeln.

Erst später erfuhr er, dass man das Buch Bibel nennt und dass die seltsame Schrift eine Frakturschrift war. Und noch etwas lernte er: Gott war ein Lügner.

Fast zärtlich strich er über das Papier. Frakturschrift. Worte Gottes. Er lächelte. Wusste Granny, dass Gott auch Gedichte geschrieben hat?

Seine Augen suchten den Anfang der ersten Zeile.

Abendlied, *las er.*

Der Mond ist aufgegangen,
die goldnen Sternlein prangen
am Himmel hell und klar …

Er schloss die Augen. Dass eine Träne sich den Weg durch seine Wimpern bahnte, konnte er nicht mehr verhindern. Die Erinnerung hatte ihn mit solcher Wucht getroffen, dass sie ihm den Atem nahm.

»Ich habe Angst, Granny.«

Zwei Hände, die ihn behutsam zudeckten.

»Du musst keine Angst haben.«

Wie ist die Welt so stille
und in der Dämmrung Hülle
so traulich und so hold ...

»Es ist so dunkel. Was, wenn Mama nicht zurückkommt?«

»Sie kommt zurück. Morgen früh ist sie wieder hier. Und jetzt ist der Mond doch da. Er ist immer da. Er passt auf dich auf.« Eine Stimme summte. Grannys Stimme.

Seht ihr den Mond dort stehen?
Er ist nur halb zu sehen
und ist doch rund und schön ...

Schnell schlug er das Buch zu. Die Bilder blieben in seinem Kopf. Grannys leiser Gesang auch. Erinnerungen konnte man nicht einfach zuschlagen.

8

»Ich lasse mir von diesem Arschloch nicht die Tour vermasseln! Das lasse ich nicht zu! Eher bringe ich das Schwein um! Eigenhändig.« Trasher warf die Flasche mit voller Wucht an die Wand. Sie zerschellte und verspritzte ihren Inhalt meterweit. »Wir fahren da jetzt raus. Ich will wissen, was der vorhat, verdammt noch mal.«

Er schulterte den Rucksack und warf einen auffordernden Blick in die Runde. Seine ohnehin dunklen Augen wirkten jetzt fast schwarz. »Na los, worauf wartet ihr noch?«

Niemand widersprach ihm. Keiner machte Anstalten, ihn aufzuhalten. Im Gegenteil. Die anderen suchten ebenfalls Jacken und Rucksäcke zusammen, schmissen die leeren Flaschen in eine Kiste und machten sich zum Aufbruch bereit. Nur Nasti schluchzte leise vor sich hin.

»He, Süße, mach dir keine Gedanken, alles wird gut.« War das der gleiche Typ, der eben noch wie ein Verrückter getobt und hier rumgebrüllt hatte? Trasher zog Nasti zärtlich an sich und gab ihr einen Kuss auf die Stirn. »Wir gehen ja nur mal gucken. Vermutlich ist er nicht mal da.«

»Versprochen?« Geräuschvoll zog Nasti die Nase hoch.

»Großes Ehrenwort.« Er küsste sie noch einmal, dann stiefelte er in Richtung Treppe. Die anderen folgten ihm. Ich hielt Nasti am Ärmel ihrer Jacke fest. »He, warte mal. Wohin wollen wir eigentlich?«, fragte ich. »Was hat dieser Adrian vor? Und um welchen Kran geht's da?«

»Henninger Turm.« Nasti flüsterte nur. Henninger Turm? Verständnislos starrte ich Nasti an. Die anderen waren inzwischen schon die Treppe runtergepoltert. Natürlich wusste ich, was der Henninger Turm war. Jedes Kind in Frankfurt kannte ihn. Der Henninger Turm ist ein Wahrzeichen der Stadt und weit über ihre Grenzen hinaus bekannt. Viele Jahre lang war er außerdem das höchste Gebäude der Stadt gewesen, und in seinem runden Aufbau, der irgendwie an ein Bierfass erinnern soll, hatte sich früher sogar ein Restaurant befunden, das sich drehte. Dann wurde der Turm abgerissen und jetzt seit einiger Zeit wieder aufgebaut. Hundertvierzig Meter würde er hoch werden, wieder mit einem runden Restaurant auf der Spitze und vielen Wohnungen im Innern. Der höchste Wohnturm Deutschlands.

Ich starrte Nasti an. Dieser Adrian wollte nicht wirklich auf den Henninger Turm klettern! Nasti griff nach meiner Hand. »Los, komm, ich erklär es dir unterwegs.«

Als wir am Fuß der Treppe ankamen, waren die anderen schon aus dem Haus in Richtung Straße gelaufen. An der maroden Stelle im Zaun holten wir sie endlich ein. Es war deutlich kälter geworden. Die Sonne, die mich vorhin noch geblendet hatte, hatte sich inzwischen hinter eine dicke Schicht grauer Wolken verzogen. Täuschte ich mich oder sah es nach Regen aus?

Wir liefen zu der Straßenbahnhaltestelle, an der auch Nasti und ich vorhin ausgestiegen waren. Wenn ich richtig mitgezählt hatte, waren wir über zehn Stationen gefahren. Bis zum Henninger Turm auf der Sachsenhäuser Seite würden es mindestens zwölf oder dreizehn Stationen sein, überlegte ich. In der Straßenbahn quetschten wir uns alle auf die Klappsitze im Einstiegsbereich, die eigentlich für Mütter mit Kinderwagen oder alte Leute mit Rollis vorgesehen waren. Leon griff in seine Hosentasche und verteilte eine Runde Kaugummis. Eine Fahrkarte hatte niemand gekauft, und ich ging nicht davon aus, dass sie alle eine Monatskarte besaßen.

Schnell warf ich einen Blick auf mein Handy. Keine Nachrichten. Wenigstens das. Meine Mutter schien mich noch nicht zu vermissen, obwohl es bereits Nachmittag war. Vermutlich dachte sie, dass ich wieder bei Nasti zu Hause war. Das erzählte ich ihr öfter, wenn wir uns in der Innenstadt verabredeten. So entging ich ihren überflüssigen Fragen.

Ich guckte zu Trasher rüber, der gerade mit beiden Händen in seinem Rucksack wühlte und etwas zu suchen schien. Schließlich zog er triumphierend ein Stück Pappe hervor. Erst jetzt sah ich, dass er in der anderen Hand bereits eine Farbdose hielt. Trasher kniete sich auf den Boden der Straßenbahn, vergewisserte sich noch einmal der Aufmerksamkeit der ganzen Gruppe, dann legte er das Stück Pappe zurecht, schüttelte die Spraydose kurz, hielt sie darüber und drückte auf den Knopf. Schwarze Farbe zischte aus dem Behälter auf den Boden, und nun begriff ich, dass das Stück Pappe eine Schablone war.

Verstohlen schaute ich mich um, aber zum Glück schien keiner der anderen Fahrgäste etwas bemerkt zu haben. Die Straßenbahn war im hinteren Bereich fast leer, außer uns waren nur noch drei ältere Türken eingestiegen, die weiter vorn Platz genommen hatten und eifrig miteinander diskutierten.

Als Trasher seine Sprayaktion beendet hatte, zog er vorsichtig die Pappe vom Fußboden ab und betrachtete voller Stolz sein Werk. Ein schwarzer senkrechter Balken mit einem stilisierten Vogel als Querbalken leuchtete uns feucht entgegen.

Fragend sah ich Nasti an. »Soll das ein T sein?«

Sie nickte. »Klar. Und der Vogel, das ist Trasher. So fühlt er sich, wenn er ganz oben steht. Frei wie ein Vogel«, flüsterte sie zurück. Irrte ich mich oder klang da Stolz in ihrer Stimme mit?

»Hat er keine Angst, dass er erwischt wird? Bei der Sprüherei«, fügte ich schnell hinzu und nickte in Richtung Fußboden. »Ist schließlich Sachbeschädigung.« Ganz toll. Warum musste ich nur immer so langweilig und vernünftig sein?

Nasti zuckte mit den Schultern. »Ist so 'n Männerding. Er markiert sein Revier. Er hinterlässt seine Stencils überall. Immer in der Hoffnung, dass der Gecko nicht schon vor ihm da war.«

Ich musste an den Gecko denken, der gestern auf dem Baustellenschild geprangt hatte.

»Der Gecko ist dann Adrians Stencil?«, fragte ich. Nasti nickte. »Ja, und die beiden streiten darum, wer die ausgefalleneren oder gefährlicheren Orte für seine Graffitis findet.«

Wo auch immer du hinkommst, der Gecko war schon da, erinnerte ich mich an Adrians hämische Warnung. So lief das also. Adrian und Trasher spielten Hase und Igel. Nur dass sie sich für ihren Wettstreit ausgerechnet die höchsten Baustellen der Stadt ausgesucht hatten.

Zwanzig Minuten später standen wir endlich am Lokalbahnhof. Von hier aus war es nur noch ein kurzer Fußweg zur Baustelle am Hainer Weg. Der Turm glitzerte in der Novemberdämmerung wie eine überdimensionale Weihnachtskerze, mit seinem beleuchteten Baugerüst und den vielen Blinklichtern und Scheinwerfern, die wohl vor allem Flugzeuge warnen sollten.

Es hatte angefangen zu nieseln. Ich zog meine Jacke ein bisschen fester um meine Schultern und zerrte meine Mütze aus dem Rucksack. Meine Haare waren schon ganz feucht. Und mir war kalt. Viel lieber hätte ich jetzt mit Nasti zusammen bei ihr zu Hause auf dem Bett gesessen, heißen Kakao getrunken und Musik gehört. Oder Fingernägel in Neonfarben lackiert. Oder bunte Bänder um Haarsträhnen gewickelt.

Stattdessen stolperte ich hier hinter Leuten her, die ich gestern überhaupt noch nicht gekannt hatte. Die Straßen glänzten inzwischen vor Nässe, vereinzelt flackerten kaputte Neonröhren in den Fenstern auf, die Scheinwerfer der Autos spiegelten sich in den Scheiben. Rushhour. Ich hängte mich bei Nasti ein, da legte Trasher einen Arm um sie. Sofort zog ich meinen Arm wieder zurück. Nasti hatte es nicht einmal bemerkt.

Als wir die Baustelle endlich erreichten, wusste ich immer noch nicht, was Adrian eigentlich vorhatte. Es regnete inzwischen in Strömen. Ich zog meine Mütze tiefer ins Gesicht, trotzdem klebten mir ein paar Haarsträhnen schon nass auf der Stirn. Ich hatte mich ein paar Meter hinter die Gruppe zurückfallen lassen, als Bee plötzlich stehen blieb und auf mich wartete.

»Alles in Ordnung?«, fragte sie und hängte sich bei mir ein.

Ich nickte. »Mir ist nur kalt.« Dass die Kälte von innen kam und mit dem Wetter überhaupt nichts zu tun hatte, musste Bee nicht wissen. »Und wo wollt ihr Adrian jetzt finden?«, fragte ich, nur um irgendetwas zu sagen.

»Am Kran. Wenn er hier ist, ist er am Kran.« Bee nickte mit dem Kopf in Richtung des größten Baukrans, den ich je gesehen hatte: ein hundertvierzig Meter hohes Teil, genauso hoch wie der fast fertige Turm, eher noch höher, denn weit oben drehte sich sein Ausleger im Wind.

»Adrian will auf diesen Kran? Das wäre doch reiner Selbstmord.« Ich senkte meine Stimme zu einem Flüstern.

»Eigentlich will Trasher auf diesen Kran. Er träumt davon, seit das Ding installiert worden ist«, erklärte mir Bee, während sie das Tempo ein wenig anzog. »Und jetzt hat er Angst, dass Adrian ihm die Tour vermasselt. Das wird er nicht zulassen«, unterbrach sie mich, als ich den Mund aufmachte.

Ich schüttelte nur stumm den Kopf. Dass die Roofer verrückt waren, war mir schon seit gestern klar. Aber das hier war mehr als nur verrückt. Das war lebensmüde. Vollkommener Wahnsinn. Und alle schauten dabei zu.

9

»Da seid ihr ja endlich. Ich dachte schon, ihr habt euch nicht rausgetraut, weil es ein bisschen regnet.«

Ich fuhr herum. Hinter uns hockte Adrian auf einem Stromverteiler, im Mundwinkel eine Zigarette, und grinste in die Runde.

Er trug den gleichen grauen Hoodie wie Trasher, die Kapuze ebenfalls tief in die Stirn gezogen. Ansonsten war er das genaue Gegenteil von ihm. Neben seinem durchtrainierten Gegner mit den durchdringenden schwarzen Augen und der rauen markanten Stimme wirkte Adrian in seiner alten Trainingshose viel zu dünn, blass und sehr fahrig. Die Zigarette in seinem Mund wanderte ständig von einer Seite auf die andere, und seine grünen Augen zuckten dauernd umher, so als ob er sich vergewissern wollte, dass auch wirklich alle gekommen waren.

Von dem Stromkasten leuchtete uns bereits ein grüner Gecko entgegen.

»Was willst du hier draußen? Was soll der Scheiß?« Trasher ging sofort zum Angriff über.

Adrian lachte und kletterte auf den Verteiler. »Ich bin ein freier Mann, oder? Seit wann hast du zu entscheiden, wohin ich gehen darf?«

»Du kannst gehen, wohin du willst. Vor allem kannst du von hier verschwinden.«

Adrian nahm in aller Seelenruhe einen tiefen Zug von seiner Zigarette, bevor er antwortete: »Hast du es nicht gelesen? Ich geh auf den Kran.« Nur seine Stimme verriet, dass er bei Weitem nicht so selbstsicher war, wie er sich gab.

»Einen Scheiß wirst du!« Trasher riss sich aus Nastis Umklammerung und trat mit voller Wucht gegen den Kasten. »Der Kran ist mein Ding, das hatten wir doch geklärt.«

»WIR hatten irgendetwas geklärt?« Adrian lachte höhnisch, nahm die Zigarette aus dem Mund und ließ etwas Asche auf Trasher herunterrieseln. »Wir hatten gar nichts geklärt. Du hast das für dich so entschieden. Aber deine Entscheidungen interessieren mich nicht. Wann kapierst du das eigentlich?« Dann schnippte er die Kippe in hohem Bogen durch die Luft. »Außerdem hindert dich ja niemand daran, auch auf den Kran zu gehen. Aber du hast die Hosen doch gestrichen voll. Und ich denk gar nicht dran zu warten, bis du dich endlich traust. Bis dahin setzt das Ding ja schon Rost an.«

Sein Lachen war noch immer herablassend, hämisch. Dann ging er in die Hocke und wandte sich an Leon. »Hast du das Teil?« Leon nickte und fing an, etwas in seinem Rucksack zu suchen.

»Welches Teil?« Trasher fuhr herum und blaffte Leon an: »Von welchem Teil redet der? Und was hast du überhaupt damit zu tun?«

Ich sah, wie Leon fast unmerklich zusammenzuckte und vor Trasher zurückwich. Aber dann straffte er seine Schultern und zog einen Gegenstand aus seinem Rucksack.

»Nur 'ne Cam«, murmelte er. »'ne GoPro. Adrian wollte, dass ich sie für ihn besorge.«

»Du hast dem Wichser eine GoPro besorgt? Hinter meinem Rücken?« Diesmal brüllte Trasher. Er stürzte sich auf Leon und stieß ihn zu Boden.

Leon konnte die Kamera in seiner Hand gerade noch hochreißen, sonst wäre sie vermutlich in einer der schlammigen Pfützen gelandet, die sich allmählich zu unseren Füßen bildeten.

Schnell wie der Blitz sprang er wieder auf die Füße. »Hast du sie noch alle?! Das Teil gehört meinem Alten. Der bringt mich um, wenn da auch nur ein Kratzer dran ist. Und wieso sollte ich Adrian die Kamera nicht borgen? Noch gehört er ganz genauso zu uns wie du. Schon vergessen?«

»Hört auf. Hört sofort auf damit!«, schrie Nasti und ich sah Tränen in ihren Augen schimmern.

Ich warf einen Blick zu Adrian. Ich wusste nicht genau, warum, aber in diesem Moment fand ich, dass sein Spitzname ausgesprochen gut zu ihm passte. Fast gelangweilt sah der *Gecko* von oben auf den Tumult zu seinen Füßen, dann ließ er sich von Leon die Kamera reichen, stellte den Stirnriemen ein und befestigte sie auf seinem Kopf.

»Ich geh jetzt da hoch. Ihr könnt ja nachkommen, wenn

ihr mit der Kinderkacke hier fertig seid.« Er sprang von dem Stromverteiler und marschierte auf den Kran zu. Eine elegante Bewegung später hatte er die ersten Sprossen schon erklommen und fing an zu klettern.

Ich fror schon beim Zusehen. Die Metallsprossen mussten eisig sein. Und Adrians ausgelatschte schwarze Turnschuhe wirkten alles andere als rutschfest. Adrian schien das alles nicht im Geringsten zu stören. Als er so hoch oben war, dass Trasher ihn von unten nicht mehr ohne Weiteres erreichen konnte, drehte er sich noch einmal um, hielt sich nur mit einer Hand fest und winkte. Dann griff er nach der Kamera auf seiner Stirn. »Kamera läuft! Film ab!«

»Du kannst da nicht hochgehen. Mensch, Adrian, mach doch keinen Scheiß. Es regnet! Außerdem ist es noch zu hell.« Jetzt mischte sich Bee ein.

Yannik nickte. »Bee hat recht. Das Wetter ist zu schlecht. Komm wieder runter«, rief er.

Spottend lachte Adrian auf sie herab. »Schlechtes Wetter gibt es nicht. Nur schlechte Kleidung.« Mit diesen Worten zog er ein Paar Handschuhe aus seinen Hosentaschen und streifte sie sich über. »Und ein bisschen Regen hat noch keinem geschadet.«

Yannik nahm sich die Brille von der Nase und wischte sie mit dem Ärmel seines Sweatshirts trocken. »Du bist ein Idiot, Adrian«, brüllte er. »Da oben ist es saukalt. Vielleicht friert es sogar. Dann hast du eine wunderbare glatte Eisfläche zum Festhalten. Hör endlich auf mit dem Mist und komm runter.«

»Weicheier.« Adrian schnaubte verächtlich. »Ihr seid doch

alle Weicheier. Ich klettere weiter. Ich bin der Gecko. Ich bin ein Roofer. Der einzige! Und heute werde ich in die Geschichte eingehen!« Trasher brüllte wieder auf, aber die anderen hielten ihn fest.

»Lass ihn klettern«, raunte der Doc. »Spätestens nach zehn, zwanzig Metern friert ihm da oben der Schwanz ab, dann kommt er freiwillig wieder runter. Wirst sehen.«

»Oder die Bullen holen ihn runter«, ergänzte Bee. »Wir sollten lieber aufpassen, dass sie uns nicht gleich mit einsacken.«

Trasher beruhigte sich langsam, aber Nasti hängte sich weiter an ihn, als könnte sie damit irgendetwas verhindern. Gebannt sahen alle nach oben. Mir wurde schon vom Zugucken schlecht, und mir war völlig schleierhaft, wie die anderen so ruhig bleiben konnten. Das hier war kein Clip. Das war live. Real. Adrian wirkte zwar ziemlich sicher in seinen Bewegungen, aber genauso gut konnte er irgendeinen dummen Fehler machen und abstürzen. Mit angehaltenem Atem verfolgte ich jeden seiner Handgriffe. Wieso merkte eigentlich sonst niemand auf der Baustelle, dass da gerade ein Verrückter dabei war, an dem Kran hochzuklettern?

Hektisch sah ich mich nach allen Seiten um. Die Erinnerung an die Security-Typen mit ihren Eisenstangen war noch zu frisch. Aber weit und breit war niemand zu sehen, die Baustelle wirkte wie ausgestorben. Ich wartete darauf, dass jeden Moment lautes Hupen von der Straße die Leute auf Adrian aufmerksam machen und irgendjemand die Polizei oder die Feuerwehr rufen würde, aber offensichtlich waren die Autofahrer zu sehr mit dem Verkehr und der zunehmend schlechten Sicht beschäftigt. Keiner hatte Zeit, um nach oben zu schauen.

Jetzt konnte ich nur noch beten, dass Yannik recht behielt und es Adrian weiter oben wirklich zu kalt werden würde. Ich konnte kaum noch hingucken. Am liebsten hätte ich die Augen einfach zugekniffen, aber irgendetwas in mir zwang mich, dem Irrsinn weiter zuzuschauen. Trotzdem musste ich immer wieder den Blick abwenden und mir die Regentropfen aus dem Gesicht wischen, um überhaupt noch etwas erkennen zu können.

»Wie hoch will der überhaupt?« Flüsternd und ohne den Blick von dem Kran zu nehmen, wandte ich mich an Bee. Ihr Schulterzucken ahnte ich mehr, als dass ich es wirklich sah. »Ganz hoch vermutlich. Alles andere wäre ja nix Besonderes.«

Entsetzt drehte ich mich zur Seite und starrte sie an. Adrian wollte ganz da hoch? Einhundertvierzig Meter über dem Asphalt? Ohne Seil, ohne Absicherung? Bei Eisregen und anbrechender Dämmerung? Mein Herz schlug jetzt bis zum Hals. »Aber warum?« Die letzte Frage hatte ich laut ausgesprochen, ohne es zu merken.

»Es ist der Kick.« Bee benutzte die gleichen Worte, die auch Nasti schon benutzt hatte. Der Kick. Was um alles in der Welt gab einem bei dieser Kletterei so einen großen Kick, dass man bereit war, dafür sein Leben aufs Spiel zu setzen? »Das ist doch Wahnsinn.« Meine Stimme war plötzlich ganz piepsig und meine Finger gruben sich in meine Unterarme. Ich musste was tun. Wir mussten was tun. Irgendjemand musste ihn doch aufhalten. Wir konnten doch nicht alle tatenlos herumstehen und uns benehmen, als würde Adrian gerade mal einen Drei-Meter-Turm im Schwimmbad erklimmen.

Bee drehte sich zu mir um. »Du hast es doch auch gespürt, vorhin. Dieses Gefühl von Freiheit, oben, auf dem Dach. Oder?« Ich wollte den Kopf schütteln, aber ich wusste, dass sie recht hatte. Ja, ich hatte es gespürt. Ein bisschen Wind um die Nase, ein bisschen freier Himmel über mir und die Tatsache, dass alle anderen unten am Boden bleiben mussten, hatten ausgereicht, dass ich mich irgendwie besser fühlte. Wie ein Kind, das hoch in einem Apfelbaum sitzt, vielleicht.

»Aber das ist doch nicht das Gleiche«, stammelte ich. »Wir saßen auf einem sicheren Gitter, höchstens ein Stockwerk hoch. Das kannst du doch gar nicht vergleichen. Selbst wenn ich abgerutscht wäre, wäre mir vermutlich nicht viel passiert.«

»Wenn du es einmal gespürt hast, willst du es immer wieder«, murmelte Bee. »Und irgendwann willst du mehr davon.«

»Heißt das, du würdest auch auf diesen Kran klettern?« Fassungslos starrte ich Bee an. Sie wirkte so klein und zierlich, fast kindlich mit ihren dunklen Locken und den Sommersprossen auf ihrer Nase, so ganz anders als Trasher oder Adrian.

»Na ja, zumindest bin ich das einzige Mädchen in der Clique, das es offenbar auch liebt, auf Dächer und Kräne zu steigen.« Bee nickte. »Ich geh aber nicht so hoch wie die Jungs«, sie zeigte mit dem Kopf vage dahin, wo sie Adrian jetzt ungefähr vermutete. »Aber wenn man es erst einmal versucht hat, dann packt es einen wie eine Droge, dann will man es immer wieder machen.«

Sie drehte sich um, schirmte die Augen mit ihrer Hand ab und suchte Adrian, der in einem Affentempo immer noch weiter nach oben kletterte. »Hoffentlich kann man bei dem Regen überhaupt was erkennen nachher«, murmelte sie.

Leon schob sich neben uns. »Keine Sorge. Die GoPro kann einiges ab. Ich hab sie schon mal im Tiefschnee getestet. Egal wie viel Schnee das Ding abgekriegt hat, die Bilder waren immer scharf.«

»Aber diese Bilder oder Filme«, ich wandte mich wieder an Bee, ohne den Blick von dem Jungen zu nehmen, der Meter um Meter nach oben stieg, »die könnt ihr doch nicht einfach ins Netz stellen. Das gibt doch bestimmt den totalen Stress, wenn die einen von euch erwischen.«

Bee lachte leise. »WENN sie uns erwischen. Deshalb klettern wir ja meistens mit Maske. Oder Sturmhaube. Und von Adrian wird da oben wohl kaum jemand ein Foto machen«, fügte sie hinzu, als sie meinen zweifelnden Blick sah.

»Ich krieg auf jeden Fall immer total starke Reaktionen auf die Bilder, die ich auf Instagram stelle. Die Leute finden den Blick von oben auf die Stadt total geil, weil sie das ja so selbst nie sehen können. Und der Ausblick ist auch jedes Mal einfach der Wahnsinn. Warst du noch nie wenigstens mal beim Wolkenkratzerfestival auf einem der Türme?«

Ich schüttelte den Kopf. Ich hatte von diesem Festival zwar schon gehört, aber ein Besuch auf einem der Hochhäuser hatte mich trotzdem nie gereizt.

»Jetzt sollte er aber langsam wieder umkehren«, murmelte Doc in diesem Moment, und sofort starrte ich wieder nach oben und suchte den Kran nach Adrian ab.

»Wo ist er denn?« Ich kniff die Augen zusammen, aber ich konnte ihn nicht finden.

»Da. An der ersten Querverstrebung.« Nasti stieß mich an und zeigte nach oben. Tatsächlich. Adrian hatte es schon bis zur ersten Verbindungsstelle zwischen Kran und Turm geschafft.

»Was hat er jetzt vor?« Trasher wippte unruhig vor und zurück. »Was macht der Mistkerl da?«

Soweit ich das vom Boden aus erkennen konnte, bewegte sich Adrian seit geraumer Zeit nicht mehr weiter nach oben, sondern war zu dem Querträger geklettert. Gerade zog er sich daran hoch, dann sah es aus, als ob er sich daraufsetzte und mit den Beinen schaukelte. Ich rieb mir mit dem Ärmel über die Augen. Tatsächlich. Adrian saß auf dem Träger und schlenkerte mit den Beinen wie ein Kind auf einer Schaukel. Mir wurde schlecht vor Angst.

»Der raucht erst mal eine. Mann, der hat Nerven«, stellte Leon fest, der die ganze Aktion durch sein Smartphone beobachtete und den Zoom zu Hilfe genommen hatte. Er versuchte gar nicht erst, die Bewunderung in seiner Stimme zu verbergen.

»Scheiße! Der will auf dem Ding zum Turm rüberlaufen!« Bee schrie auf und fing an, wie wild mit den Armen zu winken. Jetzt erkannte ich es auch. Adrian hatte sich wieder hochgezogen und stand nun auf der Verstrebung, die Turm und Kran miteinander verband. Er hatte die Arme ausgebreitet und fing an, sich vom Kran wegzubewegen. Ich biss mir auf die Lippen. An dem Kran hochzuklettern, sich mit Händen und Füßen festzuklammern, war eine Sache. Aber in dieser Höhe ohne Absicherung über einen frei schwebenden Träger zu laufen, eine ganz andere. Sofort musste ich wieder an das Video denken und den Moment, als Trasher vorgab, abgerutscht zu sein. Selbst ein Fehltritt von nur wenigen Zentimetern würde Adrian das Leben kosten. Meine Finger gruben sich tiefer in meine Arme, aber das Zittern, das mich plötzlich überfiel, konnte ich damit nicht verhindern.

»Ist der wahnsinnig? Der kann doch nicht bei dem Wetter über den Träger gehen! Das wäre doch glatter Selbstmord.« Leon flüsterte nur noch. In meinem Mund wurde es plötzlich ganz trocken. Ich wollte ebenfalls etwas sagen, aber ich brachte keinen Ton heraus. Auch die anderen waren jetzt verstummt, starrten alle nur entgeistert nach oben. Am liebsten hätte ich mir Augen und Ohren zugehalten und wäre einfach abgehauen. Ich wollte das nicht sehen, ich wollte diesen ganzen Wahnsinn nicht mehr sehen. Aber ich konnte nicht weg. Meine Füße blieben wie festgeklebt einfach auf dem nassen Beton stehen, meine Augen starrten weiter nach oben und die Bilder hämmerten sich in meinen Kopf. WAMM. WAMM. WAMM.

Entsetzt beobachtete ich, wie Adrian Schritt für Schritt auf dem Ausleger zurücklegte, unter ihm mindestens zwanzig Stockwerke, die Arme weit ausgebreitet, als ob er jeden Moment abheben und fliegen wollte.

»Es ist zu kalt, es ist arschglatt da oben, er wird abrutschen, warum kommt er nicht zurück, was soll der Scheiß, was will er uns damit beweisen?« Bee redete in einer Tour vor sich hin. Sie schien gar keine Luft mehr zu holen.

»Dass er der Größte ist, was sonst?«, presste Trasher zwischen zusammengebissenen Zähnen hervor. »Es gibt kein schlechtes Wetter, nur schlechte Kleidung«, äffte er Adrian nach. »Arschloch, soll er doch da oben verrecken.«

Trasher spuckte auf den Boden und machte Anstalten zu gehen. Nasti hängte sich wieder an seinen Arm. »Du kannst doch jetzt nicht einfach abhauen. Wir müssen doch was machen«, jammerte sie.

»Was willst du denn machen?« Wenigstens blieb Trasher stehen. »Der wollte selbst da hoch, jetzt soll er auch zusehen, wie er wieder runterkommt.«

»Wir müssen ihn da irgendwie runterholen«, murmelte Leon.

»Wie willst du ihn denn da runterholen?« Yannik schüttelte den Kopf. »Soll einer von uns vielleicht auch noch sein Leben aufs Spiel setzen?«

Und plötzlich hielt ich es nicht mehr aus. »Aber irgendwas müsst ihr doch tun. Ihr könnt doch nicht einfach hier stehen und nichts tun. Ihr könnt doch nicht einfach zugucken, wie der abstürzt! Ruft die Feuerwehr! Oder die Polizei! Oder irgendjemanden, der den Kran bedienen kann! Oder …« Meine Stimme überschlug sich. Irgendetwas in mir zerbrach. »Ihr seid doch alle total durchgeknallt! Wahnsinnig! Vollkommen irre! Glotzt einfach nur dämlich nach oben und wartet drauf, dass der Typ sich umbringt. Tut doch endlich was, verdammt … bitte, tut endlich was!« Ich konnte nur noch schluchzen. Und dann auf einmal ging alles ganz schnell.

»Nein!!!« Es war Bee, die zuerst geschrien hatte. Fassungslos starrte ich auf die Stelle, an der Adrian eben noch gestanden hatte. Sie war leer. Ich hörte einen Schrei; und es dauerte einen Moment, bis mir klar wurde, dass ich es war, die geschrien hatte. Es dauerte eine weitere gefühlte Ewigkeit, bis mein Hirn die Information verarbeiten konnte, die ihm von meinen Augen geschickt wurde:

Der. Ausleger. War. Leer.

Adrian stand nicht mehr darauf. Adrian war weg.

»Da. Er hängt da! Da drüben!« Jetzt war es Leon, der schrie und aufgeregt mit den Armen winkte und nach oben zeigte. Ich fing an zu beben, meine Zähne klapperten, es war, als ob ich selbst da oben im Eisregen hängen würde, denn das war es, was inzwischen vom Himmel fiel, kalter gemeiner Eisregen, und da oben hing ein Junge in einer alten Trainingshose und einem grauen Hoodie und kämpfte um sein Leben, klammerte sich mit einer Hand an dem glatten rutschigen Träger fest, während sein Körper hilflos hin und her pendelte und er mit der anderen Hand verzweifelt ruderte und Halt suchte. Seine Füße traten dabei immer wieder ins Leere, sein Körper baumelte im eisigen Wind wie eine Stoffpuppe. Meine Augen saugten sich an seinem Anblick fest, als ob ich ihn nur mit meinen Blicken vor dem endgültigen Absturz bewahren könnte, und aus einer Entfernung von unendlich vielen Kilometern hörte ich Nasti, die die ganze Zeit wimmerte und »Oh nein, nein, bitte, bitte, nein« vor sich hin betete.

»Tut was, bitte tut doch endlich was«, flüsterte ich und biss mir dann auf die Unterlippe, bis ich Blut schmeckte. Über uns suchte Adrian immer noch nach einem Halt. Nach wie vor hielt er sich mit nur einer Hand an den Eisenverstrebungen fest, während er mit der anderen Hand offenbar einfach nicht zupacken konnte. Fast gleichzeitig sprinteten Trasher, Yannik und Leon zum Kran und machten Anstalten, ebenfalls daran hochzusteigen.

Nasti schrie auf und wollte Trasher aufhalten, aber der stieß sie einfach weg und zog sich auf die nächste Sprosse. Ich stürzte zu Nasti und hielt sie fest. »Lass ihn hochgehen. Pscht, alles wird gut. Lass ihn gehen, sie wollen Adrian helfen. Alles wird gut, alles wird gut.« Ich hielt Nasti im Arm, redete ununterbrochen auf sie ein und glaubte dabei meinen eigenen Worten nicht.

»Wartet! Er packt es!« Plötzlich mischte Bee sich ein. »Verdammt, er packt es!«

Und dann sahen wir zu, wie Adrian sich endlich auch mit der zweiten Hand an die Querstreben klammerte; er hatte es geschafft, seine Hand hatte einen Halt gefunden, sein Körper baumelte zwar immer noch hoch über uns im Wind, aber er hielt sich fest.

Und dann begann er, sich zurückzuhangeln. Zentimeter für Zentimeter, Sprosse für Sprosse, wie in Zeitlupe, näherte er sich dem Kran, bis er ihn endlich erreichte, sich mit Armen und Beinen an ihn klammerte, sich nur noch mit allen vieren festkrallte, eine Ewigkeit hing er so da oben, und gerade als ich dachte, dass er nie wieder freiwillig loslassen würde, begann er mit dem Abstieg.

Auch die anderen kletterten wieder nach unten, Nasti rang nach Luft und wischte sich das Gesicht mit dem Handrücken ab; ich hätte sie gernc getröstet und ihr übers Haar gestreichelt, damit sie aufhörte zu weinen, aber ich tat es nicht. Ich konnte es nicht. Ich konnte gar nichts mehr.

Nikolas

Er machte sich Sorgen um den Alten. Das Leben auf der Straße wurde zu hart für ihn. Er hatte seit Tagen nichts Richtiges mehr gegessen. Und nachts hörte er ihn reden im Schlaf. Janosch sprach mit seiner Frau, das wusste er inzwischen. Eine Frau, die ihn nicht nur viel zu früh verlassen, sondern die auch noch seine beiden Kinder mit in den Tod genommen hatte. Es war ein Unfall gewesen. Ein Unfall, der aus Janosch, dem Ehemann und Vater, den gemacht hatte, der er heute war.

Eigentlich hatte er niemanden gesucht, eigentlich wollte er damals endlich nur das sein, was er innen drin sowieso schon war: allein. Aber dann war der Hunger gekommen und die Kälte, und dann war es Janosch, der ihn wegzerrte, als sie zum ersten Mal Bierdosen und Steine nach ihm warfen. Von Janosch lernte er, dass es in der Nähe des Kinos immer Müllsäcke voller Popcorn gab und man sich in den Hamburgerläden satt essen konnte, wenn man die Reste von den Tabletts einpackte, bevor sie entsorgt wurden.

Wovon sie hier draußen in den nächsten Tagen leben sollten, wusste er selbst noch nicht, aber Trasher hatte versprochen, ihnen zu helfen.

Es hatte Stunden gedauert, Janosch hierherzubringen. Nur widerwillig hatte der Alte zugestimmt. Als sie endlich in dem verlassenen Haus angekommen waren, konnte er sehen, wie erschöpft sein Freund war. Die Fahrt in die Vorstadt war lang und umständlich gewesen. Zweimal mussten sie aussteigen und auf eine andere Straßenbahn warten, weil Kontrolleure aufgetaucht waren, und je weiter sie die Innenstadt hinter sich ließen, desto kritischer beäugten die Mitreisenden sie.

Scheißpenner. Asylantenpack. So was wie die wollen wir hier nicht. Früher hatte er versucht, ihnen zu erklären, dass er trotz seiner dunklen Hautfarbe ein Deutscher war wie sie. Früher war schon lange vorbei. Heute schien es ihm leichter, die Stimmen zu ignorieren. Einfach nicht hinhören. Er hatte gelernt, unsichtbar zu werden, auch für die, die ihn sehen konnten.

Er wusste auch, dass sie früher oder später zurück in die Stadt mussten, aber darüber würde er nachdenken, wenn es so weit war. Fürs Erste konnten sie hierbleiben, hatte Trasher gesagt. Hier würde sie niemand stören. Keine Tritte, die sie aus dem Schlaf rissen. Niemand, der ihren Schlafsack anzünden wollte.

Er zog das Buch aus seinem Versteck und suchte sich einen Platz in einem der offenen Fenster.

Obwohl die Sonne noch nicht ganz untergegangen war, brauchte er sein Feuerzeug, um wenigstens noch ein paar Zeilen entziffern zu können.

Zuerst las er noch einmal das Abendlied, dachte an Granny und daran, was sie jetzt wohl machte. Er schaute über die anderen Häuser; wie klein hier alles wirkte. Und so friedlich.

Dann blätterte er zur nächsten Seite. Goethe.

Über allen Gipfeln ist Ruh.

Vereinzelt leuchteten erste Lichter hinter den Fenstern auf.

In allen Wipfeln
Spürest du
Kaum einen Hauch.

Er zog die Beine enger an den Körper, die Abende waren schon empfindlich kalt. Nur diese Nacht noch.

Er dachte an die Menschen, die hier lebten. Ob sie glücklich waren?

Warte nur, balde
Ruhest du auch.

»Sie kommt wieder. Schlaf jetzt.« Eine Hand strich ihm über die krausen Locken. »Schau, der Mond kommt auch immer wieder. Sie ist wie der Mond.«

Aber sie kam nicht. So sehr er auch wartete. Der Mond kam nicht zu ihm zurück.

10

Ich wusste kaum noch, wie ich nach Hause gekommen war. Den Weg von der Bushaltestelle zu unserem Haus bin ich fast gerannt. Ich zitterte am ganzen Körper, redete mir ein, dass das Zittern nur von der Nässe und Kälte kam, aber tief in mir drin wusste ich es besser. Als ich es endlich geschafft hatte, mit meinen klammen Fingern die Haustür aufzuschließen, stolperte ich geradewegs in den Flur, so eilig hatte ich es, ins Haus zu kommen.

Ich warf nur einen kurzen Blick ins Wohnzimmer, sagte meiner Mutter, dass ich den ganzen Nachmittag mit Nasti für die Mathearbeit geübt hätte, dann stürzte ich in mein Zimmer und verkroch mich unter meiner Bettdecke. So fest es ging, wickelte ich mich darin ein.

Meine Mutter hatte kaum von ihrer Fernsehserie hochgeguckt. Sie hatte auch nicht weiter nachgefragt, vermutlich war es ihr völlig egal, wo ich herkam. Ralph war nicht da. Sie sagte irgendetwas von »*Auswärtstermin*« und »*Wird spät heu-*

te«, und ich ahnte, dass die Fragen meiner Mutter sich mehr um Alter und Aussehen dieses Termins drehten als um den Verbleib ihrer Tochter. Es war mir egal. Im Moment war mir das alles vollkommen egal.

Ich schloss die Augen, aber gegen die Bilder in meinem Kopf half das nicht. Immer wieder sah ich den Kran vor mir und weit oben Adrian, wie er da hing und sich mit einer Hand verzweifelt an dem Ausleger festklammerte. Ich sah seinen Körper hin und her schwanken, sah sein hilfloses Rudern mit dem freien Arm, bis er es endlich geschafft hatte und sich in Sicherheit bringen konnte.

Als Adrian wieder festen Boden unter den Füßen gehabt hatte, hatte er schweigend die Kamera vom Kopf gezogen, sie Leon gereicht, sich umgedreht und war gegangen. Sein Anblick war gruselig gewesen. Vollkommen gespenstisch irgendwie. So als ob nur sein Körper auf dem festen Boden gelandet wäre und seine Seele sich irgendwo da oben verloren hätte.

Wir anderen hatten dabeigestanden und ebenfalls kein Wort gesagt. Ich hatte darauf gewartet, dass irgendeiner hinter ihm herlief, ihn vielleicht nach Hause begleitete, aber alle waren einfach wie angewurzelt stehen geblieben.

Yannik war der Erste gewesen, der seine Sprache wiedergefunden hatte. »Verdammt, das war knapp«, hatte er gemurmelt und sich bestimmt zum zwanzigsten Mal die Brille von der Nase genommen, um sie trocken zu reiben. Bees Lippen hatten sich bewegt, aber ich hatte nicht verstehen können, was sie sagte.

»Er hat es gefilmt. Die Kamera lief die ganze Zeit. Er hat

echt alles gefilmt.« Leon hatte am Display der Kamera rumgefummelt, aber niemand hatte ihn beachtet.

»Ich will nach Hause.« Meine Stimme war nur noch ein Krächzen gewesen. Die anderen hatten bloß genickt, schweigend, auf dem ganzen Weg zurück hatte keiner ein einziges Wort gesagt.

Als mein Wecker klingelte, lag ich bereits seit Stunden wach. Ich konnte nicht mehr schlafen. Immer wieder hatte ich den gestrigen Tag vor meinem inneren Auge ablaufen lassen, hatte die Begeisterung in Bees Stimme gehört, als sie mir von ihren eigenen Kletteraktionen erzählte, hörte das Toben und Schreien von Trasher, der einfach nur Angst hatte, dass man ihm die Show stehlen würde, und ich sah Adrians Augen vor mir, die Augen, mit denen er ins Leere starrte, kurz bevor er sich umdrehte und einfach ging. Nie wieder in meinem Leben würde ich diese Augen vergessen.

Vor dem Einschlafen war mir gestern noch die Sache mit dem Schlafsack eingefallen, deshalb hatte ich mir den Wecker extra eine ganze Stunde früher gestellt. Ich hätte wissen müssen, dass ich keinen Wecker brauchte, ich hatte ohnehin kein Auge zugemacht.

Eigentlich hatte ich auch echt keine Lust mehr, diese Idioten noch einmal zu treffen, nur um ihnen meinen Schlafsack zu bringen. Aber irgendetwas in Trashers Stimme gestern hatte mich berührt, und obwohl ich keine Ahnung hatte, wer dieser Janosch war, für den er das Teil so dringend benötigte, wollte ich doch mein Versprechen halten. Außerdem musste ich irgendetwas tun, an irgendetwas anderes denken, um diese Bilder in meinem Kopf loszuwerden. Völlig erschöpft und todmüde schlich ich deshalb in den Keller, durchwühlte den Schrank mit den Campingsachen, stopfte den Schlafsack dann in eine Sporttasche und machte mich auf den Weg. Mir war immer noch kalt.

Draußen war es stockdunkel, der Eisregen hatte inzwischen zwar aufgehört, aber es war glatt, die Straßenbeleuchtung war noch nicht abgeschaltet und der Asphalt glänzte nass. In der Straßenbahn saß außer mir kein Mensch – dachte ich jedenfalls, aber als ich ausstieg, verfolgte mich so eine Dicke mit ihrem Einkaufstrolley, und erst befürchtete ich, sie würde jetzt die ganze Zeit hinter mir herlaufen, aber dann bog sie doch in eine Seitenstraße ein. Und zum ersten Mal fragte ich mich, ob es wirklich so eine gute Idee von mir gewesen war, vollkommen allein hierherzukommen.

Warum hatte ich nicht wenigstens Nasti angerufen und sie gefragt, ob sie mich begleiten wollte? Aber jetzt war es zu spät. Ich beschloss, den Schlafsack so schnell wie möglich abzuliefern und dann zu sehen, dass ich es noch pünktlich in die Schule schaffte. Das Kapitel *Roofer* würde ich damit endgültig abhaken.

Ich suchte die kaputte Stelle im Zaun, bog den rostigen Draht nach oben und rückte das lose Stück Holz zur Seite, so wie Nasti es mir gestern vorgemacht hatte. Dann schlüpfte ich durch die Öffnung, schob das kaputte Brett zurück an die richtige Stelle und machte mich wieder auf den Weg über den Trampelpfad. Es war stockdunkel, das schwache

Licht der Straßenbeleuchtung reichte nicht bis zum Haus, das nasse Gras durchweichte meine Turnschuhe sofort, und ich musste höllisch aufpassen, dass ich auf den matschigen Äpfeln nicht ausrutschte und hinfiel. Als ich endlich auf der Terrasse stand, klopfte mein Herz bis zum Hals. Bei Tageslicht – und vor allem zu zweit – war mir das halb fertige Haus nicht so unheimlich erschienen wie jetzt.

Ich tastete nach den Brombeerranken, die den Eingang verdeckten, und zuckte mit einem Schmerzenslaut zurück. Ein Dorn hatte sich in meinen Zeigefinger gebohrt. Ich schaltete die Taschenlampe meines Handys ein, um den Dorn zu finden. Zum Glück steckte er nicht besonders tief. Mit den Zähnen zog ich ihn wieder heraus.

Im Haus war es ebenfalls dunkel. Und still. Wieso war es so still hier? War hier überhaupt jemand? Zum ersten Mal fragte ich mich, warum ich eigentlich so sicher davon ausgegangen war, dass Trasher oder jemand von den anderen um diese Uhrzeit hier sein würde.

Bring das Teil so schnell wie möglich her, hatte Trasher gesagt. Aber nicht: Bring es mitten in der Nacht.

Ich stand in dem riesigen Raum und traute mich keinen Meter weiter. Was sollte ich denn jetzt machen? Ich starrte auf das Display meines Smartphones. Sollte ich Nasti anrufen? Und dann? Selbst wenn sie sich sofort auf den Weg machte, würde es eine halbe Ewigkeit dauern, bis sie hier draußen wäre. Das wäre vollkommen idiotisch. Und überflüssig irgendwie.

Langsam bewegte ich mich in Richtung Treppe. Ich lauschte nach oben, versuchte, irgendetwas zu hören. Hoffte auf Stimmen wie beim letzten Mal, hoffte, dass die anderen doch hier waren, aber alles blieb ruhig.

Mit klopfendem Herzen stieg ich Stufe für Stufe die Treppe nach oben. Die Zeit zog sich endlos hin. Ich hätte den Schlafsack einfach unten ablegen und wieder verschwinden sollen.

»Hallo?« Ich flüsterte mehr, als dass ich rief. Trotzdem erschrak ich auch jetzt wieder darüber, wie laut meine Stimme hier im Haus klang. »Hallo? Ist da jemand?«

Endlich war ich oben. Erneut schaltete ich die Taschenlampe ein und schwenkte den Lichtkegel langsam durch den Raum. Ich sah die Bierkästen, die verstreut herumlagen, ein paar leere Flaschen und die Mauerbrüstung, die Bee gestern als Schwebebalken benutzt hatte. Sonst war weit und breit nichts zu entdecken. Die Roofer waren nicht hier.

Stell die Tasche irgendwo ab, und dann mach, dass du wieder rauskommst. Genau das würde ich tun. Ich ging rüber zu der Mauer, als ich plötzlich etwas hörte. Ein Rascheln. Mein Herz setzte für einen Schlag aus. Jemand war hier. Oder etwas. Mein erster Impuls war, die Tasche einfach fallen zu lassen und so schnell wie möglich abzuhauen. Aber ich blieb einfach stehen, fühlte meinen Herzschlag jetzt im Hals.

»Trasher? Bist du das?« Ich hielt die Luft an. Lauschte. Nichts. Vielleicht war es nur eine Maus, versuchte ich mich zu beruhigen. Ich zwang mich, bis zu der Brüstung rüberzugehen, und beschloss, die Tasche dort abzustellen. Da war sie nicht zu übersehen.

»Trasher?« Ich probierte es noch einmal.

»Was willst du von ihm?«

Ich fuhr herum. Hinter mir stand ein Junge. In seiner Hand hielt er ein brennendes Feuerzeug. Und er war ganz eindeutig nicht Trasher. Er war überhaupt niemand, den ich kannte. Und er musterte mich mit einer Feindseligkeit, die mir kalte Schauer über den Rücken jagte. Die winzige Flamme warf gespenstische Schatten über sein Gesicht.

Ich machte einen Schritt zurück und ließ ihn dabei nicht aus den Augen. Mit meiner Rechten umklammerte ich fest die Griffe der Sporttasche; für einen Moment überlegte ich, ob ich sie notfalls als Waffe einsetzen konnte, falls der Typ mir zu nahe kommen sollte. Ich schwitzte und fror gleichzeitig. Wie blöd musste man eigentlich sein, um im Stockdunkeln mutterseelenallein auf einer verlassenen Baustelle rumzuschleichen, ohne zu wissen, wer sich sonst noch alles hier herumtrieb? Wenn ich doch wenigstens irgendjemandem vorher Bescheid gesagt hätte.

»Was willst du von Trasher?« Der Junge machte einen Schritt auf mich zu. Meine Hand krampfte sich fester um die Tasche. Wenn er auch nur noch einen einzigen Schritt näher kam, würde ich ihm das Teil zwischen die Beine knallen und lossprinten. In Sekundenschnelle spulten sich in mir alle Berichte über vermisste Mädchen, Vergewaltigungen in nächtlichen Parkhäusern, Raubüberfälle in Unterführungen und verstümmelte Leichen auf verlassenen Grundstücken ab, die ich je irgendwo gehört hatte.

Ich fühlte, wie die Panik von mir Besitz ergriff. Irgendwo hatte ich mal gelesen, dass man seine Angst nicht zeigen durfte, wenn man nicht in die klassische Haltung eines potenziellen Opfers rutschen wollte. Ich hob das Kinn. Und versuchte, meinem Gesicht einen Ausdruck von Selbstsicherheit zu verleihen, die ich nicht im Geringsten fühlte.

Verstohlen beobachtete ich den Typ, der das Feuerzeug inzwischen ausgemacht und in die Hosentasche geschoben hatte. Groß war er, schlaksig. Und natürlich war mir seine Hautfarbe sofort aufgefallen. *Gib's zu. Deswegen hast du doch Angst vor ihm.* Die Stimme in meinem Kopf lachte hämisch. *Weil er so anders ist.* Ich schüttelte den Kopf. Nein. So war ich nicht. Niemals. *Wer hat Angst vorm schwarzen Mann?*, sang eine Kinderstimme. *Niemand!* Niemals. Ich habe keine Vorurteile. Es lag nicht an der Hautfarbe.

Scheißnigger. Asylantenpack. Plötzlich war da Ralphs Stimme in meinem Kopf. *Sollen dahin abhauen, wo sie hergekommen sind. Bananenfresser.*

»Was willst du von Trasher?«, fragte der Junge wieder. Er hatte schwarze Haare, die er an den Seiten millimeterkurz geschoren hatte.

Ich atmete tief durch. »Ist er nicht hier?«

Langsam schüttelte er den Kopf. »Nein, ist er nicht. Vermutlich liegt er noch zu Hause im Bett und träumt. Am besten kommst du am Nachmittag wieder.« Er sprach vollkommen akzentfrei und ich schämte mich.

»Aber er hat doch gesagt, so schnell wie möglich.« Was redete ich denn da? Und warum musste meine Stimme ausgerechnet jetzt so piepsig klingen?

»Was willst du denn von ihm? Ist doch noch mitten in der Nacht.«

Unwillkürlich warf ich einen Blick zum Fenster. Draußen fing es an zu dämmern. Endlich.

»Trasher hat gesagt, dass er dringend einen Schlafsack braucht für einen Kumpel, und da habe ich ihm meinen …« Ich starrte den Jungen an. Gott, ich war so ein Idiot. »Du bist Janosch«, stellte ich fest. Vor lauter Erleichterung fing ich an, völlig bescheuert zu grinsen. »Oder Nikolas? Ich heiße Alice. Ach ja, und das hier«, ich hielt ihm die Sporttasche entgegen, »ist der Schlafsack, den du angeblich so dringend brauchst.«

Der Gesichtsausdruck des Jungen veränderte sich ebenfalls. Er lächelte. »Hi, Alice«, sagte er. »Genau, ich bin Nikolas, kannst aber Nik zu mir sagen. Tausend Dank für den Schlafsack. Die letzte Nacht war echt schon saukalt.«

Fassungslos ließ ich es zu, dass er mir die Tasche aus der Hand nahm. »Du hast hier draußen geschlafen?«

»Na ja, sagen wir mal, ich habe es versucht. Aber es war wirklich ziemlich kalt. Außerdem ist Janosch immer wieder aufgeschreckt und hat mich wach gehalten.« Er nickte mit dem Kopf irgendwo hinter sich, und ich versuchte, an Nikolas vorbeizugucken, konnte aber nichts erkennen. *Nik*, korrigierte ich mich in Gedanken. *Er hat gesagt, du sollst Nik zu ihm sagen.*

»Also, der Schlafsack ist ziemlich gut. Mit dem kannst du vermutlich sogar am Nordpol übernachten. Ralph, also mein Stiefvater, der kauft nur teure Sachen. Und ich habe das Ding nur einmal benutzt, das macht dir doch nichts aus, oder? Er ist noch fast neu.« Was redete ich denn da für einen Unsinn? Konnte ich nicht einfach die Klappe halten? »Ich … ich geh dann wohl mal wieder.«

»Sag mal …« Tatsächlich schien Nik genauso verlegen zu

sein wie ich. »Du … du hast nicht zufällig was zu essen mitgebracht?«

»Zu essen?« Ich schüttelte den Kopf. Dann endlich begriff ich. Ich ließ den Blick durch den kahlen Raum mit dem nackten Betonfußboden streifen und dachte an die sterile aufgeräumte Küche zu Hause und die Toastbrote, die ich mir morgens so lustlos schmierte, und den Kaffee, den ich weggekippt hatte, und ich schmeckte alles zum zweiten Mal.

»Gibt es in der Nähe keinen Supermarkt?« Im selben Moment, in dem ich die Frage stellte, kannte ich die Antwort schon. Am liebsten hätte ich mir auf die Zunge gebissen. Wie dämlich war ich eigentlich? Ich sah das kurze Aufblitzen in seinen Augen, bevor Nik langsam den Kopf schüttelte. »Ein Supermarkt kostet Geld.«

Ja. Natürlich. Ich hatte es kapiert.

»He, mach dir nichts draus. Wir kommen klar, Janosch und ich.«

Ich antwortete nicht. Trat nur von einem Fuß auf den anderen.

»Ich fand es schön, dass du hier warst. Und danke noch mal.« Er nickte mit dem Kopf zu der Tasche in seiner Hand. Danach wanderte sein Blick für einen kurzen Moment zu meinen Handgelenken. Hastig zerrte ich meine Ärmel über die Hände und presste die Lippen zusammen.

Ich hatte keinc Ahnung, was ich erwidern sollte. Ich sah meine Sporttasche und stellte mir vor, wie er meinen Schlafsack auspacken und hineinkriechen würde. Plötzlich wollte ich nur noch weg.

»Ich muss los. Die Schule«, fügte ich schnell hinzu.

Er nickte nur. Irgendwie schien er kein Freund vieler Worte zu sein und ich war ihm dankbar dafür. Worte konnten so viel zerstören. Und Schweigen konnte manchmal so viel mehr sagen.

Nikolas

Alles um ihn herum roch nach Honig.

Sie war keine von ihnen. So viel stand fest.

Er hatte die Angst in ihren Augen gesehen. Und da war noch etwas gewesen. Als sie ihm die Sporttasche reichte, konnte er die feinen weißen Linien an ihrem Handgelenk erkennen. Wie Wege auf einer Landkarte überzogen sie ihre Haut und verschwanden unter dem hochgerutschten Jackenärmel. Und wie in den Linien auf einer Karte konnte man vermutlich auch in ihnen lesen.

Er hätte gerne gewusst, welche Geschichte sie erzählten. Aber er sah auch, dass sie niemals darüber sprechen würde.

Du hast nichts gesehen, sagte ihr Blick. Gar nichts.

Dann hatte sie die Flucht ergriffen. Und er hatte sie verstanden. Er war ja selbst sein ganzes Leben lang davongelaufen.

Er nahm das Buch von den Knien und schlug es auf. Irgendwo. Wie immer. Er war gespannt, was es heute zu ihm sagen würde, denn so viel war ihm inzwischen klar geworden: Nicht er hatte das Buch, sondern das Buch hatte ihn gefunden.

Du musst das Leben nicht verstehen.

Rilke diesmal. Er wusste nichts über ihn. Und das Leben verstehen zu wollen, hatte er ohnehin schon lange aufgegeben.

Du musst das Leben nicht verstehen,
dann wird es werden wie ein Fest.

War das vielleicht das ganze Geheimnis? War dieses Mädchen deshalb plötzlich hier aufgetaucht, weil er mit allem gerechnet hatte, nur nicht damit?

Du musst das Leben nicht verstehen.

Alice. Er sprach leise ihren Namen aus.

Zweimal, dreimal. Ließ ihn sich auf der Zunge zergehen und lauschte seinem Klang. Alice und Honig gehörten fortan zusammen.

Fest stand: Er musste sie wiedersehen.

11

Während ich durch den verwilderten Garten zurück zum Zaun lief, hatte ich die ganze Zeit das Gefühl, beobachtet zu werden. So als ob Nikolas an einem der oberen Fenster stünde und mich mit seinen Blicken verfolgte. Ich hätte mich umdrehen, mir Gewissheit verschaffen können. Hell genug war es inzwischen dazu. Aber ich tat es nicht. Vielleicht hatte ich Angst, dass ich enttäuscht sein könnte, wenn ich mich irrte. Vielleicht wollte ich auch einfach selbstsicherer wirken, als ich tatsächlich war. Vor allem wollte ich dieses Kapitel endlich abhaken. Ich würde ohnehin nicht mehr hierher zurückkommen.

Ich hängte mir meinen Rucksack über die Schulter und schlug den Weg zur Straßenbahn ein. Die ganze Nacht hatte ich wach gelegen und die leeren Augen Adrians vor mir gesehen. Mir wurde immer noch schlecht bei dem Gedanken daran, wie er da oben hoch über der Stadt hing und es so aussah, als würde er jeden Moment abstürzen. Ich war so wütend. Seit ich allein nach Hause gefahren war, war ich total wütend. Wütend auf Trasher und Adrian, die sich benahmen wie zwei vollkommen kopflose Idioten in ihrem kindischen Versuch, sich gegenseitig zu übertrumpfen. Wütend auf Nasti, die mich in die ganze Sache überhaupt erst reingezogen hatte. Ich war auch deswegen auf Nasti wütend, weil sie ganz offensichtlich Geheimnisse vor mir hatte, denn dass sie die Clique nicht erst seit einer Woche kannte, war mir spätestens gestern Nachmittag klar geworden.

Ich war wütend auf die anderen, weil sie durch ihre Scheißbewunderung die Sache zwischen Trasher und dem Gecko überhaupt erst am Kochen hielten und weil sie dann dastanden und zuguckten, einfach nur zuguckten, vollkommen sensationsgeil, heimlich Action-Cams besorgten und Handyaufnahmen checkten.

Und am meisten war ich wütend auf mich selbst. Wütend, weil ich mir zwar vor Angst fast in die Hosen gemacht hätte, aber trotzdem genauso wie die anderen auch dabeigestanden und nichts gemacht hatte, nichts außer ein bisschen zu zittern und zu hoffen, dass schon alles irgendwie gut gehen würde. Auch ich hatte in erster Linie meine eigene Sicherheit im Auge gehabt. Die Angst, von der Security entdeckt und vielleicht sogar angezeigt zu werden, war sogar größer gewesen als die Angst, dass da ein Junge in den Tod stürzen könnte.

Und mir war vollkommen klar: Die Sache mit Nikolas und dem Schlafsack, das war nichts als eine willkommene Abwechslung, etwas, das ich tun wollte, weil ich einfach nicht noch länger tatenlos auf meinem Bett liegen, an die

Decke starren und all diese schrecklichen Bilder in meinem Kopf sehen wollte. Ein gutes Werk, das ich getan hatte, weil ich ohnehin nicht mehr schlafen konnte. Mehr nicht.

Ganz allmählich wurde es hell, aber die Luft war immer noch unangenehm kalt und feucht. Ich zog den Reißverschluss meiner Jacke, so weit es ging, zu und zerrte meinen Schal über das Gesicht.

Obwohl ich verzweifelt versuchte, mich auf etwas anderes zu konzentrieren als auf Nastis neue Freunde, musste ich auf dem ganzen Weg zur Straßenbahn und auch noch auf dem Weg zur Schule an diesen Jungen mit der dunklen Haut und den schwarzen Haaren denken. Die Erkenntnis, dass Nikolas den Schlafsack gebraucht hatte, um auf einer Baustelle zu übernachten, dass er ihn überhaupt brauchte, um einigermaßen warm übernachten zu können, hatte mich mit voller Wucht getroffen und umgehauen. Ich weiß nicht genau warum, aber als Trasher von einem Freund erzählt hatte, dem der Schlafsack gestohlen worden war, war ich die ganze Zeit davon ausgegangen, dass er das Teil für eine Klassenfahrt benötigte oder vielleicht für eine Party oder ein Festival oder etwas in der Art.

Niemals hätte ich gedacht, dass dieser Nikolas und sein Kumpel Janosch Obdachlose sein könnten. Aber das waren sie ganz offensichtlich. Penner. Das Bild, das dieses Wort in mir hervorrief, passte nicht zu dem gut aussehenden Jungen mit der sanften Stimme. Penner waren alte, stinkende, verdreckte Männer, die irgendwo in Unterführungen herumlagen, umgeben von Plastiktüten und leeren Schnapsflaschen. Das waren die, vor denen ich Angst hatte, wenn ich in den dunklen Wintermonaten zur U-Bahn hetzte oder durch einen Park laufen musste.

Penner gehörten laut meiner Mutter verboten und laut Ralph ausgerottet.

Aber Nikolas hatte weder zerlumpt ausgesehen, noch hatte er nach Alkohol gerochen. Und alt war er schon mal gar nicht, höchstens ein paar Jahre älter als ich. Trotzdem schien er auf der Straße zu leben.

Und jetzt, als ich darüber nachdachte, klang mir auch das Wort Unterführung wieder in den Ohren, das Trasher gestern verwendet hatte, und auch einen Überfall hatte er erwähnt.

Innerlich schüttelte ich den Kopf über mich selbst. Ich hätte einfach nur richtig zuhören müssen, aber stattdessen war ich gestern viel zu sehr damit beschäftigt gewesen zu beobachten, was da zwischen Nasti und Trasher lief.

Die Straßenbahn füllte sich von Haltestelle zu Haltestelle mehr, und ich war dankbar, dass ich überhaupt noch einen Sitzplatz ergattern konnte. Die Menschen, die zustiegen, nahmen kaum Notiz von mir. Müde döste jeder vor sich hin, und auch ich spürte, wie die Schläfrigkeit in mir hochkroch. Ich lehnte meinen Kopf an die Scheibe und starrte nach draußen.

Warum lebte ein Junge wie Nikolas auf der Straße? Hatte er denn keine Familie? Niemanden, bei dem er wohnen konnte? Oder war er abgehauen? Und wer war dieser Janosch? Ich sah die Autos dicht an dicht an der Straßenbahn vorbeifahren, sah die Menschen, die zur Arbeit hetzten; hin und wieder hielt die Bahn an, Schulkinder stiegen ein, schubsten sich gegenseitig, warfen ihre Rucksäcke und Schulranzen achtlos in den Gang und fotografierten sich gegenseitig mit ihren Handys. Er hatte mich nach etwas zu essen gefragt. Und ich Idiotin hatte mir heute Morgen nicht mal ein Brot für die Schule gemacht. Einfach weil ich zu müde und zu bequem gewesen war. Wenn ich Hunger bekam, würde ich mir in der Cafeteria der Schule etwas kaufen. Wovon lebte jemand wie Nikolas überhaupt?

Ich musste an die Bettler denken, die überall in der Innenstadt, vor allem aber auf der Zeil und vor dem Dom, saßen und dort auf ein paar Münzen hofften. Meistens ging ich einfach vorbei, manchmal warf ich etwas Geld in den Becher, immer hatte ich ein schlechtes Gewissen. Ich versuchte, mir Nikolas unter ihnen vorzustellen, und ein leiser Kopfschmerz begann, hinter meiner Schläfe zu pochen.

Heute stand Nasti nicht vor der Schule, als ich dort ankam, aber es war sowieso kaum jemand draußen. Ich machte mich auf den Weg zu unserem Klassenzimmer, aber auch hier war Nasti nirgendwo zu sehen. Ich quetschte mich mit meinem Rucksack auf eins der Fensterbretter im Gang und wartete. Vor Ungeduld begann ich, mit den Füßen gegen die Heizung zu trommeln, während ich ständig den Gang rauf und runter guckte. Die anderen ließen mich zum Glück in Ruhe. Seit ich mit Nasti befreundet war, machten die meisten aus meiner Klasse einen großen Bogen um mich. Mir war das nur recht so. Ich konnte sowieso nicht viel mit ihnen anfangen. Sie lebten in einer anderen Welt als ich.

Eigentlich müsste Nasti längst hier sein, der Unterricht

würde jeden Moment beginnen. Aber sie kam nicht. Als eine der Letzten schlüpfte ich schließlich in unser Klassenzimmer, gerade noch rechtzeitig, um nicht schon wieder die Aufmerksamkeit meines Englischlehrers zu erregen. Der Platz neben mir blieb leer. Ich bückte mich und hievte meinen Rucksack auf den Stuhl, auf dem eigentlich Nasti hätte sitzen sollen. Ich war sauer, dass sie mich hier hängen ließ, ohne mir wenigstens Bescheid zu sagen. Jetzt bereute ich es, dass ich nicht doch schon in der Straßenbahn versucht hatte, sie auf dem Smartphone zu erreichen. In der Schule herrschte absolutes Handyverbot, und wenn ich nicht erwischt werden wollte, musste ich jetzt bis nach dem Unterricht warten. Sechs lange Schulstunden ohne die geringste Chance auf Antworten zu all meinen Fragen. Ich hatte keine Ahnung, wie ich das durchstehen sollte.

»Nastasia Yefimenko!?« Herr Dobler stand vor mir und schaute mich fragend an. In der Hand hielt er das Klassenbuch. Wie immer brauchte ich einen Moment, um zu kapieren, dass er nach Nasti fragte. Ihr voller Name klang für mich trotz unserer Vertrautheit einfach nur fremd.

Ich zuckte mit den Schultern. »Vermutlich krank«, murmelte ich. Ich hatte doch keine Ahnung, wo Nasti steckte. Wieso ging der eigentlich automatisch davon aus, dass ich das wusste?

»Krank. Vermutlich.« Er nickte und machte sich eine Notiz. »Du kannst ihr ausrichten, dass sie *vermutlich*« – er zog das Wort dabei affig in die Länge – »dieses Schuljahr nicht schaffen wird.« Das Schweigen, das seinen Worten folgte, war wie ein Ausrufungszeichen. Ich biss mir auf die Unterlippe, um nichts zu erwidern, was die Sache nur verschlimmern würde. Dann verschränkte ich meine Arme auf dem Tisch und schaute an meinem Englischlehrer vorbei nach vorn zur Tafel.

Als ich nach der Schule endlich mein Handy wieder anschalten konnte, blinkte mir sofort eine Nachricht von Nasti entgegen: »Kannst du mich krankmelden? Hdl. Nasti«.

Dazu war es jetzt zu spät. Trotzdem war ich nachträglich froh, dass ich zumindest die richtige Vermutung an Herrn Dobler weitergegeben hatte. Dann checkte ich die zweite Nachricht, in der Nasti fragte, ob ich nach der Schule nicht zu ihr kommen könnte. Mir fiel ein riesiger Stein vom Herzen, als ich las, dass Nasti bei sich zu Hause auf mich wartete. Denn im ersten Moment hatte ich nicht geglaubt, dass sie wirklich krank war. Ich dachte, meine beste Freundin sei lieber mit Trasher und der neuen Clique unterwegs, statt in die Schule zu gehen, und dieser Gedanke hatte sich den ganzen Vormittag über wie eine ganz feine Nadel in meine Gedanken gebohrt. Ich freute mich so darüber, dass ich sogar meine Wut auf Nasti vergaß und bereit war, die ganze Aktion von gestern abzuhaken und stattdessen mit ihr wie in alten Zeiten einen Mädelsnachmittag zu verbringen. Hauptsache, Nasti erzählte mir alles über diesen Nikolas. Okay, wie es Adrian heute ging, wollte ich eigentlich auch gern wissen. Vielleicht machte ich mir ja völlig umsonst so viele Gedanken, aber die Erinnerung an seinen starren Blick ließ mich einfach nicht los.

12

Als Nasti mir die Tür öffnete, sah ich sofort, dass sie kein bisschen krank war. Im Gegenteil. Sie wirkte völlig entspannt und richtig fröhlich.

»Toll, dass du gekommen bist!« Sie fiel mir so jubelnd um den Hals, als hätte ich gerade einen viertägigen Fußmarsch hinter mich gebracht, um sie zu besuchen, und sei nicht eben mal schnell zwei Stationen mit der Straßenbahn gefahren. Offenbar war ich die Einzige, der das gestrige Erlebnis noch ziemlich in den Knochen steckte.

»Deine Mutter?«, fragte ich vorsichtig, während ich mich aus meiner Jacke schälte.

»Ist noch arbeiten.« Nasti kramte in einer Schublade und warf mir ein paar dicke Socken zu. Erleichtert streifte ich meine nassen Schuhe ab. Nastis Mutter jobbte zu völlig unterschiedlichen Zeiten in so einem Imbissladen, und obwohl ich sie nett fand, war ich immer froh, wenn ich ihr nicht über den Weg laufen musste. So sehr Ralph meine Freundin nämlich von Anfang an abgelehnt hatte, so sehr wurde ich von Nastis Mutter geliebt. Am liebsten hätte sie mich vermutlich adoptiert. Endlich hatte ihre Tochter eine Freundin aus *besseren Kreisen*, wie sie es nannte, und wenn es nach ihr gegangen wäre, hätte ich täglich bei Nasti vorbeikommen und einen *guten Einfluss* auf sie ausüben können.

Nasti lachte immer nur über ihre Mutter. »Meine Alte spinnt«, war alles, was sie dazu sagte, aber ich wusste, wie unangenehm ihr dieses Getue war. Schon deswegen war ich froh, dass wir heute allein in der Wohnung waren.

»Komm, ich mach uns einen Tee.« Nasti zog mich hinter sich her in die Küche. Wohlige Wärme strömte uns aus dem kleinen Raum entgegen und es roch unglaublich gut. Jetzt erst merkte ich, wie hungrig ich war, schließlich hatte ich heute überhaupt noch nichts gegessen. Unwillkürlich musste ich wieder an Nikolas denken und daran, wie sehr ich mich geschämt hatte, als er mich um etwas zu essen bat.

Ich ließ mich auf einen der beiden Stühle am Küchentisch fallen und sah meiner Freundin dabei zu, wie sie erst den Wasserkocher füllte und anschaltete, dann zwei Tassen vom Regal nahm und in jede Tasse mehrere Löffel Granulat häufte. Ich musste grinsen, weil ich mir Ralphs Gesicht vorstellte, wenn man ihm dieses Zeug als Tee angeboten hätte.

Ich spürte, wie die Kälte, die seit gestern Nachmittag durch meinen Körper gezogen war, ganz allmählich von mir abfiel. Ohne die etwas zu aufdringliche Freundlichkeit von Nastis Mutter war es hier einfach nur gemütlich. Die Küche war bloß halb so groß wie unsere zu Hause, auch die Decke war viel niedriger. Und steril und leer wirkte es hier überhaupt nicht. Die Schränke und die Fensterbank lagen voller Zeitschriften, Kaffeetassen, Bücher, Notizblöcke, Kerzenstummel, Werkzeuge und jeder Menge weiterem Zeug. Neben dem Herd stapelten sich Konservendosen und Gewürze, aus dem Korb für das Altpapier neben der Tür quollen leere Pizzaschachteln. Nasti folgte meinem Blick und grinste. Sie stellte zwei dampfende Tassen mit heißem Zitronentee auf ein Tablett und ging zum Backofen. Jetzt wusste ich, warum es hier so gut gerochen hatte. Zwei Minuten später saßen wir im Schneidersitz auf Nastis Bett, jeder eine Tasse Zitronentee in der Hand und zwischen uns ein großer Teller voller Pizzaecken.

»Ist nur aufgewärmt«, entschuldigte sich Nasti, aber mir war das völlig egal. Genüsslich stopfte ich mir ein Riesenstück Pizza in den Mund und sah mich um.

Ich musste an mein eigenes Zimmer denken, das sich so sehr von diesem hier unterschied. Obwohl ich die Dekobuchstaben von meiner Zimmertür schon lange abgerissen hatte, konnte man die Schrift unter den Kleberesten auf dem hellen Holz immer noch entziffern: WONDERLAND.

Irgendwann vor langer Zeit war diese Geschichte um meinen Namen einmal mein Lieblingsmärchen gewesen. Tag und Nacht hatte ich das Buch über Alice mit mir herumgeschleppt, und mein sehnlichster Wunsch war es gewesen, selbst einmal dem weißen Kaninchen zu begegnen und mit ihm zusammen den verrückten Hutmacher und seine Teeparty zu besuchen. Erst als ich älter wurde, fing ich an zu begreifen, dass auch im Wunderland das Böse regierte.

Deine Prinzessin bekommt ein richtiges Mädchenzimmer,

hatte Ralph meiner Mutter versprochen, bevor er uns in sein Haus geholt hatte. Die beiden kauften weiße Möbel, Tüllgardinen, Lichterketten und pinkfarbene Bettwäsche. An die Wände hängten sie das Bild einer Katze, deren durchdringendes Grinsen mir vor allem nachts Angst einjagte. Grinsekatze. Als ich das Poster abhängte und hinter meinem Schrank versteckte, fiel zum ersten Mal das Wort ›undankbar‹.

Nastis Zimmer war so anders als mein eigenes und noch voller als die Küche. Auf ihrem Bett und dem Fußboden lagen verschiedene große und kleine Kissen in grellbunten Farben, einige davon mit kleinen Glasspiegeln oder Glöckchen verziert; auf ihrer Kommode und einem kleinen Tisch unter dem Fenster, der Nasti gleichzeitig als Schreibtisch diente, stapelten sich Schminkutensilien, Nagellackfläschchen, benutzte Gläser, leere Joghurtbecher, Pinsel und Filzstifte, billiger Modeschmuck, USB-Sticks und alle möglichen Ladekabel. Nastis Klamotten türmten sich auf dem Fußboden, hingen über einem Stuhl und lagen in einem wüsten Knäuel auf dem Bett herum.

Auch wenn mich die Unordnung hier immer wieder erschreckte, beneidete ich meine Freundin doch auch darum, dass sie in ihrem Zimmer offenbar machen durfte, was sie wollte. Nastis Mutter erlaubte ihrer Tochter sogar, die Wände selbst zu gestalten, und dementsprechend verzierten verschiedene abstrakte Zeichnungen und verschlungene schwarze Linien die Wand neben ihrem Bett, wobei sich die Linien bis über die Zimmerdecke erstreckten und in kleinen schwarzen Spinnen und Käfern mündeten, die über die

Zimmerdecke krochen. Als ich die Spinnen das erste Mal gesehen hatte, konnte ich nicht fassen, wie man freiwillig unter solchen Krabbeltieren schlafen konnte, aber inzwischen hatte ich mich an ihren Anblick gewöhnt. Sie gehörten einfach zu Nasti wie das Piercing in ihrer Oberlippe.

»Hast du was von Adrian gehört? Ist er okay?« Noch länger konnte ich meine Frage nicht zurückhalten. Sie lag mir auf der Seele, seit ich Nastis Wohnung betreten hatte.

Nasti nickte. »Ich glaub schon. Bee hat ihn wohl gestern noch mal angerufen. Da war er schon wieder ganz der Alte.« Sie nippte an ihrem Tee. »Wie ich den kenne, plant der schon das nächste große Ding.« Sie seufzte. »Ich wünschte nur, er und Trasher würden sich nicht dauernd gegenseitig so hochschaukeln.«

Hochklettern hätte es besser getroffen, dachte ich. Aber ich hielt die Klappe. Gerade genoss ich es viel zu sehr, hier zu sein, mit Nasti zusammen auf dem Bett zu sitzen, fast wie in alten Zeiten, um noch weiter auf der Geschichte rumzureiten. Darum fragte ich auch nicht nach Nikolas, denn ich hatte keine Lust, durch ihn wieder auf das Thema Trasher zu kommen. Ich wollte den Moment nicht stören, das Vertraute nicht unbedacht kaputt machen. Ohne Jungs. Und ohne Probleme. Ich stellte meine Tasse zur Seite, legte mich auf die Decke und bettete meinen Kopf in Nastis Schoß. Ich sah ihr Lächeln über mir, ihre roten Dreadlocks, die wild um ihren Kopf abstanden, ihre grünen Augen, und irgendwo über ihr krabbelten fröhliche Spinnen und Käfer über die Zimmerdecke. Nasti beugte sich runter und drückte mir einen Kuss auf die Stirn. Dann fing sie an, meine Haare zu kleinen

Zöpfchen zu flechten. Ich schloss die Augen und versuchte, mich zu entspannen. Schon lange waren wir uns nicht mehr so nah gewesen. Früher hatten wir oft stundenlang so dagelegen, Nasti halb sitzend, ich in ihrem Schoß, sie hatte mir Zöpfchen geflochten oder mein Gesicht mit verrückten Malereien verziert und wir hatten einfach nur geredet. Und manchmal hatten wir auch nur Musik gehört und dazu geschwiegen. Nasti war der einzige Mensch für mich, mit dem Schweigen Nähe bedeutete und nicht Distanz.

»Warum warst du eigentlich nicht in der Schule?« Ich griff nach einem zweiten Stück Pizza. »So schrecklich krank siehst du gar nicht aus.«

Nasti kicherte. »Nee, ich bin auch nicht wirklich krank. Das solltest du doch nur in der Schule erzählen. Ich hatte nämlich einen wichtigen Termin.«

Erstaunt sah ich meine Freundin an. »Einen Termin? Was für einen Termin denn?« *Und warum hast du mir gar nichts davon gesagt?*, fügte ich im Stillen hinzu. Als ob sie meine Gedanken lesen könnte, zuckte Nasti entschuldigend mit den Schultern. »Ich konnte es nicht vorher verraten. Es sollte doch eine Überraschung werden.« Kurz durchströmte mich Vorfreude, aber dann sagte sie: »Eine Überraschung für Trasher.«

Trasher. Schon wieder. Die Pizza in meinem Mund schmeckte plötzlich so, wie aufgewärmte Pizza nun mal schmeckt. Sie war zäh wie Gummi und ließ sich überhaupt nicht hinunterschlucken.

13

Die Stimmung zwischen uns hatte sich verändert. Es war kühler geworden in Nastis Zimmer. Ich spürte, wie die Eifersucht wieder in mir hochkroch und meine Kopfschmerzen zurückkamen. Ich wollte das nicht. Ich wollte nicht in die Rolle der nörgelnden Freundin gedrängt werden, die der anderen den Freund nicht gönnte. Aber genauso fühlte ich mich blöderweise gerade. Auch wenn Nasti schon öfter verknallt gewesen war, hatte ich sie so noch nie erlebt. Ich wollte nicht, dass ein Junge wichtiger wurde als unsere Freundschaft – weder für sie noch für mich. So wie meine Mutter würde ich nie werden. So abhängig. Und ausgeliefert. Niemals. Für keinen Mann der Welt. Und bisher war ich immer davon ausgegangen, dass Nasti genauso dachte wie ich. Aber jetzt war auf einmal dieser Trasher aufgetaucht und alles hatte sich verändert.

»Aha«, war deshalb alles, was ich sagen konnte. »Und was für eine Überraschung soll das sein?«

»Warte, ich zeig's dir!« Nasti sprang auf und fing an, ihr Sweatshirt auszuziehen. Meine schlechte Laune schien sie überhaupt nicht zu irritieren. Sie strahlte jedenfalls über das ganze Gesicht, als sie mir ihren rechten Arm entgegenstreckte.

Zuerst konnte ich gar nichts erkennen. Auf den zweiten Blick sah ich eine ziemlich heftige Wunde an ihrem Oberarm. War das etwa eine Brandwunde? Ich musste erschrocken ausgesehen haben, denn Nasti lachte schon wieder. »He, guck nicht so. Es ist nicht so schlimm, wie es aussieht. Und es hat auch fast gar nicht wehgetan.«

»Was hat nicht wehgetan?« Ich kapierte immer noch nichts.

»Na, das Stechen.«

Und jetzt sah ich es! Nasti hatte sich ein Tattoo stechen lassen. Ich zog scharf die Luft ein. Was ich für eine Verletzung gehalten hatte, war eine dünne durchsichtige Folie, die auf ihrem Oberarm klebte und eine Stelle bedeckte, die zumindest auf den ersten Blick einfach nur wie eine große entzündete Wunde aussah. Vorsichtig zog Nasti die Folie ab und zwischen all der roten Haut leuchtete mir ein T entgegen. Ein großes schwarzes T mit einem Querbalken, der sich wie ein stilisierter Vogel in die Lüfte erhob. Das Stencil. T für Trasher.

Fassungslos starrte ich darauf. »Das … das ist nicht wirklich dein Ernst, oder?« Mühsam unterdrückte ich den Wunsch, sie anzuschreien. Ich riss meinen Blick von dem schwarzen überdimensionalen T los und sah sie an.

»Cool, oder?« Vorsichtig klebte sie die Folie wieder über

den Arm und zog sich den Pulli über den Kopf. »Ist noch ein bisschen entzündet, aber das geht bald weg. Deshalb ist die Folie drauf. Und eine Salbe«, fügte sie mit einem Blick auf eine Tube hinzu, die auf ihrem Nachttisch lag.

»Ja, klar, aber warum?« Ich war immer noch sprachlos. Nasti hatte es erwischt. Das kapierte selbst ich inzwischen. Sie war in diesen Trasher mehr als nur ein bisschen verliebt und dagegen war ich vermutlich machtlos. Aber ein Tattoo? Ein T, das sie jetzt ein Leben lang mit sich herumtragen würde? Wie blöd war das denn? Hatte dieser Typ das letzte bisschen Verstand aus meiner Freundin rausgesaugt?

»Und das hat deine Mutter erlaubt?«, war alles, was mir deshalb dazu einfiel.

»Meine Mutter? Um Himmels willen, nein. Sie weiß davon gar nichts. Darum musste ich das ja auch heute Vormittag machen lassen, solange sie arbeiten war.«

»Aber du bist doch erst sechzehn … muss man denn … ich meine, muss man nicht eigentlich volljährig sein?« Ich hasste mich für mein Gestammel und jetzt sah mich auch Nasti irritiert an. »Klar, muss man, aber he, die Unterschrift meiner Mutter kann ich inzwischen wirklich perfekt.«

Mir war einfach nur noch schlecht. Die Pizza lag mir im Magen wie ein Stein. Am liebsten wäre ich sofort aufgestanden und nach Hause gefahren.

»Alice.« Nasti streckte ihre Hand nach mir aus. »Sei doch nicht … bitte, ich erkläre dir alles.«

»Das musst du nicht.« Ich rutschte ein Stück von ihr ab. Ich wollte ihre Erklärungen wirklich nicht hören. Ich wollte nicht hören, wie sie über ihre Gefühle sprach, wie sie mir zu verstehen gab, dass wir doch immer Freundinnen bleiben würden, ganz egal, was passierte, und dieses ganze übliche Blabla, das man in solchen Situationen wohl sagte. »Ich hab dich doch lieb«, sagte sie. Und ich versuchte krampfhaft, nicht hinzuhören, weil ich Angst davor hatte, was danach kam.

»Weiß Trasher denn schon davon?«, unterbrach ich sie deshalb schnell. Sie schüttelte den Kopf.

»Nein. Es soll doch eine Überraschung werden.« Sie machte eine kurze Pause. »Heute Nacht«, fügte sie dann sehr leise hinzu.

Heute Nacht. Mein Schweigen schien ihr nicht aufzufallen.

»Ja. Ich werde die Nacht mit ihm verbringen.« In Nastis Stimme lag Trotz. Und außerdem so viel gespannte Erwartung, dass ich mir am liebsten die Ohren zugehalten hätte. Stattdessen schluckte ich nur. »Und wo soll sie stattfinden? Diese … diese Nacht? Deine Mutter wird ja wohl kaum erlauben, dass du und Trasher, ich meine, dass ihr hier …« So sicher war ich mir da allerdings nicht.

Nasti schnitt mir lachend das Wort ab. »Hier? Meine Mutter würde mich eher umbringen, als das zu erlauben. Ich dachte«, sie wickelte sich eine ihrer Haarsträhnen um den Finger. Das tat sie immer dann, wenn sie eigentlich mich um den Finger wickeln wollte. »Ich dachte, dass ich vielleicht bei dir übernachten könnte. Also natürlich nur offiziell«, setzte sie schnell hinzu, als sie meinen Blick sah. »Meine Mutter würde das sicher total toll finden. Du weißt schon: reiche Leute, schickes Haus, gutes Benehmen. Vielleicht färbt ja was von deinem Glanz auf ihre Tochter ab.« Ich mochte es nicht, wenn Nasti so redete. »Würdest du das für mich tun? Bitte!« Ihre Augen bettelten wie die eines Kindes.

»Und wo wollt ihr euch wirklich treffen? Etwa in dem Rohbau?« Ich hasste Lügen. Es gab schon zu viele davon. »Da sind aber doch auch Nik und Janosch ...« Ich verstummte erschrocken, aber Nasti begriff sofort.

»Du weißt von Nikolas und Janosch? Woher? Ah – stimmt. Trasher hat ja gestern ... der Schlafsack«, fiel es ihr wieder ein.

»Ich weiß gar nichts von ihnen. Nicht viel jedenfalls.« Nastis Blick blieb skeptisch. »Ja, ich habe Nikolas getroffen. Heute Morgen. Ich war vor der Schule da und habe ihm meinen Schlafsack gebracht. Trasher hatte doch gesagt, dass es eilig ist«, setzte ich schnell hinzu. Warum um alles in der Welt verteidigte ich mich jetzt auch noch? Es war doch Nasti, die mit dieser Heimlichtuerei angefangen hatte.

»He, cool! Du bist da echt allein hingefahren? Ist doch super! Nikolas hat sich bestimmt irre gefreut! Er ist ein toller Typ, oder?« Nasti lächelte unbekümmert. »Er hat nur einfach viel Pech gehabt im Leben, das ist alles.«

Was für Pech?, hätte ich am liebsten gefragt. Stattdessen nickte ich nur. »Ja, er war nett. Und er hat sich über den Schlafsack gefreut. Er wohnt da in diesem Haus, oder?« Eigentlich hätte ich tausend Fragen gehabt. Ich wollte am liebsten alles wissen.

Nasti nickte. »Er ist obdachlos, lebt auf der Straße. Du hast ja mitbekommen, dass Trasher ihm und Janosch den Rohbau angeboten hat. Das Haus steht seit Monaten leer.«

»Aber warum? Ich meine, warum lebt Nik auf der Straße? Hat er denn kein Zuhause?«

Nasti zuckte nur mit den Schultern. »Ich kenne ihn noch nicht so lange. Ich weiß nur, dass er ab und zu bei den anderen vorbeikommt und mit ihnen klettern geht. Komm doch morgen einfach wieder mit, dann kannst du ihn selbst fragen. Und übrigens«, sie beugte sich zu mir und flüsterte mir ins Ohr, »wir treffen uns bei Trasher zu Hause. Nik und Janosch werden also völlig ungestört sein.« Dann richtete sie sich wieder auf. »Was ist? Kommst du morgen?«

Ich schüttelte nur den Kopf. »Nein, danke, mein Bedarf an Leuten, die sich freiwillig in den Tod stürzen wollen, ist endgültig gedeckt.« Außerdem würde ich mir ganz sicher nicht Nasti und Trasher Arm in Arm nach einer Liebesnacht angucken. Ich wollte es nicht zugeben, aber ich war enttäuscht. Enttäuscht darüber, dass auch dieser Nikolas zur Clique gehörte. Natürlich, ich hätte es mir denken können, warum sonst sollte Trasher sich so für ihn einsetzen? Aber irgendwie hatte ich gehofft, dass er anders war. Dass er nicht auch zu denen gehörte, die aus irgendeinem idiotischen Geltungstrieb heraus ihr Leben aufs Spiel setzten, indem sie sich illegal auf Baustellen herumtrieben oder an Kränen hochkletterten.

Und selbst wenn die Kletterei vollkommen harmlos gewesen wäre, war das nichts für mich – der Ausflug aufs Dach war für mich eine einmalige Sache gewesen. Ich ertrug es ja sonst nicht einmal, mit einem Fahrstuhl mehr als drei Stockwerke nach oben zu fahren. Das Krankenhauszimmer, in dem mein Vater gestorben war, hatte im dreizehnten Stock gelegen. Ich hatte jedes Mal das Gefühl gehabt, ersticken zu müssen, wenn ich mit meiner Mutter in den Lift gestiegen war.

Plötzlich wollte ich nur noch weg. Ich wollte Nastis vorfreudige Aufgeregtheit nicht länger mit ansehen und ich wollte auch nicht weiter über ihre neuen Freunde sprechen.

Ich trank aus und stellte meine Tasse auf den Nachttisch. »Ich muss nach Hause. Du kannst deiner Mutter ruhig sagen, dass du zu mir kommst heute Abend. Ich weiß dann Bescheid, falls sie auf die Idee kommt, bei uns anzurufen.« Mir war klar, dass Nastis Mutter das niemals tun würde.

»Danke!« Nasti umarmte mich so heftig, dass mir kurz die Luft wegblieb. Dann zerrte sie irgendwelche Klamotten von ihrem Stuhl und hielt sie mir entgegen. »Warte. Ich hab echt keine Ahnung, was ich nachher anziehen soll. Hast du nicht noch Lust auf eine kleine Modenschau?«

Modenschau. So nannten wir das, wenn wir uns manchmal durch Nastis übervollen, komplett verrückten Kleiderschrank probierten. Ich konnte mich gar nicht daran erinnern, wann wir das das letzte Mal gemacht hatten. Es musste Wochen her sein. Alles hatte sich verändert. Warum war mir das vorher nie aufgefallen?

Ich wandte den Kopf von ihr ab, um ihr nicht in die Augen sehen zu müssen. »Ich hab ehrlich keine Ahnung, was du zu deinem Date anziehen sollst. Ich kenne den Typen doch gar nicht richtig.«

Ich glaube, es verging mindestens eine Minute, bis Nasti antwortete: »Du magst ihn nicht, oder? Du sagst selbst, dass du ihn gar nicht richtig kennst, aber du magst ihn nicht.«

»Nein, es ist nur … du … also wir …«

Sie nickte. »Alice.« Sie legte mir die Hand auf den Arm. »Ich hab dich wirklich total gern.«

O nein, jetzt kam er doch noch, dieser Wir-bleiben-immer-Freundinnen-Spruch und kein-Mann-der-Welt-kann-uns-trennen. »Schon okay«, sagte ich und sprang so schnell auf, dass ich fast den Teller mit den restlichen Pizzastücken vom Bett gekippt hätte. »Ist echt okay. Ich wünsch dir 'ne tolle Nacht! Wirklich!«, setzte ich schnell hinzu, als ich den Zweifel in ihrem Blick sah. Scheiße. Ich musste raus hier.

Zu Hause wollte ich einfach nur meine Ruhe haben. Allein sein. Mich verkriechen. Ich machte mich auf den Weg nach oben, trank unterwegs einen Schluck Wasser im Bad und öffnete erleichtert die Tür zu meinem Zimmer. Niemand war mir begegnet. Alles blieb ruhig. Erschöpft legte ich mich auf mein Bett. Dachte an Nastis Zimmer. Und sah meins. Weiße Möbel. Ich schloss die Augen, trotzdem sah ich sie. Weiße Möbel. Auch in mir drin konnte ich ihnen nicht entkommen. Sie waren die nur langsam schwächer werdende Erinnerung an ein anderes Zimmer in einer anderen Zeit. Damals lag ein Mann in dem weißen Bett, ein hagerer blasser Mann mit grauer Haut und einem kahlen Schädel, mit Augen, die ohne Wimpern und Augenbrauen in tiefen dunklen Höhlen lagen und die er kaum mehr öffnete. Mein Papa.

Jedes Mal, wenn ich ihn im Krankenhaus besuchen sollte, hatte meine Mutter mich aufgefordert, ihm doch vorher ein schönes Bild zu malen. Und dann saß ich am Küchentisch und brütete über dem leeren Blatt Papier und mir fiel nichts ein. Der Mann mit den müden Augen war mir so fremd, und in meinem Kopf waren keine anderen Bilder mehr als der lange Krankenhausflur, in dem ich oft stundenlang gesessen und auf meine Mutter gewartet hatte. Irgendwann, als mir gar keine Bilder mehr einfallen wollten, hatte ich einen Grabhügel gemalt mit roten Blumen darauf und einem braunen Kreuz. Ich hatte so einen Hügel in einer der Zeitschriften gesehen, die im Krankenhaus für die Wartenden auslagen, und er war mir irgendwie schön und tröstlich erschienen mit dem Kreuz und den Blumen.

Stolz hatte ich mein neues Bild meiner Mutter gezeigt. Aber statt sich zu freuen, fegte sie sämtliche Buntstifte mit einer Armbewegung vom Küchentisch, zerriss das Bild in tausend kleine Fetzen. Sie schrie und tobte, und obwohl ich mir die Ohren zuhielt, hörte ich nur diesen einen Satz: Es ist deine Schuld, wenn der Papa jetzt stirbt.

Ins Krankenhaus musste ich von diesem Tag an nicht mehr und zwei Wochen später war mein Vater tot. Als einige Zeit danach Ralph im Leben meiner Mutter aufgetaucht war, hatte ich mich an dieses makellose Gesicht geklammert und verzweifelt versucht, die müden grauen Augen zu vergessen, aber dann kamen die weißen Möbel und mit ihnen die Erinnerung.

Als ich wieder wach wurde, war es draußen bereits dunkel. Ich tastete nach meinem Handy, um nachzusehen, wie spät es war. Als ich es endlich gefunden hatte, zeigte es mir den Eingang einer neuen Nachricht an. »Ich bin jetzt unterwegs. Drück mir die Daumen. Kuss. Nasti.« Ich drückte die Nachricht weg und wünschte mir, ich könnte meine Gedanken genauso einfach wegdrücken. Ich wollte nicht mehr über Nasti und Trasher nachdenken. Und schon gar nicht wollte ich von Nasti Details über ihre erste gemeinsame Nacht mit diesem Jungen erfahren.

Vor meinem inneren Auge sah ich sie mitten unter den anderen sitzen, mit ihnen quatschen und Bier trinken. Ich sah Trasher, wie er sie an sich zog und küsste, voller Versprechen an die bevorstehende Nacht. Und ich sah Nikolas, der ebenfalls bei ihnen saß und vielleicht gerade lachend erzählte, wie sehr sich dieses komische Mädchen erschreckt hatte, das ihm heute Morgen den Schlafsack gebracht hatte.

Stopp! Ich würde mich jetzt nicht weiter in diese dämliche Eifersucht reinsteigern. Ich schob das Handy zur Seite. Das Abendessen hatte ich entweder verschlafen oder es war mal wieder ausgefallen. Ich erinnerte mich dunkel daran, dass ich das Aufheulen eines Motors gehört hatte. Vermutlich waren Ralph und meine Mutter weggefahren. Ich öffnete die Tür und lauschte nach draußen. Alles war still. Ich schien tatsächlich allein im Haus zu sein. Erleichtert machte ich mich auf den Weg in die Küche.

Ich war gerade auf dem untersten Treppenabsatz angekommen, als ich es hörte. Ein Stöhnen. Ich zuckte zusammen und blieb stehen. Was war das? Dann eine Stimme. Ralphs Stimme. War er doch zu Hause? Aber das Auto? Wann war er zurückgekommen? Durch die Tür zu seinem Arbeitszimmer fiel ein Streifen Licht in den dunklen Flur. Die Tür war nur angelehnt. Wieder dieses Stöhnen. Und dann: »Ja. Ja. Komm, Baby, gib's mir!«

Ich spürte, wie sich Übelkeit in mir ausbreitete. Bitte nicht. Bitte nicht das. Und wo war eigentlich meine Mutter? Ralphs Stöhnen wurde lauter, seine Worte waren kaum noch zu verstehen, gingen in lautes Keuchen über.

Ich wollte weglaufen, aber meine Hand griff wie automatisch zur Tür und schob sie leise auf. Er saß mit dem Rücken zu mir an seinem Schreibtisch. Breitbeinig. Die Hose bis zu den Kniekehlen runtergezogen. In der einen Hand hielt er sein iPhone, presste es fest ans Ohr und stöhnte irgendetwas hinein. Über den Monitor seines Computers flimmerte nackte Haut. Ich musste würgen, presste die Hand auf den Mund.

»Alice?!« Ralph fuhr herum. Ich zerrte die Tür zu und rannte zurück zur Treppe. Im Flur ging das Licht an.

»Alice, verdammt, bleib stehen!«

Ich stolperte die Stufen nach oben und schloss mich in meinem Zimmer ein. Dann hörte ich Ralphs Schritte auf der Treppe.

»Alice, mach sofort die Tür auf! Ich will mit dir reden.« Ich wollte mir die Ohren zuhalten, wollte das Klopfen seiner Fingerknöchel auf meiner Zimmertür nicht hören, wollte überhaupt nichts mehr hören, nichts mehr sehen, er sollte weggehen; ich biss mir auf die Lippen, kniff die Augen zu, dann zerrte ich mein Kissen über meinen Kopf und presste es mir auf die Ohren. Es sollte aufhören. All das sollte einfach endlich aufhören.

14

Als ich aufwachte, wusste ich, dass es kein Traum gewesen war. Ralph hatte irgendwann aufgegeben, nachdem er erst noch was gebrüllt hatte, das ich unter meinem Kissen nicht verstehen konnte. Dann war er gegangen und kam auch nicht wieder zurück. Aufgeschlossen hatte ich die Tür trotzdem nicht. Wenigstens war heute Samstag und ich musste nicht in die Schule.

Ich schwitzte. Und mir war gleichzeitig heiß und kalt. In der Nacht hatte ich mich in meine Bettdecke gewickelt wie in einen Kokon, hatte die irrsinnige Hoffnung gehegt, mich nur tief genug verkriechen zu müssen, um die Welt einfach draußen zu halten, aber es hatte nicht funktioniert. Immer wieder war ich aufgeschreckt, dann lag ich mit klopfendem Herzen da, lauschte in die Dunkelheit und wartete auf das Schreien, das Türenschlagen, wartete auf Ralphs Tobsuchtsanfälle und Beschimpfungen und das Weinen und Betteln meiner Mutter. Ich hatte es so satt.

Als nichts dergleichen geschah, schlief ich wieder ein, nur um kurz danach aufzuschrecken, aus einem neuen Albtraum. Meine Decke lag in einem wüsten Knäuel am Fußende meines Bettes, mein Kopf dröhnte und hämmerte, sobald ich die Augen öffnete, und mein Magen zog sich so schmerzhaft zusammen wie mein Herz.

Ich konnte Ralph nicht leiden, hatte ihn noch nie leiden können, nein, eigentlich war er mir vollkommen egal, deshalb konnte es mir auch egal sein, wie dieser Typ sein Leben lebte und was er so trieb. Aber meine Mutter war mir nicht egal. Das war das Problem. Meine Mutter hatte sich bereits einmal für einen Mann aufgeopfert, hatte ihn gepflegt und begleitet bis in den Tod, hatte alles gegeben, obwohl sie wusste, dass sie alles verlieren würde. Meine Mutter sehnte sich nach Ruhe, Sicherheit und Geborgenheit. Und das so sehr, dass sie bereit war, vor allem die Augen zu verschließen. Wenn sie ehrlich zu sich selbst gewesen wäre, hätte sie schon längst erkennen müssen, dass nichts an Ralph ihr diese Sicherheit gab. Nichts außer seinem Gehaltskonto vielleicht. Aber statt das Offensichtliche zu sehen, schob sie ihr ganzes Leid auf die Migräne. Und so würde es auch heute wieder sein. Ich wusste es in dem Moment, in dem sie an meine Zimmertür klopfte. »Schatz, bist du wach?«

Erst überlegte ich, mich schlafend zu stellen, aber es hätte ja nichts geändert. Zumindest konnte ich so tun, als habe nur das Gepolter meiner Mutter mich geweckt. Vielleicht bekam sie dann wenigstens ein schlechtes Gewissen. Ich schlurfte zur Tür und schloss auf.

»Was ist denn los? Ist etwas passiert?« Ich musste mich

nicht einmal besonders bemühen, verschlafen zu klingen. Und wie erwartet verlor meine Mutter keine Silbe darüber, warum ich überhaupt abgeschlossen hatte.

»Wir wollen übers Wochenende wegfahren. Ralph hat ganz kurzfristig eine Einladung zu einem Geschäftsessen in Bamberg bekommen und ich kann mit ihm fahren. Superschickes Hotel, großer Spa-Bereich, tolles Frühstücksbüfett und so. Wäre ehrlich total dumm, das sausen zu lassen. Und Bamberg soll ja auch richtig schön sein.«

Sie redete, ohne Luft zu holen. Stöhnend kroch ich wieder zurück ins Bett. Bamberg also. Und meine Mutter wurde ins Fünf-Sterne-Hotel abgeschoben und vermutlich mit ein paar Massagen und anderen Wellness-Einheiten ruhiggestellt.

»Seit wann finden Geschäftsessen am Wochenende statt?« Ich musste einfach fragen.

Aber meine Mutter blieb vollkommen unbeeindruckt. »Es geht um ein ganz neues Projekt, von dem die Öffentlichkeit noch nichts wissen darf. Streng geheim. Eigentlich hätte Ralph sogar mit mir noch nicht darüber sprechen dürfen.« Jetzt klang sie verschwörerisch wie ein kleines Kind, das ein Geheimnis ausplauderte. »Die Leute, mit denen er sich trifft, reisen extra aus Ungarn an, um ihn zu sehen. Nicht mal seine Firma weiß schon von den neuen Plänen. Das wird sein ganz großer Coup!«

Pläne, Coup, Geschäftsessen. Mir wurde schlecht, während ich dem Geplapper meiner Mutter zuhörte. Wie blind konnte man eigentlich sein? Der Coup ist weiblich und hatte gestern Telefonsex mit deinem Mann! Am liebsten hätte ich meine Mutter angeschrien. Wie bescheuert bist du eigentlich? Und warum lässt du das mit dir machen?

Aber dann sah ich das erschrockene Aufleuchten in ihren Augen und hielt die Klappe.

Es würde nichts ändern. Sie würde die Wahrheit vermutlich nicht einmal sehen wollen, wenn Ralph seine Affären zu ihr ins Bett legte.

»Ist okay«, murmelte ich deshalb nur, als meine Mutter mir einen Fünfzig-Euro-Schein in die Hand drückte. »Macht euch ein schönes Wochenende. Ich komm schon klar.«

Ich hielt die Luft an, als sie die Zimmertür hinter sich ins Schloss fallen ließ. Und ich würde erst wieder atmen, wenn das schwarze Auto vom Grundstück gefahren war. Endlich hörte ich den Motor aufheulen. Ich schnappte nach Luft, zerrte das nächstbeste Buch aus dem Regal neben mir und warf es mit einem wütenden Aufschrei gegen die Wand.

Ich wartete mindestens noch eine Viertelstunde, bevor ich es endlich wagte, aufzustehen und nach unten in die Küche zu gehen.

Während der Kaffee durch die Maschine lief, suchte ich im Schrank nach einer Kopfschmerztablette. Mehr Frühstück war heute einfach nicht drin, mein Magen hatte noch von gestern genug. Ich nahm den Kaffee mit nach oben und kroch wieder unter die Decke.

Früher hätte ich auf der Stelle zum Handy gegriffen und Nasti begeistert von dem elternfreien Wochenende erzählt. Sie wäre zu mir gekommen oder wir hätten uns in der Stadt getroffen und genüsslich die Kohle auf den Kopf gehauen, oft noch verbunden mit ein paar Extraanleihen aus der Haushaltskasse meiner Mutter.

Aber Nasti war ja bei Trasher. Und alles war anders. Was die beiden jetzt wohl machten? Die Vorstellung, dass meine Freundin gerade eingekuschelt in Trashers Armen lag und vermutlich noch selig schlummerte, erweckte die Eifersucht in mir zu neuem Leben.

Ein Pling von meinem Nachttisch kündigte den Eingang einer neuen WhatsApp an. Ich tastete nach meinem Smartphone und zog es zu mir unter die Bettdecke. *Nasti hat dich zur Gruppe Roofer hinzugefügt*, verkündete die Nachricht. Ich runzelte die Stirn. Die Roofer hatten eine eigene WhatsApp-Gruppe? Und ich war jetzt ein Teil davon?

Für einen kurzen Moment vergaß ich Ralph und auch meine Eifersucht auf Trasher. Mein Herzschlag beschleunigte sich, als ich mich durch die Liste der Namen in der Gruppe scrollte. Nasti fand ich sofort, Trasher auch. Dann waren noch Bee, Leon, der Doc und Bob in der Gruppe. Und eine Mara. Wer war Mara? Offenbar gab es doch noch mehr Mädchen in der Clique. Sogar Adrian war Gruppenmitglied. Damit hatte ich jetzt nicht unbedingt gerechnet. Aber den einzigen Namen, den ich wirklich suchte, fand ich nicht. Nikolas' Name war nicht dabei. Ich spürte, wie sich Enttäuschung in mir breitmachte.

Er ist obdachlos, hörte ich wieder Nastis Stimme. Obdachlose besaßen keine Handys, oder? Ich wollte das Teil gerade wieder zur Seite legen, als ich sah, dass Nasti mich nicht nur zu der Gruppe hinzugefügt, sondern gleich auch eine Nachricht verschickt hatte:

Guten Morgen an alle! Wie wär's mit einem gemeinsamen Frühstück? Jeder bringt was von zu Hause mit. Treffen um 10:00

Gemeinsames Frühstück. Stöhnend ließ ich mich zurück in meine Kissen sinken. Die Angst um Adrian steckte mir immer noch tief in den Knochen. Ich konnte das nicht einfach wegschieben und so tun, als ob überhaupt nichts geschehen wäre. Schön, wenn Nasti das konnte, aber sie hatte ja auch jemanden, der sie ablenkte. Auf mich warteten überall nur Katastrophen. Egal wohin ich mich drehte.

Es war echt besser, sich gar nicht länger mit diesen Chaoten abzugeben. Sie brachten nur noch mehr Unruhe in mein sowieso schon kompliziertes Leben. Ich wollte Nastis Frage gerade mit einem kurzen »Nein, keine Lust« beantworten, als eine weitere Nachricht sich unter die letzte schob.

Hi, Alice, schön, dass du jetzt auch in der Gruppe bist. Wäre toll, wenn du kommst.

Der Doc. Bob postete nur einen ausgestreckten Daumen. Und dann noch Bee:

Bin schon unterwegs. Bringe Brötchen mit.

Komisch. Es war der Gedanke an Bee, der mich nachdenklich machte. Ich sah sie vor mir, wie sie neben mir auf dem Dach saß, hörte die Begeisterung in ihrer Stimme, als sie mir von ihren eigenen Kletterkünsten erzählte, und plötzlich hielt ich es im Bett nicht mehr aus.

Nach einer schnellen Dusche und einem Blick in den Kühlschrank beschloss ich, den Geldschein meiner Mutter in etwas Essbares zu investieren. Ob jemand daran dachte, Geschirr mitzubringen? Ich wickelte Gläser, Teller und Bestecke in eine Tischdecke, packte alles in meinen Rucksack und machte mich auf den Weg. Eine Stunde später saß ich endlich mit zwei prall gefüllten Einkaufstüten in der Straßenbahn, die stadtauswärts fuhr.

Ich suchte im Rucksack nach meinem Smartphone. Ich war neugierig, wer sonst noch kommen wollte, und natürlich hoffte ich auch, wenigstens zwischen den Zeilen zu erfahren, ob Nikolas dabei sein würde.

Ich sah sofort, dass es neue Nachrichten in der Gruppe gab. *Guckt mal, was ich bei YouTube gefunden habe*, schrieb Bob.

Ein Smiley mit aufgerissenen Augen von Bee.

Und ein *Du verdammter Idiot!* von Yannik.

Irritiert scrollte ich noch mal zurück. Jemand hatte ein Video hochgeladen. Ich öffnete es ... und erstarrte.

Auch wenn die Bilder sehr verschwommen waren, immer wieder verwackelten und ab und zu Wassertropfen die Aufnahmen störten, wusste ich sofort, was ich da sah. Ich beobachtete Adrians Aufstieg am Kran des Henninger Turms. Und zwar aus den *Augen* der GoPro auf seiner Stirn. Verdammt. Leon. Leon musste den Film eingestellt haben.

Entsetzt starrte ich weiter auf das Display. Jetzt konnte man den Ausleger sehen und erkannte, dass der Träger der Kamera sich vom Kran wegbewegte. Die Kamera schwenkte über das Gelände, dann nach unten; die Menschen, die unten am Fuß des Krans standen, konnte man dank der schlechten Sicht kaum erkennen, aber ich wusste, dass wir es waren, die da völlig gebannt beobachteten, was Adrian vorhatte. Die Kamera fing zwei Füße ein, die entspannt in der Luft baumelten. Adrian hatte sich hingesetzt. Dann verwackelte das Bild, als er wieder aufstand, um weiterzubalancieren. Ich klickte das Video weg.

Er hat es gefilmt. Die Kamera lief die ganze Zeit. Er hat echt alles gefilmt. Leons Worte kamen mir wieder in den Kopf. Hatte wirklich er das Video bei YouTube hochgeladen? Oder war es Adrian selbst gewesen?

Trasher würde ausrasten, so viel war klar. Und ich hatte mich inzwischen echt auf ein gemütliches Frühstück mit allen gefreut. Am liebsten wäre ich auf der Stelle wieder ausgestiegen und zurückgefahren. Aber dann würde ich auch Nikolas nicht sehen.

Die Straßenbahn hielt, und ein Blick aus dem Fenster sagte mir, dass ich mindestens noch fünf oder sechs Stationen sitzen bleiben musste. Jetzt vibrierte mein Smartphone im Sekundentakt. Die anderen waren außer sich. Alle, bis auf Leon.

He, Leute, warum regt ihr euch denn so auf?, fragte er gerade. *Das ist ja wohl unser geilstes Video.*

Dass Trasher das anders sehen würde, war Leon definitiv egal. Trasher selbst hatte sich noch gar nicht gemeldet. Vielleicht hatte er den Film noch nicht gesehen, überlegte ich. Vielleicht waren er und Nasti zu beschäftigt miteinander, um dauernd aufs Handy zu starren. Zum ersten Mal heute Morgen war ich froh darüber.

Jetzt lösch den Scheiß! Der Doc war hingegen richtig sauer.

Warum sollte ich das denn tun? Adrian wäre fast draufgegangen bei der Aktion.

Genau deshalb!!!

Und dann hatte mein Handy keinen Empfang mehr. Mist.

Gebannt starrte ich auf das Display und wartete darauf, dass mir die Balken wieder ein Netz anzeigten. Endlich.

Leon hat die Gruppe Roofer verlassen.

Adrian hat die Gruppe Roofer verlassen.

Ich scrollte zurück, um herauszufinden, was ich verpasst hatte. Aber da war nichts mehr. Keine weiteren Nachrichten, die mich aufklärten. Eine Viertelstunde später hatte ich meinen Rucksack und die beiden Tüten zu dem verlassenen Grundstück geschleppt. Wenigstens war das Wetter besser geworden, es regnete nicht mehr und der Himmel war wolkenlos. Gerade als ich den Draht nach oben gebogen und die Latte zur Seite geschoben hatte, kam ein Auto angefahren, und das Licht der Scheinwerfer streifte mich.

Erschrocken hielt ich inne. Ich bückte mich schnell, kramte in einer der Tüten herum, versuchte, so zu tun, als wäre ich nur deshalb stehen geblieben, um etwas zu suchen. Musste das Auto ausgerechnet jetzt hier vorbeikommen? Ich fühlte mich, als hätte mich jemand auf eine hell erleuchtete Bühne gezerrt. Mein Herzschlag beschleunigte sich, als ich hörte, wie das Auto seine Fahrt verlangsamte und anhielt. Es musste jetzt genau hinter mir sein. Ich hielt den Atem an, traute mich nicht, mich umzudrehen. War dem Fahrer etwas aufgefallen? Hatte er mitbekommen, wie ich durch das Loch im Zaun schlüpfen wollte? Ich wühlte immer noch völlig ziellos in der Einkaufstüte, als der Motor wieder aufheulte und das Auto sich entfernte. Endlich wagte ich es, mich aufzurichten und dem Wagen hinterherzustarren. Eine Katze kam auf mich zu und schlüpfte hoch erhobenen Hauptes durch den Zaun. Sie war es, die das Auto zum Anhalten gezwungen hatte. Vor Erleichterung hätte ich fast geheult. Dann beeilte ich mich, dass ich mit meinem Gepäck ebenfalls von der Straße runterkam.

Das Grundstück lag leer und verlassen vor mir, aus dem Haus kam kein Laut, und die Vögel, die sonst in dem Apfelbaum saßen, hatte die Katze wohl schon verjagt. Die Ranken auf der Terrasse hatte jemand zur Seite getreten, heute konnte ich ungehindert durch die Tür schlüpfen.

»Dornröschen«, murmelte ich und dachte an Nasti. Ob das mit den Dornen eine so gute Idee gewesen war? Veränderungen jeder Art wurden von den Nachbarn in Siedlungen wie dieser doch sofort registriert. So gut es ging, zerrte ich die Dornenranken hinter mir wieder an ihren Platz.

Ich lauschte einen Moment, aber ich konnte nichts hören. Keine Stimmen, kein Klirren von Flaschen, gar nichts. Damit hatte ich nicht gerechnet. Eher hatte ich erwartet, lautes Streiten zu hören, war auf einen Wutausbruch Trashers gefasst gewesen und hatte mich sogar schon wieder auf Nastis Betteln eingestellt. Aber stattdessen war es vollkommen still. Wo waren denn alle? Sie mussten doch längst hier sein.

Ich stellte die schweren Tüten und den Rucksack neben der Treppe ab und machte mich auf den Weg nach oben. Nichts. Von Nasti und Trasher und auch vom Rest der Clique war weit und breit nichts zu sehen. Von wegen gemeinsames Frühstück. Vielleicht hatte ich etwas überlesen. Vielleicht sollte das Frühstück gar nicht hier stattfinden. Aber wo dann? Ich wollte nach meinem Smartphone greifen, als mir einfiel, dass ich den Rucksack ja ein Stockwerk tiefer zurückgelassen hatte.

»Hallo? Ist irgendjemand hier?« Ich traute mich nicht, besonders laut zu rufen, aber meine Stimme hallte trotzdem so kraftvoll durch den leeren Raum, dass ich erschrocken zusammenzuckte. Keine Antwort. Die anderen waren definitiv nicht hier. Ich drehte um und machte mich wieder auf den Weg nach unten, als ich von dort plötzlich doch etwas hörte. Jemand rief etwas. Jemand mit einer sehr tiefen Stimme. Unwillkürlich hielt ich die Luft an. Ich konnte nicht verstehen, was dieser Jemand sagte, aber es klang weder nach Trasher noch nach Nasti oder einem der anderen. Es klang überhaupt nicht nach einem der Roofer.

War dem Autofahrer vorhin doch etwas aufgefallen? Hatte er die Polizei verständigt? Oder befanden sich die rechtmäßigen Eigentümer im Haus? Das, was ich hier tat, war Einbruch. Oder zumindest Hausfriedensbruch, wenn man berücksichtigte, dass die Tür ja offen gestanden hatte. So viel wusste ich. Ich brauchte ein Versteck. Dringend. Und die zwei oder drei leeren Bierkästen, die hier herumlagen, waren dafür kaum geeignet.

So leise wie möglich drehte ich mich um und suchte den Raum nach einem Unterschlupf ab. Vielleicht gab es irgendwo noch eine Nische, die ich übersehen hatte, eine Tür in eine Kammer, die man hinter sich zuziehen konnte. Aber alles, was ich sah, war die Brüstung mitten im Raum, die Bee als Schwebebalken gedient hatte. Die Leiter.

Ich lief an der Wand entlang zu dem kleineren Zimmer, das Bee mir gezeigt hatte. Wenn ich Glück hatte und die Leiter noch dort stand, konnte ich mich vielleicht auf dem Dach verstecken, bis die Gefahr gebannt war. Als ich um die

Ecke bog, sah ich sofort, dass das Dachfenster geschlossen war. Mist. Von einer Leiter war weit und breit nichts zu sehen. Es blieb mir nichts anderes übrig, als zurück zur Brüstung zu laufen, mich dahinter zu kauern und zu beten, dass die Leute, die sich ganz eindeutig im Haus befanden, nicht hier hochkamen. Oder wenigstens nicht das ganze Stockwerk durchsuchten.

Erschrocken fuhr ich zusammen. Eine tiefe Stimme, ganz eindeutig männlich, hatte etwas gerufen, das sehr überrascht klang. Und dann hörte ich lautes Poltern. Mist. Ich fühlte, wie mir der Schweiß ausbrach. Die Tüten. Die hatte ich komplett vergessen. Irgendwer durchwühlte offenbar die Tüten und kippte dabei alles auf den Fußboden. Es war sinnlos, sich weiter zu verstecken. Wer immer sich da unten über meine Tüten hermachte, wusste jetzt, dass jemand im Haus war. Ich fühlte mich wie ein Kaninchen in der Falle.

Scheiße, Scheiße, Scheiße. Mein Rucksack lag ebenfalls im Erdgeschoss und in ihm alles, was man so brauchte, um jemanden zu identifizieren: Handy, Monatskarte, Geldbeutel, Ausweis. Tränen schossen mir in die Augen und wütend wischte ich mir mit dem Ärmel über das Gesicht. Heulen brachte mich jetzt auch nicht weiter. Von unten dröhnte wieder die tiefe Stimme. Ich konnte die Worte nicht verstehen, aber sie klang definitiv wütend und aufgebracht. Was sollte ich jetzt nur tun? Selbst wenn es mir gelänge, aus einem der Fenster zu steigen und abzuhauen, würde spätestens heute Abend die Polizei vor der Tür stehen, so gründlich hatte ich meine Visitenkarte am Fuß der Treppe hinterlassen. Die Gedanken in meinem Kopf überschlugen sich. Waren die anderen deswegen nicht mehr hier? Weil sie gehört hatten, wie die Eigentümer des Hauses gekommen waren? Aber warum hatten sie mir keine Warnung geschickt? Ich hatte doch fast die ganze Zeit auf mein Smartphone gestarrt.

»Alice?!«

Es dauerte einen Moment, bis ich begriff, dass jemand meinen Namen gerufen hatte.

Nikolas

Janosch schleppte die Tüte mit den alten Comics überall mit hin, und wenn er schlief, benutzte er sie als Kopfkissen.

Er konnte seinen Freund verstehen. Die Hefte waren alles, was er besaß. Gewissermaßen war diese abgegriffene Plastiktüte voller zerfledderter Comics das einzige Zuhause, das Janosch hatte.

Manchmal fragte er sich, ob er eines Tages genauso werden würde.

Noch war es nicht so weit. Noch war sein Zuhause die Erinnerung an Grannys Küchentisch, die er jeden Mittwoch auffrischte, und noch hatte er das Gefühl, sich nur auf einer Reise zu befinden, von der er noch nicht sagen konnte, wo sie enden würde.

Als Janosch die Einkäufe fand, flippte er fast aus vor Begeisterung. Ohne nachzudenken, kippte er einfach den ganzen Inhalt auf den Fußboden und wühlte darin herum. Er schüttete die frischen Brötchen aus der Papiertüte, zerrte den Deckel vom Honigglas und stopfte gleich mehrere Finger auf einmal hinein.

Bis auf die wöchentliche Packung Toastbrot und die paar Tü-

ten Milch ab und zu kannte sich Janosch mit Essen, das nicht aus irgendeiner Mülltonne oder einer weggeworfenen Pappschachtel kam, nicht mehr aus. Für ihn waren die frischen Sachen ein Geschenk des Himmels.

»Hör auf damit! Fass das nicht an! Wir müssen weg!«

Der Alte reagierte nicht. Er war wie in einem Rausch.

Fast hätte er seinen Freund geschlagen, nur um ihn in seiner Raserei zu stoppen. Der schraubte sich eine Flasche Orangensaft auf und setzte sie an den Mund. Er trank so gierig, dass der Saft ihm über das Kinn lief, aus dem Bart tropfte, sich mit dem Honig verband, der bereits im ganzen Gesicht glänzte.

»Hör zu!«

Er hob die Stimme, auch auf die Gefahr hin, sich zu verraten.

»Ich gehe nachsehen. Da ist jemand im Haus, und ich will wissen, wer das ist. Vielleicht müssen wir verschwinden.«

Er drückte dem Alten die Tüte mit den Comics auf den Arm und schob ihn zur Treppe.

»Geh! Versteck dich im Keller.«

Janosch murrte und maulte, wurde immer lauter, bückte sich nach einem Schokoriegel und jetzt schlug er ihm in seiner Verzweiflung doch auf die Hand.

»Das ist Diebstahl. Die Sachen gehören uns nicht. Lass das Zeug liegen!« Seine Finger brannten von dem Schlag und sein Gesicht brannte vor Scham. Noch nie hatte er jemanden geschlagen.

Er hatte auch noch nie gestohlen. Und er würde das auch heute nicht tun. Wenn nur der Alte endlich aufhören würde, sich an diesen Einkäufen zu bedienen wie an einem Frühstücksbüfett.

Verzweifelt bückte er sich und stopfte so viele Sachen wie mög-

lich zurück in die Tüten. Wenn er den Rest beseitigte, würde der Eigentümer vielleicht nicht sofort merken, dass etwas nicht stimmte. Er hob den Deckel auf, schraubte das fast leere Honigglas wieder zu und schob es tief unter die anderen Sachen.

Und dann entdeckte er den Rucksack.

15

»Alice? Bist du da? Hallo, Alice, bist du das da oben?«

Nik. Vor Erleichterung wäre ich tatsächlich fast in Tränen ausgebrochen. Diese Stimme kannte ich. Sie gehörte eindeutig Nikolas.

»Ja, ich bin hier oben. Wo bist du denn?«

Ich stolperte die Treppe hinunter und sah gerade noch, wie der Junge, an den ich seit gestern fast ununterbrochen gedacht hatte, etwas in meinen Rucksack zurückstopfte. Meine Monatskarte vermutlich.

Neben Nikolas stand ein Mann, dessen Alter ich nicht schätzen konnte, weil ich von seinem Gesicht vor lauter Haaren eigentlich nur die Augen sah. Und die starrten mir jetzt weit aufgerissen entgegen.

Noch nie hatte ich jemanden mit einem solchen Bart gesehen. Grau, registrierte ich, grau und irgendwie zerzaust und klebrig.

»Hi, Alice«, Nik lächelte verlegen und hielt mir den Rucksack entgegen. »Bitte entschuldige, aber wir wussten nicht, wer im Haus ist, also, dass du im Haus bist, und dann haben wir die Sachen hier gefunden und in deinem Rucksack, also …«

»Schon okay.« Ich nahm ihm den Rucksack ab und hängte ihn mir über die Schultern. Ich konnte vor lauter Erleichterung kaum sprechen.

»Ich wollte eigentlich zu Nasti und Trasher. Nasti hatte nach Frühstück gefragt. Und ich war einkaufen. Also für die anderen natürlich auch«, fügte ich schnell hinzu, als ich sah, wie begierig dieser Fremde die beiden Tüten musterte, die immer noch zu seinen Füßen standen. Auch Nik schien meinen Blick bemerkt zu haben.

»Alice, das ist Janosch. Janosch, das ist Alice, eine Freundin von Nasti«, sagte er schnell und griff nach den Tüten. Der Alte grunzte nur und wischte sich mit dem Handrücken über den Mund.

Das war also Janosch, der Kumpel, für den Nik den zweiten Schlafsack gebraucht hatte. Irgendwie hatte ich nicht damit gerechnet, dass er so alt war. Ich hatte gedacht, dass es um jemanden in meinem oder in Niks Alter ging. Ich sah das Pflaster knapp über Janoschs linkem Auge, den grauen Bart, der offenbar schon seit Wochen nicht mehr richtig gepflegt worden war, und auf einmal war es wieder da, dieses Wort: *obdachlos*. Und diesmal stimmte das Bild. Gehörte Nikolas wirklich zu diesen Leuten?

Verstohlen musterte ich ihn. Er sah so anders aus. Gar nicht ungepflegt oder verwahrlost. Sofort schämte ich mich wieder für meine Gedanken und wandte den Blick ab.

»Ich fürchte, wir haben dein Frühstück schon ein wenig – na ja – durcheinandergebracht«, sagte Nikolas, während er immer noch die beiden Tüten hielt. »Entschuldige bitte. Normalerweise gehen wir nicht so einfach an die Sachen von anderen Leuten, aber als Janosch, also als wir die Tüten hier gefunden haben und nicht wussten, wem sie gehören … hier draußen ist es nicht einfach, was zum Essen zu finden … und man weiß halt nie …« Nikolas brach mitten im Satz ab und hielt mir die beiden Einkaufstüten einfach entgegen. Und da erst begriff ich. »Du meinst, ihr habt gestern überhaupt nichts gegessen?« Ich nahm ihm die Tüten ab und sah sofort, wie argwöhnisch Janosch jede meiner Bewegungen verfolgte.

»Doch. Doch, natürlich. Aber es ist halt nicht leicht hier draußen. Manchmal bringen Trasher und die anderen uns was vorbei, aber meistens muss ich erst in die Stadt fahren, um was zu organisieren.« Er zuckte entschuldigend mit den Schultern.

»Wo sind die anderen eigentlich? Nasti hatte in die Gruppe geschrieben, dass sich alle treffen wollen und dass jeder was fürs Frühstück mitbringen soll. Aber dann gab es offenbar Krach wegen Leon …« Ich erzählte Nik kurz, was ich wusste, aber er zuckte nur mit den Schultern. »Keine Ahnung. Wenn es Zoff gab, sind sie vielleicht zu Adrian rausgefahren. Trasher kann sehr ungemütlich werden, wenn ihm jemand in die Quere kommt.«

Ich nickte. Das hatte ich selbst ja auch schon mitbekommen. Wir durchforsteten zusammen noch einmal mein Smartphone, aber es gab keine weitere Nachricht in der Gruppe. Kurz überlegte ich, Nasti einfach anzurufen, aber dann hatte ich spontan eine andere Idee. »Habt ihr eigentlich schon gefrühstückt?«, fragte ich und hielt die beiden Tüten hoch.

Nikolas lächelte. »Haben wir nicht. Und bist du eigentlich schon mal ganz oben gewesen? Auf einem Dach, meine ich«, fügte er hinzu, als er meinen verwirrten Blick sah. Schnell nickte ich. »Wenn du das Dach hier meinst, Bee hat es mir gezeigt. Aber ich glaube, die Leiter ist weg.«

Nikolas lachte. »Mit *oben* meinte ich eigentlich nicht dieses Häuschen hier. Ein bisschen höher darf es schon sein. Hast du noch nie ausprobiert, wie es ist, die Nase in die Wolken zu stecken?«

Ich schüttelte den Kopf. »Nein. Und ich habe ehrlich auch nicht vor, es auszuprobieren«, setzte ich schnell hinzu.

»Schade.« Nikolas nahm mir eine der Tüten ab, drehte sich um und begann die Treppe nach oben zu steigen. Ich stiefelte hinter ihm her, Janosch folgte uns. Oben setzte Nik die Tüte auf der Mauerbrüstung ab. »Wirklich schade«, wiederholte er. »Ich wollte dich nämlich gerade zu einem Frühstück im Himmel einladen. Okay. Das Frühstück käme von dir«, grinsend zeigte er auf die andere Tüte, die ich immer noch in der Hand hielt, »den Himmel würde ich liefern.«

Ich schluckte, öffnete den Mund und alles, was ich sagen konnte, war: »Ich …« Ich kam mir so kindisch vor. Wusste Nik, welche Gefühle er in mir auslöste? Und wie machte er das? Ich kannte ihn doch eigentlich gar nicht.

Natürlich hatte ich auch vorher schon mit Jungs zu tun gehabt. Schließlich gingen sie in meine Klasse, tauchten auf den gleichen Partys auf oder saßen zufällig im selben Film.

Den einen oder anderen hatte ich auch schon mal nett gefunden, hatte versucht, ihn näher kennenzulernen, um dann immer wieder festzustellen, dass wir offenbar in verschiedenen Sprachen redeten. Und jetzt war da einer, der versprach mir den Himmel.

Ich stellte meine Tüte hastig zu der anderen und fing an, die Sachen darin auszupacken und auf der Mauer zu drapieren.

Auch Ralph hatte meiner Mutter den Himmel versprochen. Plötzlich war er wieder da, der Ring um meinen Brustkorb, der mich nicht atmen ließ; ich griff nach meinen Unterarmen, schob die Hände unter die Ärmel und wartete auf den Schmerz. Erst als ich Niks Blick bemerkte, der meinen Händen gefolgt war und jetzt auf meine Jackenärmel starrte, ließ ich los. Ich zog die Hände wieder hervor und lächelte. Und hoffte gleichzeitig, dass dieser Junge nicht sehen konnte, wie schwer mir dieses Lächeln fiel. Dann atmete ich tief durch.

»Okay«, sagte ich. »Zeig mir den Himmel. Was wollen wir zum Frühstück mitnehmen?« Innerlich schüttelte ich den Kopf über mich selbst. Was machte ich hier eigentlich? Während ich noch nach einer Antwort suchte, sortierte Nik bereits die Lebensmittel auf der Mauer, schob einiges zur Seite, packte anderes in eine der Tüten und drückte Janosch die halb leere Saftflasche in den Arm.

»Los, komm! Ist auch nicht weit.« Mit diesen Worten packte er die Tüte und lief einfach los. Ich warf einen letzten Blick auf Janosch, der verzückt alles anstarrte, das Nik nicht eingepackt hatte, und stolperte hinter ihm her. Plötzlich blieb Nik abrupt stehen und lief noch einmal zurück. Er verschwand kurz hinter der Mauerbrüstung, und als er wieder hervorkam, konnte ich sehen, dass er etwas unter sein Sweatshirt schob. Ich hätte ihn gerne gefragt, was es war, aber dazu war ich zu feige.

Wir mussten ein Stück mit der Straßenbahn fahren, und als Nik einfach einstieg und im Gang stehen blieb, setzte ich mich auch nicht hin, obwohl es noch genug freie Plätze gegeben hätte. Als die Straßenbahn scharf bremste, fiel ich fast auf ihn, und unsere Hände an der Haltestange trafen sich für einen Moment. Die kurze Berührung durchfuhr mich wie ein Stromstoß. Keiner von uns redete, bis ich das Schweigen zwischen uns nicht mehr aushielt.

»Wohin fahren wir eigentlich?«, fragte ich.

»Wir sind gleich da«, antwortete er nur und starrte weiter an mir vorbei. Ich hätte ihn so gern so viel gefragt, aber offenbar war er nicht sehr gesprächig. Ich schaute aus dem Fenster. Was war das nur, was Nikolas ständig in mir auslöste? Ich fühlte mich einerseits zu ihm hingezogen und gleichzeitig würde ich am liebsten sofort davonlaufen.

Ich dachte wieder an Janosch. Dann an Ralph. An mein Zuhause. Ich hätte nicht mit ihm fahren dürfen. Wir konnten keine Freunde sein. Schlag ihn dir aus dem Kopf, Alice. Schlag ihn dir ganz schnell aus dem Kopf.

An der nächsten Station stiegen wir aus. Neugierig sah ich mich um. Wir waren gar nicht bis in die Innenstadt gefahren, sondern befanden uns noch irgendwo am Stadtrand. So richtig hohe Bürotürme gab es hier nicht, stellte ich beruhigt fest. Nur das rote Haus an der Ecke konnte ein paar mehr Stockwerke aufweisen. Vierzehn oder fünfzehn vielleicht, schätzte ich, während Nik genau auf dieses Haus zusteuerte.

Das Gebäude sah heruntergekommen und schäbig aus. An einer Seite klebten kleine graue Balkone wie Schuhschachteln an der Wand und der rote Putz bröckelte von der Fassade.

Ich folgte Nik zu der Haustür, die er mit dem Fuß aufstieß und dann für mich aufhielt. Offenbar war das Schloss kaputt, und niemand hier schien es nötig zu finden, es zu reparieren.

»Willkommen im Himmel«, sagte Nik und lächelte plötzlich wieder. Ich verzog das Gesicht. Wenn dieses Ding hier der Himmel war, würde ich lieber in der Hölle schmoren.

»Wart's ab.« Nik hatte meinen Blick bemerkt und grinste immer noch. Dann betätigte er den Fahrstuhlknopf.

»Müssen wir damit fahren?« Nervös trat ich einen Schritt zurück, als die Lifttüren vor mir auseinanderglitten.

»Willst du lieber fünfzehn Stockwerke zu Fuß gehen?« Nik betrat den Lift, stellte die Tüte ab und nahm meine Hand. Ich war ihm dankbar dafür, dass er sich nicht über meine piepsige Stimme lustig machte. »Komm! Keine Sorge. Das Ding ist sicher.«

Ich ließ mich von ihm in die Kabine ziehen. Seine Hand ließ ich nicht los. Zu meiner großen Erleichterung glitt der Fahrstuhl tatsächlich einigermaßen sanft nach oben. Viel sanfter jedenfalls, als ich es seinem Äußeren zugetraut hätte. Die Leuchtanzeige funktionierte nicht, sodass ich nicht mitzählen konnte, in welchem Stockwerk wir uns gerade befanden, aber irgendwann stoppte der Lift, die Türen glitten auseinander und Nik hielt immer noch meine Hand. Er zog mich hinter sich her zu einer Glastür, die ins Treppenhaus führte. »Das letzte Stück müssen wir leider doch zu Fuß gehen«, erklärte er und hielt die Tür auf. Ich schlüpfte hinter ihm hindurch und bedauerte sofort, dass er meine Hand losgelassen hatte, um vorauszugehen. Wir mussten mindestens noch ein weiteres Stockwerk nach oben klettern, bevor uns wieder eine Tür den Weg versperrte.

»Warte kurz.« Nik stellte die Tüte ab und zog irgendetwas aus seiner Hosentasche, mit dem er an dem Türschloss herumfummelte. Ein Schlüssel war das vermutlich nicht, schoss es mir durch den Kopf, als es plötzlich klackte und Nik die Tür aufstieß. Er trat zur Seite, um mir den Vortritt zu lassen, und vorsichtig machte ich einen Schritt nach vorne.

Was ich dann sah, verschlug mir den Atem. Wir standen mitten auf dem Dach des Hauses, auf einer großen ebenen Fläche, auf der sich nichts befand als weiter hinten ein paar silberne Kästen und Rohre, irgendwelche Haustechnik vermutlich, und über uns erstreckte sich der Himmel. Nichts als der Himmel. Erst jetzt fiel mir auf, wie wolkenlos blau er heute war.

»Wow!«, war alles, was ich sagen konnte, und dann setzte ich mich einfach auf den Boden, weil meine Beine sich plötzlich anfühlten wie Wackelpudding. Nik lachte und zog mich wieder hoch.

»Ich wusste, dass es dir gefallen würde. Aber komm lieber mit da rüber, da ist es nicht ganz so kalt.«

Ich ließ mich von ihm zu einem der kleinen Technikhäuschen ziehen. Nik hatte recht. Hier oben pfiff ein empfindlich kalter Wind. Im Schutz des Aluminiumkastens kauerten wir uns wieder auf den Boden. Diesmal ließ ich seine Hand nicht los. Und es war mir auch nicht mehr wichtig, dass wir so wenig sprachen. Im Gegenteil. Es tat so gut, einfach nur neben Nikolas zu sitzen, seine Hand zu halten, in den Himmel zu gucken und zu schweigen. Aber dann fiel mir doch etwas ein.

»Warte.« Ich streifte den Rucksack von den Schultern und holte die Decke heraus, in die ich heute Morgen das Geschirr für das geplante Picknick gewickelt hatte. Vorsichtig packte ich Teller, Besteck und Gläser aus und dann breitete ich die Decke unter uns aus.

»Bitte schön. Von dir der Himmel und von mir das Frühstück«, sagte ich und wusste schon jetzt, dass ich diesen Vormittag nie wieder vergessen würde.

Ich öffnete eine Tüte mit Keksen, holte die Thermoskanne mit dem Tee hervor und drapierte ein paar Weintrauben auf einem Teller. Ich schenkte uns beiden einen Becher heißen Tee ein, da griff Nik unter seinen Pullover und zog heraus, was er vorhin noch geholt und vor mir verborgen hatte. Erstaunt sah ich, dass es ein Buch war. Ein altes Buch offenbar. *Deutsche Gedichte* konnte ich noch entziffern, bevor Nik das Buch aufschlug und einfach begann, daraus vorzulesen.

Nikolas

Er konnte nicht sagen, woher auf einmal dieser Spruch mit dem Himmel gekommen war.

So eine kitschige und plumpe Anmache war sonst gar nicht seine Art. Aber seit Alice in seinem Leben aufgetaucht war, war einiges nicht mehr wie sonst.

Er wusste nicht, wie sie das machte, wusste nicht einmal, ob sie überhaupt etwas machte, dass er jedes Mal in ihrer Nähe den großen brennenden Wunsch verspürte, ihr die Tür zu seiner Welt zu öffnen.

Die Tür zu der Welt, die außer ihm niemand kannte. Zu der Welt, in der es einen Küchentisch gab, Butterbrote, Worte Gottes, ein Bett und einen sanften Gutenachtkuss, der ihn in das Land der Träume verabschiedete.

Und dann stand er neben diesem Mädchen in der Straßenbahn und wusste nicht, wie er ein Gespräch mit ihr beginnen sollte. Also verharrte er einfach neben ihr und sagte nichts, und da sie auch nicht sprach, vermutete er, dass es ihr genauso ging.

Während der ganzen Fahrt spürte er das Buch unter seinem Sweatshirt, fühlte die beruhigende Wirkung, die von ihm ausging.

Als sie bei dem roten Haus ankamen, bemerkte er ihr kurzes Zögern. Er war ihr dankbar, dass sie nichts sagte, und dann griff er einfach nach ihrer Hand und hielt sie fest, und es fühlte sich gut an und richtig und so, als ob es schon immer so gewesen wäre.

Auf dem Weg nach oben hatte er tatsächlich ein bisschen Angst, sie könnte enttäuscht sein. Schließlich war der Himmel, den er ihr versprochen hatte, nichts als eine graue Betondecke auf einem hässlichen Hochhaus, zumindest, wenn man es nur so sehen wollte, und für jemanden mit Höhenangst würde es vielleicht auch niemals mehr als das sein.

Umso glücklicher war er, als er die Begeisterung in ihrer Stimme hörte, als sie den Blick hob und sich einfach unter dem blauen Himmel auf den Boden sinken ließ. Er hatte es geschafft. Er hatte die Verbindungstür zwischen ihren beiden Welten gefunden.

Er zog das Buch hervor und schlug es auf. Seine Finger fanden wie von selbst die richtige Stelle.

Du musst das Leben nicht verstehen.

Ganz leise zunächst. Fast ein Flüstern.

Er sah ihren überraschten Blick, aber sie schwieg. Das machte ihm Mut. Seine Stimme wurde lauter.

Lass dir jeden Tag geschehen

Jetzt hatte sie sich zurückgelehnt und lauschte seinen Worten.

So wie ein Kind im Weitergehen
von jedem Wehen
sich viele Blüten schenken lässt.

Er schaute kurz auf und sah, dass sie verstand.
Sie lächelte.

16

Mit geschlossenen Augen lehnte ich an der Wand und lauschte Niks Worten. Ich hatte keine Ahnung, von wem dieses Gedicht war, aber es war wunderschön. Auch wenn es mir nur selten gelang, das Leben wie ein Fest zu nehmen, klang es doch richtig und logisch.

Im Stillen wunderte ich mich immer noch über diesen Jungen. Erst sprach er auf der ganzen Fahrt hierher quasi kein einziges Wort, um mir dann kommentarlos aus einem alten Gedichtband vorzulesen. Welcher Junge tat so etwas?

Ich hätte so gerne mehr über ihn erfahren, hätte gerne gewusst, was es mit Nastis Anspielung, dass er viel Pech im Leben gehabt habe, auf sich hatte, hätte ihn gerne gefragt, wem er seine dunkle Hautfarbe verdankte, seiner Mutter oder seinem Vater, und wo seine Eltern überhaupt waren.

Aber stattdessen saß ich einfach hier mit ihm und blinzelte ab und zu durch die Wimpern in das Blau über uns, um mich zu vergewissern, dass das alles kein Traum war. Zum ersten Mal seit vielen Stunden fühlte ich mich frei. Mein Zuhause, die Streitereien, der gequälte Gesichtsausdruck meiner Mutter, die Spielchen von Ralph, alles schien auf einmal ganz weit weg zu sein. Und irgendwie bedeutungslos. Hier oben gab es nur Nik und mich und den Himmel über uns. Ich wünschte mir, dass dieser Augenblick niemals vorbeigehen würde. Fast war ich enttäuscht, als das Gedicht zu Ende war.

»Das war schön. Von wem war das?«, fragte ich.

»Rainer Maria Rilke. Eigentlich weiß ich überhaupt nichts über Gedichte«, gab Nikolas zu.

»Aber es ist doch dein Buch, oder?«

Fast liebevoll strich Nik über den Einband und fuhr dann mit dem Zeigefinger die goldenen geprägten Buchstaben nach.

»Ja. Aber ich hab's gefunden. In einem Altpapiercontainer. Erst konnte ich die Schrift nicht richtig lesen, aber jetzt habe ich mich daran gewöhnt.«

Er schlug das Buch an irgendeiner Stelle auf und zeigte mir die verschnörkelten Buchstaben. Das Buch musste wirklich schon ziemlich alt sein.

Nik lehnte seinen Kopf an die Wand und schaute in den Himmel. »Ich war nicht besonders gut in der Schule«, sagte er leise.

War? Also ging er nicht mehr zur Schule. Ich hatte mich nicht getraut, ihn danach zu fragen. Auch jetzt sagte ich nichts, hoffte, dass er einfach weiterreden würde.

»Aber Gedichte habe ich auch früher schon gemocht. Granny hat mir manchmal welche vorgelesen.«

»Granny? Deine Großmutter?«

»Sie ist nicht wirklich meine Großmutter. Nur eine Nachbarin. Als ich noch kleiner war, habe ich sie oft besucht.« Er brach abrupt ab und schaute wieder auf das Buch in seinen Händen. »Manchmal lese ich abends ein Gedicht, und dann fühlt es sich an, als ob einer einfach meine Gedanken aufgeschrieben hätte.«

Ich nickte. Ich wusste genau, was er meinte.

Nik lächelte mir zu, dann blätterte er einen Moment durch sein Buch, bevor er es an einer anderen Stelle aufschlug und weiterlas. Das nächste Gedicht handelte von einer Mondnacht, nicht ganz passend für diese Tageszeit, aber die Zeilen vom Himmel, der die Erde geküsst hatte, waren trotzdem wunderschön.

Ich musste an Nasti denken. Niemals würde sie mir glauben, dass ich gerade fünfzehn Stockwerke hoch über dem Erdboden saß und begeistert in den Himmel blinzelte. Das Klingeln meines Handys riss mich aus meinen Träumen. Am liebsten hätte ich es ignoriert, aber Nikolas hatte schon aufgehört zu lesen und schaute mich erwartungsvoll an. Ich zuckte entschuldigend mit den Schultern, kramte das Handy aus dem Rucksack und warf einen Blick auf das Display. Nasti. Natürlich. Hatte sie jetzt endlich auch gemerkt, dass sie vergessen hatte, mir zu sagen, wo das gemeinsame Frühstück überhaupt stattfinden sollte?

»Hallo, Nasti, ich …« Ich wollte ihr sagen, dass es jetzt schlecht war und dass ich später in Ruhe zurückrufen würde, aber Nasti ließ mich gar nicht zu Wort kommen. Sie redete wie ein Wasserfall, und ich presste das Handy ans Ohr und versuchte, trotz des Rauschens, das der Wind hier oben verursachte, aus dem Wortschwall von Nasti schlau zu werden.

Einen kurzen Moment überlegte ich, ob sie vielleicht schon am Vormittag betrunken war, weil sie ständig kicherte und gluckste, aber dafür klang ihre Stimme doch wieder zu klar, und ich kam zu dem Schluss, dass sie höchstens trunken vor Glück war und es dabei um Trasher ging. Dann sagte Nasti noch etwas, und dann wurde es am anderen Ende der Leitung auf einmal ganz still, und ich glaubte, mich verhört zu haben. Ich presste das Smartphone fester an mein Ohr und warf Nikolas einen Hilfe suchenden Blick zu. Der hob fragend die Augenbrauen, aber statt ihm zu antworten, rief ich nur in mein Handy: »Das ist jetzt nicht dein Ernst, oder? Das ist viel zu gefährlich! … das kann er doch nicht wirklich von dir verlangen? … freiwillig? … hallo?!« Aber Nasti hatte aufgelegt. Entsetzt starrte ich auf das Display meines Smartphones und dann wieder zu Nikolas.

»Was ist passiert?« Er musterte mich so besorgt, dass ich fast in Tränen ausgebrochen wäre.

»Das war Nasti«, erklärte ich ihm überflüssigerweise. »Sie hat gesagt, dass sie und Trasher …« Ich schluckte. Dann versuchte ich es noch einmal. »Also Nasti und Trasher wollen heute … nein, in einer Stunde, also sie trommeln gerade die ganze Clique zusammen, weil das ein ganz großes Ding wird, sie …« Ich brach ab und wischte mir mit den Fingern über die Augen.

»Ein großes Ding?« Nikolas beugte sich vor und berührte meinen Arm. Verzweifelt sah ich ihn an.

»Ich … ich weiß es nicht so genau. Sie hat so schnell geredet und so viel. Sie hat gesagt, dass alle kommen sollen und dass du auch kommen sollst und deine Gedichte sollst du auch mitbringen.«

Einen Moment lang wunderte ich mich, woher Nasti von den Gedichten wusste, aber als ich Nikolas' fragenden Blick bemerkte, redete ich einfach weiter. »Es geht um das Video. Das von Leon. Also das von Adrian auf dem Turm.« Ich holte tief Luft. »Trasher war stinksauer wegen des Videos und jetzt will er wohl etwas Neues machen. Etwas, das noch niemand gemacht hat und schon gar nicht Adrian. Ein Video zusammen mit Nasti. So eine Art Liebesbeweis.«

»Hm.« Nik blieb überraschend ruhig. »Sie ist noch nie geklettert, oder?«

»Nein!« Ich schüttelte den Kopf. »Nein. Das heißt, ich weiß es natürlich nicht, aber ich glaube nicht. Sie hat jedenfalls bisher nie etwas davon erzählt. Vor drei Tagen habe ich zum ersten Mal überhaupt etwas von den Roofern«, ich korrigierte mich, »von euch gehört. Als sie mir dieses Video von Trasher gezeigt hat.«

»Nasti gehört schon eine ganze Weile zur Clique«, entgegnete Nik. »Vielleicht ist sie erfahrener, als du denkst.«

Es versetzte mir einen Stich, dass Nik offenbar mehr über meine beste Freundin wusste als ich. Aber selbst wenn Nasti Trasher schon länger kannte und selbst wenn sie schon auf irgendwelchen Baustellen herumgeturnt war, durfte ich keinesfalls zulassen, dass sie wegen dieser Leute ihr Leben aufs Spiel setzte. So viel stand fest. Schlimm genug, dass sie sich ihren Oberarm für alle Zeiten mit diesem blöden Tattoo versaut hatte.

»Egal, ob sie das schon gemacht hat oder nicht, wir müssen sie auf jeden Fall davon abhalten, dieses Video zu drehen. Das ist Wahnsinn!«

»Ich glaube, du machst dir ganz unnötig Sorgen. Trasher ist wirklich sehr erfahren. Er würde niemals das Leben deiner Freundin aufs Spiel setzen. Bitte glaub mir, Alice, Trasher weiß, was er tut.«

Noch vor wenigen Minuten hätte mein Herz Purzelbäume geschlagen vor Freude darüber, meinen Namen aus Nikolas' Mund zu hören, aber jetzt war ich viel zu sehr mit meiner Angst um Nasti beschäftigt. Ich kniete mich auf den Boden und begann, die herumliegenden Sachen wahllos zurück in den Rucksack und in die Tüte zu stopfen. Mir war völlig egal, was dieser Trasher konnte oder nicht konnte. Für mich stand fest: Nasti wollte sich in Lebensgefahr bringen. Ich würde keine Minute länger hier herumsitzen und einfach nichts tun. Nikolas stand ebenfalls auf. Er klappte das Buch zu und schob es wieder unter seinen Pullover. Dann half er mir dabei, die Sachen einzupacken.

»Hat sie denn ein bisschen genauer erklärt, was sie überhaupt vorhaben?«, fragte er, während er mir die Decke reichte. Ich schüttelte nur stumm den Kopf.

»Wo soll das Treffen denn stattfinden?«

Ich nannte ihm den Straßennamen, den ich von Nasti hatte, und er nickte. »Okay, das ist wirklich hoch«, murmelte er. Panisch sah ich ihn an. »Hoch? Wie hoch? So hoch wie der Turm? Wo ist das? Welches Gebäude, meine ich? Warst du schon mal da? Wir müssen auf jeden Fall vor den anderen da sein! Ich muss Nasti aufhalten!«

Ich lief in Richtung Tür, blieb dann stehen und drehte mich zu ihm um. »Bitte!«, flehte ich, und endlich setzte sich auch Nikolas in Bewegung.

Während wir die Treppe zurück zum Lift liefen, erklärte er mir, dass es sich bei dem Treffpunkt um das gleiche Gebäude handelte, das ich in dem ersten Video schon gesehen hatte. Und sofort wusste ich, wovon Nasti gesprochen hatte. Mir hatte nur der Straßenname überhaupt nichts gesagt. Die Baustelle. Die Baustelle eines neuen supermodernen Hotels am Mainufer in Sachsenhausen. *Komm schnell! Die bringen sich um!* Plötzlich hörte ich wieder Nastis Stimme in meinem Kopf und mir wurde schlecht.

Nach einer gefühlten Ewigkeit war der Lift endlich unten angekommen und wir rannten aus dem Haus. Mit einem Spurt erwischten wir gerade noch die nächste Straßenbahn. Diesmal ließen wir uns nebeneinander auf zwei freie Plätze fallen und in jedem anderen Moment hätte ich die körperliche Nähe zu Nikolas vermutlich genossen. Unsere Beine berührten sich auf den schmalen Sitzen, und in jeder Kurve stießen unsere Schultern aneinander, egal wie sehr ich auch versuchte, von ihm abzurücken. Ich umklammerte den Rucksack auf meinem Schoß und drückte alle zwei Minuten auf meinem Smartphone herum, um nachzusehen, ob eine weitere Nachricht von Nasti oder einem der anderen eingetrudelt war. Ich hatte noch zweimal versucht, Nasti anzurufen, um sie von dieser Schnapsidee abzuhalten, aber die ignorierte das Klingeln ihres Handys offenbar oder hatte es einfach wieder auf lautlos gestellt.

»Ist es nicht sowieso viel zu gefährlich, mitten am Tag

auf dieser Baustelle rumzuturnen? Die wird doch bewacht? Was, wenn sie erwischt werden?« Ich dachte an die Security-Typen mit ihren Eisenstangen, trotzdem war mir klar, dass erwischt zu werden bei dieser ganzen Sache wirklich das geringste Problem war, aber ich musste irgendwas reden, um nicht völlig durchzudrehen vor Angst.

»Das ist ja gerade der Kick«, murmelte Nik nur und starrte an mir vorbei aus dem Fenster.

»Der Kick?« Schon wieder dieses bescheuerte Wort. Verständnislos schaute ich ihn an.

»Heute ist Wochenende. Da steht die Baustelle leer. Sonst hätten sie sich erst am Abend getroffen. Klar können sie trotzdem erwischt werden, aber das macht es halt besonders spannend.«

Die Straßenbahn bremste und Nik stand auf. »Außerdem«, sagte er über die Schulter, während wir ausstiegen, »wollen sie doch gesehen werden. Also auf den Videos. Das ist ja gerade der Sinn des Ganzen. Im Dunkeln ist die Qualität der Aufnahmen meistens beschissen.«

»Aber das ist doch völlig idiotisch!« Ich konnte einfach nicht begreifen, was Nasti plötzlich an solchen Spielchen fand. Ich sprang auf die Straße. Trasher und den anderen auf YouTube bei ihren waghalsigen Klettermanövern zuzuschauen, war das eine. Ich musste an Adrian denken. In der Realität diesem Irrsinn zuzusehen, hatte sich gleich noch einmal ganz anders angefühlt. Und sich selbst in Gefahr zu begeben, war noch einmal etwas völlig anderes. Fest stand, ich würde alles tun, um zu verhindern, dass Nasti bei diesem Unsinn mitmachte.

17

Nikolas umrundete den Zaun ungefähr bis zur Hälfte, dann blieb er so plötzlich stehen, dass ich fast in ihn hineingelaufen wäre. Kurz erkannte ich das gelbe Verbotsschild mit dem grünen Gecko, als Nik auch schon mit dem Fuß vorsichtig gegen eins der Gitter stieß und es nach hinten drückte. Er schob mich durch den Spalt, dann reichte er mir die Plastiktüte und kroch hinter mir her.

Erstaunt sah ich mich um. Bei Tag wirkte das Gelände noch viel riesiger als neulich im Dunkeln. Kurz warf ich einen Blick in Richtung der Container und rechnete jeden Moment damit, dass wieder jemand von dort auftauchen und brüllend hinter uns herjagen würde. Aber alles blieb ruhig. Offenbar war übers Wochenende tatsächlich niemand hier. Ein kurzer Blick zeigte mir, dass Nikolas schon weitergelaufen war, und ich musste mich beeilen, um mit ihm Schritt zu halten. Ich wollte auf gar keinen Fall hier irgendwo allein zurückbleiben. Nikolas lief so zielstrebig durch das ganze Gerümpel, dass es wirkte, als ob er hier zu Hause wäre. Endlich stoppte Nik vor einer provisorischen Holztür in der Rückwand des zukünftigen Hotels. »Wir nehmen heute mal den Lieferanteneingang«, frotzelte er, und ich wusste, dass er mich nur von meinen Ängsten ablenken wollte.

»Wo sind die anderen?« Ich rang nach Luft und sah mich suchend um.

»Vermutlich schon oben.« Er zeigte mit dem Kinn vage in Richtung Himmel, und erst jetzt fiel mir auf, dass wir vor einem neuen Problem standen. Ich erinnerte mich an das Video, das Nasti mir gezeigt hatte, daran, wie ich zu Beginn des Clips einem Jungen zugesehen hatte, der an so etwas wie einem Kran oder Baugerüst nach oben geklettert war. Ich dachte an Bob, von dem ich inzwischen wusste, dass er den Film gedreht hatte, und daran, wie er offensichtlich mit der Kamera in der Hand hinter Trasher hergekraxelt war. Wie sollte ich bloß da hinkommen? Niemand, nicht einmal Nasti, würde mich dazu bringen, an einem Baugerüst auch nur ein Stockwerk nach oben zurückzulegen. Inzwischen hatte Nikolas die Tür geöffnet und hielt sie mir auf. »He, keine Panik, das Ding hier hat ziemlich viele Treppen.«

Konnte er Gedanken lesen?

»Du musst nicht einmal den Lift benutzen.« Grinsend zeigte er auf das große Loch in der Wand, hinter dem sich offenbar der Fahrstuhlschacht für dieses Gebäude befand. Ich hatte im Moment absolut keinen Sinn für Humor. Ich fröstelte allein beim Gedanken an die gähnende Leere im Inneren dieses Schachts. Aber da lief Nik schon voraus zu einem Treppenhaus.

Ich stolperte hinter ihm her. Er bedeutete mir, den Rucksack und die Tüte einfach in eine Ecke zu werfen, dann hasteten wir die breiten Betonstufen nach oben. Ich lief so dicht wie möglich an der Wand entlang und bemühte mich, den Blick zu der anderen, offenen Seite des Treppenhauses zu vermeiden. Ein Geländer gab es auch hier noch nicht. Meine Beine wurden von Stufe zu Stufe schwerer, die Muskeln in meinen Oberschenkeln brannten inzwischen wie Feuer, aber Nik sprintete, ohne anzuhalten, immer weiter. Mein Puls raste. Krampfhaft versuchte ich, nicht darüber nachzudenken, wie viele Stockwerke wir bereits zurückgelegt hatten. Am Anfang hatte ich noch mitgezählt, aber irgendwann hörte ich damit auf. Jetzt zählte für mich nur noch eins: so schnell wie möglich zu den anderen zu gelangen und Nasti und Trasher von diesem idiotischen Plan abzubringen.

Endlich blieb Nikolas schwer atmend stehen und zeigte auf eine Tür. »Hier ist es. Ab hier haben Bob und Trasher neulich das Video gedreht.« Ich keuchte und schnappte nach Luft, völlig außer Atem. Und ich war mir sicher, dass ich nie wieder auch nur eine einzige Treppenstufe würde bewältigen können. Nik stieß die Tür auf und ich machte erschrocken einen Schritt zurück. Eisige Luft strömte mir entgegen und fraß sich beißend in meine vollkommen leeren Lungen.

»Es zieht ein bisschen hier oben, man sollte vielleicht die Fenster schließen.«

Nikolas' Versuche, mich mit seinen Witzen aufzuheitern, waren vergeblich. Geschockt sah ich mich auf der Plattform um, die nur aus einem Betonfußboden und Eisenträgern zu bestehen schien. Es gab hier noch nicht einmal so etwas wie Wände. Nur jede Menge Eisen- und Stahlkonstruktionen, die darauf hindeuteten, dass dieser Koloss von einem zukünftigen Hotel noch weiter in die Höhe wachsen würde. Vorhin hatte ich den blauen weiten Himmel über uns genossen, jetzt verursachte mir der Blick durch all die Metallstreben hindurch nichts als Übelkeit. Ich konnte nicht abschätzen, wie hoch wir hier waren. In der Ferne sah ich die Skyline der Innenstadt, irgendwo davor glitzerte der Main in der Sonne, aber anstatt diesen Ausblick zu genießen, kämpfte ich verzweifelt gegen die Magensäure an, die wieder in mir aufstieg.

»Alice!« Mit einem Jubelschrei stürmte Nasti auf mich zu und fiel mir um den Hals. Jetzt erst sah ich auch den Rest der Clique, die weiter hinten auf dem Fußboden saß und offenbar nur auf uns gewartet hatte. Trasher lehnte mit einer Zigarette im Mundwinkel lässig an einem Stahlträger und winkte. Leon und Adrian schienen nicht hier zu sein.

Während Nik auf die Gruppe zuschlenderte, Trasher mit einem Handschlag begrüßte und sich dann zu den anderen hockte, befreite ich mich aus Nastis Umarmung und zog sie ein Stück von Trasher weg.

»Nasti! Sag mal, spinnst du? Was soll das alles?«

»He, krieg dich wieder ein. Es ist doch nur ein harmloser Spaziergang.«

»Nur ein Spaziergang? Bist du jetzt völlig durchgeknallt, oder was?« Obwohl ich es wirklich versuchte, gelang es mir nicht, ruhig zu bleiben.

»Du bist ja nur neidisch!« Nasti schüttelte meine Hand ab und machte einen Schritt zurück.

»Neidisch?« Verblüfft sah ich sie an. »Aber worauf sollte ich …?«

»Du bist neidisch, weil Trasher mich liebt. Weil er die Nacht mit mir verbracht hat. Weil wir ein Paar sind. Und jetzt will er es eben allen zeigen …« Nastis Stimme wurde lauter. »Vor allem diesem Arschloch von Adrian, der immer noch glaubt, er sei der Größte hier.«

»Was zeigen?« Ich wurde aus diesem Gerede nicht wirklich schlau.

»Na, dass wir zusammengehören. Er und ich. Dass wir ein Paar sind. Und dass wir zusammen durch dick und dünn gehen würden. Adrian hat keine Freundin.« Trotzig sah Nasti mich an. »Es ist nur ein Spaziergang, wirklich. Trasher wird da rüberlaufen«, sie zeigte vage in irgendeine Richtung zwischen den Eisenträgern hindurch, »dann wird er sich umdrehen und auf mich warten.«

»Ihr wollt da rausgehen? Also … ich meine … auf diesem Ding da? Ihr wollt nicht hier im Gebäude klettern?« Fassungslos starrte ich Nasti an. Der Träger, auf den Nasti gezeigt hatte, begann da, wo eigentlich eine Außenwand hätte sein sollen, die vermutlich später noch als Glaswand eingefügt werden würde. Ich hatte keine Ahnung, wozu das Ding gut sein sollte, vielleicht hielt er später mal einen Balkon oder sonst einen Anbau, im Moment ragte er jedenfalls weit vom Gebäude weg, einfach ins Nichts.

»Im Gebäude?« Nasti schaute sich um. »Wie langweilig ist das denn? Das ist doch Babykram!«

»Nasti, bitte, das ist nicht dein Ernst. Wir sind hier mindestens im zehnten oder elften Stock, du kannst doch nicht zehn Stockwerke über dem Erdboden herumturnen.« Meine Stimme überschlug sich. Hilfe suchend sah ich mich um. Warum unternahmen denn die anderen nichts? Wie konnten sie alle so ruhig dasitzen und einfach darauf warten, dass Trasher und seine Freundin ihr Leben aufs Spiel setzten?

Ich spürte, wie mir Tränen in die Augen schossen.

»Verdammt, Nasti? Sag doch was. Bitte. Mir ist es egal, was Trasher und die anderen treiben. Dieser Mist mit den Videos und dem angeblichen Kick, den sie dabei haben. Das ist doch alles Wahnsinn! Und diese Sache zwischen Trasher und Adrian. Was hast du denn damit zu tun? Bitte versprich mir, dass du da nicht mitmachst.« Wieder griff ich nach Nastis Arm, aber die schlug meine Hand einfach weg.

»Fass mich nicht an!«

»Nasti, bitte!«

»Ich hab gesagt, du sollst mich nicht anfassen!« Nastis Stimme überschlug sich jetzt.

Betroffen wich ich einen Schritt zurück und auch Nasti sah jetzt erschrocken aus. »Ich … es tut mir leid. Das wollte ich nicht. Es ist nur … ich hatte mich so gefreut, dass du auch gekommen bist und dass du und Nikolas … also, dass ihr beide … und ich dachte, du freust dich genauso mit mir.«

Ich hielt die Luft an. Täuschte ich mich oder klang sie auf einmal gar nicht mehr so sicher?

»Trasher will also auf diesem Ding da rauslaufen. Und dann?« Ich versuchte, meine Panik zu unterdrücken und meiner Stimme wieder einen ganz normalen Klang zu geben.

»Dann werde ich zu ihm balancieren und wir werden uns küssen und zusammen zurückgehen. Und alle werden sehen, wie sehr wir uns lieben. So was hat noch nie jemand von den anderen gemacht«, sagte Nasti leise. »Es ist doch nur wie ein Spaziergang auf einem Schwebebalken«, fügte sie hinzu.

Ja, nur dass dieser Schwebebalken sich ungefähr in dreißig Meter Höhe befindet, dachte ich, sprach diesen Gedanken aber nicht aus.

»Warum willst du das tun?«, fragte ich stattdessen.

»Damit er sieht, wie sehr ich ihn liebe.«

»Aber sieht er das nicht auch so?!« Fast hätte ich wieder die Beherrschung verloren.

Nasti schüttelte nur stumm den Kopf. »Ich will es ihm einfach beweisen.«

»Man kann aber Liebe nicht beweisen!« Wenn ich ehrlich war, hatte ich keine Ahnung von der Liebe, aber das, was einige Menschen Liebe nannten, hatte in meinen Augen so überhaupt nichts damit zu tun. Obwohl ich es nicht wollte, tauchte vor meinem inneren Auge das Bild meiner Mutter auf, wie sie sich heulend an Ralph klammerte nach einem Streit und immer wieder rief: »Aber ich liebe dich doch.«

Ich hatte bei solchen Szenen stets nur Ekel und Abscheu empfunden. Mit Liebe hatte diese Unterwürfigkeit ganz bestimmt nichts zu tun. Ralph hätte meine Mutter treten können wie einen Hund und sie hätte noch etwas von Liebe gewinselt. Und jetzt stand da meine beste Freundin und klang irgendwie ganz genauso. Wenn das Liebe war, dann wollte ich definitiv nie etwas mit der Liebe zu tun haben. Ich spürte, wie die Galle wieder in mir hochstieg, und packte Nasti bei den Schultern.

»Verdammt noch mal, lass dir doch nicht so einen Scheiß

einreden! Wenn Trasher dich wirklich liebt, wird er dich niemals einer solchen Gefahr aussetzen. Wenn du abstürzt, bist du tot, Nasti. Tot!« Meine Stimme überschlug sich, während ich Nasti schüttelte. Erschrocken ließ ich sie los und presste mir die Hand auf den Mund. Die anderen hatten aufgehört zu reden und starrten zu uns hinüber. Trasher schnippte seine Zigarette weg, löste sich von dem Träger und schlenderte auf uns zu.

»Ich weiß«, flüsterte Nasti. »Ich weiß. Aber du verstehst echt überhaupt nichts.«

Sie war kreidebleich und jetzt sah ich auch die Tränen in ihren Augen. Sofort bereute ich, dass ich Nasti so angeschrien hatte. Behutsam legte ich den Arm um meine Freundin. Erst da spürte ich, wie sehr Nasti zitterte.

»Es ist nicht einfach nur ein Spaziergang. Es ist lebensgefährlich. Du musst das nicht machen, hörst du? Das hat überhaupt gar nichts mit Liebe zu tun. Niemand muss so etwas machen!« Verzweifelt suchte ich Blickkontakt mit ihr, aber Nasti schien einfach durch mich hindurchzustarren.

»Doch«, sagte sie leise. »Doch, ich muss. Sonst verliere ich ihn.«

Dann wand sie sich aus meinem Arm und ließ mich einfach stehen. Trasher war inzwischen bei uns angekommen. Er griff nach ihrer Hand und zog sie mit sich.

Ich sah ihnen nach, und meine Finger suchten auf den Armen nach den Stellen, an denen die Haut schon dünn war, dort, wo der Schmerz saß, wo es schneller ging und man nicht so lange auf die Erlösung warten musste.

Ich war wütend. So wütend. Wütend auf meinen Vater, der

viel zu früh einfach gegangen war, wütend auf meine Mutter, die Abhängigkeit mit Liebe gleichsetzte. Wütend auf Ralph, für den Liebe nur nach körperlicher Befriedigung suchte, wütend auf Trasher, für den Liebe Eigentum bedeutete, und am schlimmsten war die Wut auf mich selbst.

Was hatte ich hier bei all diesen Leuten zu suchen? Wie hatte ich glauben können, meine Gefühle für diesen Jungen, den ich kaum kannte, seien etwas ganz Besonderes? Wie hatte ich annehmen können, das mit Nasti und Trasher sei etwas anderes? Es war nichts anderes. Es war nie anders. Es ging immer nur darum, vom anderen Besitz ergreifen zu wollen. Den anderen lenken und manipulieren zu wollen. Früher hatte ich geglaubt, Liebe sei eine ganz besondere Art der Zuwendung und Aufmerksamkeit. Ich dachte, wahre Liebe sei so etwas wie ein Geschenk, das Menschen sich gegenseitig machten.

Aber das war es nicht.

Es ging nur um Macht. Wer Liebe versprach, hatte die Macht. Wer Liebe suchte, war verloren. Ich würde niemals nach Liebe suchen.

Nikolas

Er verstand Alice' Angst um ihre Freundin, aber er sah auch, dass diese ihre Entscheidung getroffen hatte. Es half nichts, wenn man bettelte. Der andere ging trotzdem. Was blieb, war das Verlorensein und das Gefühl, nicht wert zu sein, geliebt zu werden.

Normalerweise verbot er sich, über solche Dinge nachzudenken. Sein Leben war sein Leben, und so wie es war, war es okay. Es war sinnlos, sich etwas anderes zu wünschen, das hatte er schon früh gelernt.

Trasher war ganz anderes als er. Er hatte etwas, das er niemals bekommen würde: Anerkennung.

Egal, was Trasher anpackte, es gelang ihm. Keine Herausforderung war ihm zu groß, kein Stunt zu gefährlich.

Meistens machte ihm das nichts aus. Doch jetzt, da er abseitsstand und den Tumult um Trasher und seine Ideen beobachtete, spürte er, wie eine alte Sehnsucht in ihm hochkam, Sehnsucht nach einem Gefühl, das nicht aus einem selbst kommen, sondern das einem nur ein anderer Mensch schenken konnte.

Sein Blick fiel wieder auf Alice. Er wusste genau, wie sie sich fühlte. Er sah sie da stehen, die Hände tief unter den Ärmeln ihres Shirts vergraben, und er verstand, dass sie bereits in dieser anderen Welt war, in die er ihr nicht folgen konnte.

Dann kam Trasher auf ihn zu und versammelte die Clique um sich.

Er selbst war schon oft dabei gewesen, wenn sie sich getroffen hatten, hatte seine Kletterkünste auch selbst schon das eine oder andere Mal ausprobiert, auch wenn er nie so wagemutig war wie die anderen. Meistens kletterten sie zu zweit oder dritt, während die Übrigen die Kunststücke mit ihren Handys filmten, um sie später bei YouTube hochzuladen oder auch einfach nur gemeinsam zu betrachten.

Heute war das anders. Es ging ausschließlich um Trasher und Nasti – oder besser, um Trasher und Adrian. Sie waren heute nur Statisten, Zuschauer. Allerdings würde dieses Spiel ohne seine Zuschauer niemals stattfinden.

Sie lauschten Trasher, der auf einmal eine richtige Rede hielt und etwas von Liebe erzählte und ihrer Größe und davon, was für ein wunderbarer Beweis das sei, den Nasti – dabei schaute er sie zärtlich an – gleich für ihn erbringen würde. Er sprach davon, wie sie füreinander geschaffen wären, für immer eins nach diesem Moment, den sie mit aller Welt teilen wollten, und dass sie einander nie mehr verlassen würden.

Und dann beugte sich Trasher, den Arm um Nastis Schultern gelegt, zu ihm und bat ihn, etwas aus seinem Buch zu lesen, um diesen ganz besonderen Augenblick noch feierlicher zu gestalten. Überrascht runzelte er die Stirn. Die anderen hatten das Buch ein paarmal bei ihm gesehen, aber er hatte bisher nie laut daraus gelesen. Er hatte überhaupt noch nie vor jemandem gelesen, außer am Vormittag für Alice, und das war einfach so passiert. Seine Finger hatten die richtigen Worte ganz von selbst gefunden.

Zögernd zog er das Buch unter seinem Pullover hervor, setzte sich auf den Boden und schlug es auf. Die anderen kamen näher, umringten ihn im Kreis, nur Alice blieb abseits stehen. Er suchte ihren Blick, es bedeutete ihm viel, dass sie einverstanden war. Dass sie verstand, dass Trashers Bitte ihn zwar verlegen machte, aber auch stolz. Etwas hatte sich verändert. Das Buch hatte zwischen ihm und den anderen eine Verbindung hergestellt, die vorher nicht da gewesen war. Er war nicht länger der, der immer nur dabei war und sich etwas nahm: Gemeinschaft, Spaß, Ablenkung. Er konnte der Clique etwas zurückgeben.

Aber alles, was er in Alice' Blick sah, war Enttäuschung.

Da begriff er, dass er einen Fehler gemacht hatte. Er hatte sie zu nah an sich herangelassen. Er hatte zugelassen, dass sie Erwartungen hatte. Und jemanden, der Erwartungen hatte, würde man früher oder später enttäuschen. Immer lief alles darauf hinaus. Schnell wandte er den Blick ab und suchte weiter nach dem Text. Er wollte die Enttäuschung in ihren Augen nicht länger sehen. Vor allem wollte er nicht dafür verantwortlich sein.

Was sie fühlte, war ihr Problem. Nicht seins.

Er hatte keine Ahnung, was er lesen sollte, als ihm eine Überschrift entgegensprang.

Wunder der Liebe

Er lächelte. Das Buch ließ ihn auch diesmal nicht im Stich.

Seine Finger suchten die Zeile, seine Lippen formten die Worte lautlos, bevor er sie aussprach.

Liebe lässt sich suchen, finden,
Niemals lernen oder lehren.

Das Gemurmel um ihn verstummte, er fühlte ihre Blicke, sie fassten sich an den Händen und er las weiter.

Aber nie darf er erschrecken,
Wenn sich Wolken dunkel jagen

Aus den Augenwinkeln sah er Trasher zustimmend nicken.

18

Als Nikolas das Buch hervorholte und es aufschlug, wäre ich am liebsten davongelaufen. Ich fühlte mich, als hätte er mir erst ein Geschenk gemacht, das er mir jetzt wieder nahm. Natürlich war das Unsinn. So viel war mir auch klar. Den besonderen Moment mit ihm hoch oben auf dem Dach würde ich nie wieder vergessen. Niemand konnte mir das je wieder wegnehmen. Trotzdem fühlte ich mich von ihm betrogen. Er las etwas vom Wunder der Liebe und von der Furcht und dem Mut, der an der Furcht zerbrechen konnte, und alle hingen an seinen Lippen, als ob er eine Zauberformel spräche. Nur ich konnte die Augen nicht von Nasti lassen. Blass war sie und weiß wie eine Wand, aber jedes Mal, wenn sie zufällig meinem Blick begegnete, schaute sie schnell weg und tat so, als ob ich gar nicht anwesend sei. Sie gab mir keine Chance. Offenbar wollte sie sich selbst, Trasher und allen anderen etwas beweisen. Und nicht einmal Nikolas half mir dabei, das zu verhindern.

Gerade las er die letzten Worte dieses seltsamen Gedichts. Die Clique hatte ihn umrundet und hielt sich jetzt an den Händen, fast wirkte das Ganze wie eine feierliche Zeremonie. Eine Zeremonie, der ich nicht angehörte, denn ich hatte mich nicht zu den anderen in den Kreis gestellt, sondern beobachtete das Geschehen mit ein paar Metern Abstand. Ich hatte noch versucht, die anderen um Hilfe zu bitten. Sie alle waren doch dabei gewesen, als Adrian fast abgestürzt wäre, wieso steckte ihnen der Schock nicht noch genauso tief in den Knochen wie mir? Ich versuchte es bei Bee: *Bitte, du musst mir helfen, Nasti von diesem Unsinn abzubringen!*

Aber Bee hatte nur den Kopf geschüttelt. *Du verstehst das nicht*, sagten ihre Augen. *Halt dich da raus.*

Ich hatte mit Yannik reden wollen, er war der Vernünftigste, aber auch der Doc hatte nur mit den Schultern gezuckt. *Ist doch ihre Entscheidung.*

Dachten sie das wirklich, oder wollten sie nur die Sensation, wollten sie, dass Trasher diesem Adrian zeigte, wer hier wirklich der Boss war?

Jetzt löste Trasher sich aus der Gruppe und ging wie in Zeitlupe auf den Eisenträger zu, der weit hinaus ins Freie ragte. Mir wurde klar, dass er wirklich alles bis ins Detail geplant hatte.

»Bob«, ich taumelte vorwärts und legte verzweifelt eine Hand auf seinen Arm. Er hatte die Kamera schon im Anschlag. »Bob, bitte, du darfst das nicht zulassen.«

»Bin ich ihr Aufpasser, oder was?«, fauchte Bob und drehte sich von mir weg.

Es passierte also wirklich. Ich wusste, dass es nicht der gleiche Träger war wie der aus dem letzten Video. Dazu hätten Trasher und Nasti noch etliche Meter an den Baugerüsten weiter nach oben steigen müssen, aber letztendlich spielte es auch überhaupt keine Rolle, ob man zwei, drei Stockwerke mehr oder weniger zurücklegte. Ein Sturz aus dieser Höhe würde in jedem Fall tödlich enden.

Trasher hatte jetzt den Rand des Gebäudes erreicht, er warf einen letzten Blick in die Tiefe, dann drehte er sich um, streckte die Arme aus und lächelte. Ich hielt die Luft an. Nasti löste sich aus der Gruppe und ging wie in Trance auf Trasher zu. Es war so weit.

Sie lief so dicht an mir vorbei, dass ich sie hätte berühren können, und ich wollte die Hand nach ihr ausstrecken, sie festhalten, sie bitten, stehen zu bleiben und mit mir nach Hause zu gehen. Aber ich brachte nichts dergleichen fertig, und als unsere Blicke sich noch einmal für einen kurzen Moment trafen, schüttelte Nasti nur stumm den Kopf und ging weiter.

Als sie bei Trasher angekommen war, zog er sie in seine Arme und küsste sie lange und zärtlich. Die anderen hatten sich jetzt ebenfalls losgelassen und applaudierten und jubelten und fingen ebenfalls an, die Kamerafunktionen ihrer Handys zu aktivieren. Trasher warf einen letzten triumphierenden Blick in die Runde, dann legte er mit einer anmutigen Bewegung einen Finger auf seine Lippen. Die anderen verstummten und Trasher drehte sich um und setzte einen Fuß auf den Träger. Und dann lief er los.

Wider Willen musste ich zugeben, dass es bei ihm tatsächlich mehr wie ein Spaziergang aussah als wie ein Balanceakt und kein bisschen gefährlich wirkte. Trasher lief so locker und ruhig auf das Ende des Trägers zu, als rage der nicht irgendwo viele Meter über dem Erdboden in die Luft, sondern läge sicher und stabil einfach auf festem Boden.

Ich warf Nasti einen Blick zu. Sie stand mit vor Anspannung geballten Fäusten an der Kante und ließ Trasher nicht aus den Augen. Noch nie hatte ich sie so blass gesehen.

»Tu's nicht, bitte tu's nicht.« Ich wusste später nicht, ob ich diese Worte nur gedacht oder auch ausgesprochen hatte, aber es spielte letztendlich auch keine Rolle mehr.

Trasher hatte inzwischen das Ende des Trägers erreicht. Wieder vollführte er mit seinen roten Turnschuhen diese Drehung, die mich schon beim letzten Mal so beeindruckt hatte. Dann sah er zu uns herüber und streckte auffordernd die Hand nach Nasti aus. Die Sonne strahlte hell hinter seinem Rücken und hüllte ihn fast in einen magischen Glanz. Und dann stand die Zeit einfach still. Wo vorher noch die Geräusche einer pulsierenden Großstadt bis zu uns nach oben gedrungen waren, hörte ich jetzt nichts mehr als das Rauschen meines eigenen Blutes in den Ohren. Mein Herz klopfte bis zum Hals, während ich dastand und immer nur das eine dachte: *Bitte geh nicht. Bitte, bitte geh nicht da raus.*

Trasher war ganz ruhig auf dem äußeren Ende des Eisenträgers, der gerade breit genug war, dass er die Füße eng nebeneinanderstellen konnte. Es war, als sei er mit dem Eisen unter seinen Schuhen eins geworden. Ich wagte es kaum, den Blick von ihm zu nehmen – aus der unsinnigen Angst heraus, er könnte genau dann das Gleichgewicht verlieren, ins Wanken geraten und abstürzen, wenn ich für einen Augenblick nicht hinsah. Ich war mir sicher: Es war mein Blick, der ihn fest an seinem Platz hielt.

Er stand einfach da und streckte weiter auffordernd seine Hand nach Nasti aus und seine Lippen formten ein einziges stummes Wort: »Komm!«

Endlich drehte ich doch meinen Kopf, riss mich los von Trashers Anblick und wandte mich Nasti zu, die immer noch wie versteinert am Rand der Betonplatte stand und abwechselnd in den Abgrund starrte und dann wieder hinaus zu diesem Jungen, dem sie irgendetwas beweisen wollte. Er sagte es noch einmal, diesmal so, dass auch sie es hören konnte: »Komm!«

Ich schloss kurz die Augen, wollte nicht sehen, nicht wissen, was passierte, aber irgendetwas zog mich an, zwang mich, die Augen wieder zu öffnen, ich sah Nasti, blass, nein, kreidebleich, sie flüsterte etwas, einen Namen, Trasher vermutlich, dann breitete sie die Arme aus wie zum Flug und hob einen Fuß.

Nein! Ich wollte schreien. Nein, tu es nicht! Aber meine Kehle war wie zugeschnürt, kein Laut kam über meine Lippen, nur dieser eine stumme Schrei, den niemand hörte.

Nasti setzte den Fuß auf den Träger, den Blick starr in die Ferne gerichtet, machte sie den ersten Schritt.

Sie wankte leicht, ihre roten Haare leuchteten wie Feuer im Schein der Sonne, sie balancierte mit den Armen, erst als sie wieder ruhig stand, hob sie den nächsten Fuß und machte den nächsten Schritt. Wieder sah ich die leichte Unruhe, das Schwanken von einer auf die andere Seite, wenige Millimeter nur, kaum wahrnehmbar, und während die Angst sich in mich fraß, gruben sich meine Fingernägel tief in das Fleisch, ohne dass ich es spürte.

Nasti hob den Fuß, setzte den nächsten Schritt und eine Hand schob sich in meine, bog behutsam die verkrampften Finger auseinander, hielt sie fest, warm, und für einen kurzen Moment nur wandte ich den Blick ab von Nasti und sah ihm in die Augen.

Ein kollektives entsetztes Aufstöhnen ließ mich herumfahren. Nikolas drückte meine Hand fester, und ich sah, wie Nasti auf dem Träger verzweifelt mit den Armen ruderte und versuchte, das Gleichgewicht wiederzuerlangen. »Nein!« Mein Schrei wurde von Niks Hand erstickt. »Pst«, raunte er ganz dicht an meinem Ohr. »Du darfst sie nicht erschrecken.« Ich biss mir auf die Lippen und nickte nur stumm. Seine Arme hielten mich, ich wollte die Augen schließen, wollte nur ihn spüren, wollte ihn nicht spüren, wollte ihn doch spüren, vor allem aber wollte ich nicht sehen, wie Nasti kämpfte, aber ich schaffte es nicht, den Blick abzuwenden.

Nasti schwankte immer noch von einer auf die andere Seite, jetzt nahm sie nicht nur die Arme, sondern auch ein Bein zu Hilfe, um sich wieder zu stabilisieren. Dann setzte sie einen Fuß wieder sicherer vor den anderen. Sie hatte sich gefangen. Ich atmete erleichtert auf und entzog mich Niks festem Griff. Erst jetzt merkte ich, dass ich die ganze Zeit die Luft angehalten hatte. Ich brauchte ein wenig Abstand, um wieder frei atmen zu können.

Im gleichen Moment, in dem es mir gelang, mich aus Niks Umklammerung zu lösen, rutschte Nasti ab.

Ein Schrei gellte durch die Luft. Mein Schrei. Ich rannte auf die Gebäudekante zu, ohne das Geschehen draußen auf dem eisernen Balken aus den Augen zu lassen. Nasti schlug auf den Träger auf, schlang dann aber geistesgegenwärtig Arme und Beine um das Metall, um sich festzuhalten, und lag so hilflos und bewegungsunfähig zwischen Himmel und Erde. Ich stürzte an die äußerste Kante und legte mich dann sofort flach auf den Boden.

»Halt dich fest, Nasti! Halt dich einfach fest, dann holen wir dich.« Ich hatte keine Ahnung, wie das geschehen sollte, aber ich sah Nasti, die wie eine Stoffpuppe über dem Träger hing, hörte das Wimmern in ihrer Stimme, als sie leise um Hilfe rief.

Blut tropfte von Nastis Ohr, sie musste sich beim Abrutschen den Kopf an dem Eisenträger angeschlagen haben. Ich robbte dichter an die Kante heran, zwang mich, nicht nach unten in die Tiefe zu gucken, sondern weiter nur den Kontakt mit Nasti zu halten, die jetzt hemmungslos weinte und am ganzen Körper zitterte. Ich musste es irgendwie schaffen, Nasti zu beruhigen, damit sie nicht ihre Kraft sinnlos vergeudete und sich weiter festhalten konnte. »Nasti, halt durch. Bitte, bitte halt durch.«

Aus den Augenwinkeln sah ich, dass neben mir Bob und Nikolas in die Hocke gingen, ich hörte Bee, die sich auf den Boden kauerte und immer wieder flüsterte: »Sie schafft das. Nasti schafft das.«

Ich biss mir auf die Lippen, bis ich Blut schmeckte. Verzweifelt drehte ich mich zu Nikolas um. »Bitte macht doch irgendetwas. Ihr könnt sie doch da nicht so hängen lassen.

Ihr müsst ihr helfen!« Jetzt kniete sich jemand anders neben mich. War es Yannik oder Bob? Jemand drückte mich leicht an der Schulter zur Seite, dann sah ich das Smartphone, von irgendeiner Hand auf Nasti gerichtet, und flippte aus. »Mach endlich das Scheißding aus!« Ich stieß mit voller Wucht gegen die fremde Hand, das Smartphone flog in hohem Bogen durch die Luft und machte ein hässliches knirschendes Geräusch, als es auf dem Betonboden aufschlug.

»Verdammte Pisse, was soll das?! Du hast doch überhaupt keine Ahnung. Von gar nichts!«

Jetzt erkannte ich, dass es Leon war, der fluchend hinter seinem Smartphone hersprang und sich dabei vermutlich wünschte, mich auf direktem Weg von diesem Bauwerk nach unten zu befördern. Leon. Was hatte er denn jetzt hier zu suchen? Ob Adrian auch hier war? Argwöhnisch schaute ich mich um. Diese Scheißtypen. Ohne die beiden würde Nasti jetzt da draußen nicht um ihr Leben kämpfen.

»Hey, Leute …« Nikolas war wieder neben mich getreten und legte mir beruhigend die Hand auf die Schulter. »Wir haben jetzt echt andere Probleme.«

Ich schluckte meine Wut hinunter, wusste, dass er recht hatte, und plötzlich machte sich Entschlossenheit in mir breit.

Ich würde jetzt den Notruf wählen und dann die Feuerwehr rufen. Die hatten bestimmt eine Möglichkeit, Nasti da runterzuholen. Und wenn nicht, dann hatte ich es wenigstens versucht. Ich musste irgendetwas tun. Ich konnte nicht länger hier herumsitzen und darauf warten, dass Nasti in den sicheren Tod stürzte. Es dauerte einen Moment, bis die Erkenntnis, dass mein Rucksack samt Handy irgendwo zehn Stockwerke unter mir an einem Treppenaufgang lehnte, in meinem Kopf ankam. Ich stöhnte verzweifelt auf. Dann sah ich mich suchend um. Irgendjemand musste mir sein Smartphone geben. Sofort!

»Warte.« Wieder legte Nikolas mir die Hand auf den Arm. Ich wollte ihn abschütteln, als ich sah, wie er mit dem Kopf nach draußen deutete. Trasher. Trasher hatte sich in Bewegung gesetzt und lief über den Träger auf Nasti zu. Dabei flüsterte er beruhigende Worte, er sprach leise und eindringlich und Nasti schien sich unter dem Klang seiner Stimme tatsächlich zu beruhigen.

»Jetzt atmest du noch einmal ganz tief aus und wieder ein und dann gib mir ganz langsam deine Hand.«

Trasher stand inzwischen genau vor Nasti. Wie in Zeitlupe knickten seine Knie ein und er kauerte sich auf den Träger. Mit der linken Hand stützte er sich auf dem Metall ab, während er ihr die rechte Hand entgegenstreckte.

Nasti schien weiterhin nicht in der Lage zu sein, auch nur den kleinen Finger unter Kontrolle zu bringen. Behutsam beugte sich Trasher noch ein Stückchen tiefer und berührte sie sanft an der Schulter, während er auf sie einredete. »Komm. Gib mir deine Hand. Vertraue mir. Das tust du doch. Du vertraust mir. Sonst hättest du es doch niemals bis hierhin geschafft.« Trashers Stimme war ein einziger monotoner Singsang, den er nicht eine Sekunde lang unterbrach. Und ganz allmählich schien sich Nasti unter seinen Worten zu entspannen, während er weiter auf sie einredete.

Sie hatte jetzt aufgehört zu weinen und klammerte sich

weiter an den Eisenträger, während Trasher sich neben ihr in eine sitzende Position begab. Er schlang seine Beine fest um das Metall und wirkte dabei so sicher und souverän, als ob er in einem Apfelbaum Platz genommen hätte und nicht im zehnten Stock eines Hochhauses. Dann griff er nach Nastis linkem Arm. Behutsam zog er daran, und ich konnte erkennen, wie sich ihre Finger langsam lösten und sie nach seiner Hand griff.

»Sehr gut«, lobte Trasher sie leise, während er mit seiner freien Hand nach ihrem anderen Arm griff. Jetzt hielt er Nasti an beiden Händen und ganz langsam richtete sie sich auf.

Ich hielt die Luft an. Wenn Nasti jetzt einen Fehler machte und abrutschte, würde sie Trasher mit in die Tiefe reißen. Aber sie machte keinen Fehler. Ganz langsam schob sie sich, an beiden Händen von Trasher gehalten, ebenfalls in eine sitzende Position. Jetzt saßen sie sich gegenüber und Trasher beugte sich vor und küsste sie sanft auf den Mund.

Irgendjemand neben mir klatschte, aber es war noch nicht vorbei. Erst einmal mussten die beiden ja wieder sicheren Boden unter die Füße bekommen. Ich überlegte, was Trasher wohl als Nächstes tun würde, da sah ich es schon. Zentimeter für Zentimeter schob er Nasti auf dem Träger im Sitzen nach hinten.

»Nicht nach unten schauen. Einfach nur nach hinten rutschen. Nicht nach unten schauen«, wiederholte er dabei immer wieder. Nasti schob sich nach hinten, Stückchen für Stückchen, den Blick hatte sie dabei starr auf Trasher geheftet, langsam kam sie der Kante, an der alle anderen auf sie warteten, näher. Dann hatte sie es geschafft. Sie spürte den Widerstand, als ihre Beine an die Hauswand stießen, guckte für einen kurzen Moment nach unten und wäre vor Schreck fast zur Seite weggekippt. Yannik und Bob hielten sie im letzten Moment an den Armen fest und zogen sie auf die Füße. Ich sprang auf und schloss sie in die Arme, ihre Knie gaben nach und ich ließ sie behutsam auf den Boden gleiten.

»Du hast es geschafft. Alles ist gut. Du hast es geschafft«, flüsterte ich immer wieder. Ich hielt sie fest und wollte sie am liebsten nie mehr loslassen. Zusammen beobachteten wir, wie Trasher sich mit beiden Armen hochdrückte, erst in die Hocke, dann stand er auf und schlenderte lässig über den Eisenträger zu uns hinüber.

Lauter Jubel brach über ihn herein. Alle lachten und redeten durcheinander. Für einen Moment ließ ich das Geschehen über mich hinwegschwappen. Dann wollte ich mich wieder Nasti zuwenden. Doch sie stand nicht mehr neben mir. Sofort schlug mein Herz wieder schneller. Wie konnte Nasti in den wenigen Sekunden spurlos verschwunden sein? Fragend schaute ich Nikolas an. »Wo ist Nasti? Hast du sie weggehen sehen?« Der schüttelte nur den Kopf. Ich löste mich von der Gruppe, die immer noch wild durcheinanderredete. Suchend sah ich mich um. Und dann endlich entdeckte ich sie.

Nasti kauerte am Rand des Treppenhauses und kotzte sich die Seele aus dem Leib.

Nikolas

Sie hatten eine Grenze überschritten, waren einen Schritt weiter gegangen als bisher.

Er war einfach nur erleichtert, dass doch noch alles gut gegangen war. Er hätte Alice sonst nie wieder in die Augen sehen können. Aber Trasher hatte es geschafft. Wieder mal.

Als ihn alle umringten und ihm auf die Schulter schlugen, ihn begeistert beglückwünschten und sich gegenseitig das neue Video unter die Nase hielten, spürte er so etwas wie einen feinen Stich.

Aber dann dachte er wieder an das Buch und an das Gedicht, das er gerade noch daraus gelesen hatte. War das wirklich erst wenige Minuten her?

Aber nie darf er erschrecken,
wenn sich Wolken dunkel jagen

Mut. War es einfach nur Mut, was Trasher ihm voraushatte?

Das Gedicht war noch nicht zu Ende.

Aber Mut nur kann zerbrechen,
was die Furcht will ewig schwächen,
die den Sinn gefangen hält.

War es das, was sie antrieb? Der Wunsch, stärker zu sein als die Angst? Der Wunsch, mutig zu sein?

Und er fragte sich plötzlich, welche Angst jemanden wie Trasher dazu treiben konnte, dreißig oder vierzig Meter über dem Erdboden sein Leben aufs Spiel zu setzen. Er hatte in ihm immer nur das große Vorbild gesehen. Den, dem alle nacheiferten. Dass auch Trasher vor etwas Angst hatte, war ihm erst eben klar geworden. Sie alle hatten vor irgendwas Angst.

Angst, nicht zu genügen. Angst, nicht geliebt zu werden. Angst, sich zu öffnen, Angst, etwas zu verlieren, Angst, allein zu sein.

Wirklich frei fühlte sich erst, wer keine Angst mehr hatte. Und weil ihre ganz persönliche Angst zu groß war, spielten sie sich ihren Mut einfach auf anderen Gebieten vor. Und konnten sich damit wunderbar herausreden.

Angst?

Ich?

Niemals.

In diesem Moment fiel ihm Alice wieder ein, und er schämte sich, dass er ihre Sorge um Nasti so schulterzuckend abgetan hatte.

Er schaute sich um und fand sie weiter hinten neben ihrer Freundin sitzen. Wenn er es richtig erkannte, wischte sie ihr gerade mit einem Taschentuch das Gesicht sauber. Da war sie wieder, diese Sehnsucht.

Sehnsucht nach jemandem, der nur für ihn da war.

19

»Es ist okay, wirklich.« Nasti schob meine Hand weg. »Tut mir leid.«

»Was tut dir leid? Dass du gekotzt hast oder dass du diesen Scheiß da draußen mitgemacht hast?« Ich konnte einfach nicht so tun, als ob alles in bester Ordnung wäre.

»Es geht mir gut. Mir war nur ein bisschen flau im Magen.«

Flau im Magen. Ich schnaubte verächtlich. Das war wohl die Untertreibung des Tages.

»Komm, lass uns zu den anderen gehen. Die machen sich bestimmt schon Sorgen.«

Ich hatte nicht das Gefühl, dass sich irgendjemand in dieser Gruppe Sorgen machte, und wenn, dann fingen sie reichlich spät damit an.

»Wollen wir nicht lieber nach Hause fahren?«, schlug ich vor. »Du kannst mit zu mir kommen, meine Mutter ist mit Ralph übers Wochenende weg. Wir könnten uns Pizza bestellen und es uns im Wohnzimmer gemütlich machen. Ich habe sogar noch ein paar coole DVDs da.«

Aber Nasti schüttelte nur den Kopf. »Wir wollen doch noch zum Main runter. Die anderen haben eine Party vorbereitet.« Eine Party? Wie um alles in der Welt konnte Nasti jetzt an eine Party denken?

Trasher kam zu uns rüber und legte ihr den Arm um die Schultern. »Sie bleibt bei mir. Komm, Baby.« Nasti ließ sich von ihm wegführen, ohne sich noch ein einziges Mal umzudrehen. Von den anderen wurde sie mit lautem Hallo empfangen. Sie kuschelte sich in Trashers Arme. »Mein Held«, flüsterte sie. Nur ich bemerkte, dass sie ihm dabei nicht in die Augen sah.

»He, Nasti, krasse Aktion!« Leon schlug ihr anerkennend auf die Schulter. »Hast du den Clip schon gesehen?« Wieso war Leon eigentlich immer noch hier? Und wo war Adrian? Irgendjemand hielt Nasti ein Smartphone unter die Nase. Sie tat so, als hätte sie es nicht gemerkt.

»Mensch, Nasti, das war echt mutig!« Yannik nickte ihr zu.

»Na ja, ich …« Nasti wollte etwas erwidern, verstummte aber sofort wieder.

»Boah, wenn Trasher nicht gewesen wäre …«

»Ich konnte gar nicht hingucken.«

»Was für eine Aktion!«

»Aber der Clip ist echt krass geworden.«

Jetzt redeten alle durcheinander.

Wenn Trasher nicht gewesen wäre …

Ich spürte, wie wieder Zorn in mir aufstieg. Wenn dieser Idiot nicht gewesen wäre, hätte sich Nasti niemals so in Gefahr gebracht. Sah denn niemand, dass sie immer noch weiß war wie eine Wand und dass sie kein Wort mit ihnen sprach? Hilfe suchend blickte ich mich nach Nikolas um. Als er meinen Blick auffing, schob er das Buch wieder unter seine Jacke und kam zu mir rüber. »Alles in Ordnung?«, fragte er leise. Aber bevor ich antworten konnte, übertönte Trashers Stimme alles.

»Das muss gefeiert werden! He, Leute, wir sehen uns in zwei Stunden am Fluss!«

Ich wollte den Mund aufmachen, aber Nastis Blick brachte mich zum Schweigen.

Misch dich nicht ein, sagten ihre Augen. *Bitte. Halt dich da raus, ich will nicht von dir gerettet werden.*

Und ich verstand. Ich schluckte meine Worte hinunter und nickte. »Alles in Ordnung«, sagte ich leise und wünschte mir, dass er mich trotz all der unausgesprochenen Worte verstanden hätte.

Ich fuhr nach Hause. Alle hatten sich auf den Weg gemacht. Nikolas wollte nach Janosch gucken, aber er versprach mir, dass er später zurückkommen würde. Nasti blieb bei Trasher. Mein Versuch, sie zum Mitkommen zu überreden, scheiterte ein zweites Mal, und jetzt gab ich es auf. In zwei Stunden wollten sich sowieso alle am Fluss treffen und jeder würde etwas für die geplante Party mitbringen. Ich verkündete, dass Ralphs Weinvorräte dafür bestens geeignet wären, aber in Wahrheit wollte ich einfach nur weg. Raus aus diesem Gebäude, weg von Nasti, deren Blick ich nicht mehr ertrug, und weg von Nikolas und meinen Gedanken an ihn. Weg von Trasher, dem ich die Schuld an allem gab, und weg von den anderen, deren Gleichgültigkeit mich rasend machte. Ich würde zurückkommen, aber jetzt brauchte ich Abstand.

Zu Hause duschte ich lange und gründlich und wusch mir mein Haar mehrmals aus. Vielleicht gelang es mir, den Schreck und die Angst und all die Fragen einfach mit wegzuwaschen, wenn ich nur lange genug unter dem Wasserstrahl stand.

»Es ist ja nichts passiert«, sagte ich laut, und dann, als mir einfiel, dass ich ja ganz allein im Haus war, sagte ich es gleich noch einmal und diesmal noch ein bisschen lauter: »Es ist ja nichts passiert!«

Dabei stimmte das so nicht. Es war ganz viel passiert. Mein ganzes Leben hatte sich verändert, und ich dachte darüber nach, was genau das war, während ich zur Shampoo-Flasche griff und meine Haare noch ein drittes Mal wusch.

Ich betrachtete die Narben auf meinen Armen. Ich musste damit aufhören, ich wusste das. Eine Zeit lang war ich wegen der Sache – meine Mutter sagte immer »die Sache« dazu – sogar zu einem Therapeuten gegangen. Da hatte ich dann einmal pro Woche auf der Stuhlkante vor ihm gesessen, und er hatte darauf gewartet, dass ich ihm irgendetwas erzählte. Ich hatte diese Sitzungen abgrundtief gehasst und sie hatten alles nur noch schlimmer gemacht. Ich konnte ihm diese Dinge nicht erzählen. Ich konnte ihm nicht erklären, dass ich mich manchmal so wenig fühlte, dass nur der Schmerz noch zu mir durchdrang. Der körperliche Schmerz, und dass ich froh war, wenn meine Fingernägel mir auf diese Art bewiesen, dass es mich doch noch gab.

Ich hatte Niks Blicke auf meine Arme durchaus bemerkt, und es war mir peinlich gewesen, dass er die Linien gesehen hatte. Vielleicht brauchte ich jemanden wie ihn, um damit aufhören zu können.

Und lass dir jeden Tag geschehen
so wie ein Kind im Weitergehen
von jedem Wehen
sich viele Blüten schenken lässt.

Ich schloss die Augen und sah Nikolas, wie er unter dem blauen Himmel an der Hauswand lehnte und mir Gedichte vorlas. In diesem Moment war mir das Leben tatsächlich wie ein Fest erschienen. Ich griff nach einem Handtuch und fing an, mich abzutrocknen.

Dann wickelte ich mich fester in ein zweites Handtuch, dann in meine Bettdecke, rollte mich zusammen und machte mich ganz klein, kroch in den Kaninchenbau und wartete darauf, dass der Zauber wirkte und ich wieder die richtige Größe für diese Welt hatte, aus der ich manchmal so unsanft fiel.

Eine Stunde später stand ich auf, schälte mich aus meinen Decken und zog mich an.

Diesmal nahm ich das Rad. Ich packte drei Flaschen Wein und zwei Tüten Chips in den Rucksack und machte mich auf den Weg. Als ich am Fluss ankam, fing es bereits an zu dämmern.

Die Party sollte auf dem Spielplatz neben der Skateranlage stattfinden. Der Sand war feucht und schwer von der Herbstluft. Am Himmel jagten sich Wolken. Es war windig und der blaue Himmel hatte sich endgültig verabschiedet.

Die meisten waren schon da, Yannik und Bee hockten auf dem kleinen Drehkarussell und aßen Pizza aus der Schachtel, Trasher saß auf einer Schaukel und Nasti stand neben ihm und schaute ihm zu. Bob entkorkte sofort eine der Flaschen, die ich mitgebracht hatte, trank einen kräftigen Schluck und reichte sie dann an mich weiter. Ich umklammerte die Flasche mit beiden Händen und fragte mich gerade, wo Nikolas blieb, als er auf mich zugeschlendert kam. Er hatte die Hände tief in den Jackentaschen, und da wusste ich, dass ich ihn jetzt besser nicht anfasste. Deshalb nickte ich ihm nur zu, lächelte und reichte ihm die Weinflasche. Als er den Kopf schüttelte, trank ich selbst einen großen Schluck und gab sie dann an Bob zurück.

Ich dachte an den Morgen auf dem Dach und an alles, was danach passiert war, und hatte das Gefühl, dass nicht nur wenige Stunden, sondern mehrere Leben zwischen diesen beiden Begegnungen lagen. Nikolas verhielt sich so vollkommen anders. War es ihm peinlich, dass er mich vor den anderen im Arm gehalten hatte? War ich ihm peinlich, weil ich nicht so cool war wie die Roofer und vor Angst auf der Baustelle fast gestorben wäre?

Ein weiteres Mädchen gesellte sich zu uns. Eins, das ich vorher noch nicht gesehen hatte.

»Mara«, sagte Nikolas, der meinem Blick gefolgt war. »Trashers Schwester.«

Mara. Das Mädchen, das auch in der WhatsApp-Gruppe aufgetaucht war.

Ich nickte und fragte mich, wann genau uns eigentlich die Vertrautheit, die wir doch heute Morgen beide gespürt hatten, abhandengekommen war.

»He, Leute!« Trasher war auf die Schaukel geklettert. »Toll, dass ihr alle gekommen seid!«

Mit einer Hand hielt er sich an der Kette fest, mit der anderen reckte er eine Flasche in die Höhe. Wodka? Ich war mir nicht sicher.

»Wir wollen auf die Liebe trinken!«, rief Trasher theatralisch und wippte mit den Knien, sodass die Schaukel in Schwung kam. Auf die Liebe. Ich schaute verstohlen zu Nikolas, aber er bemerkte es gar nicht.

»Auf die Liebe und auf meine Königin!« Trasher schaukelte hoch und setzte dabei die Flasche an den Mund. Die anderen applaudierten. Ich warf Nasti einen Blick zu. Täuschte ich mich oder musste Nasti sich zu einem Lächeln zwingen?

»Wir haben heute das geilste Video aller Zeiten gemacht! Mara, du musst es dir unbedingt noch angucken! Bob hat es schon bei YouTube hochgeladen. Es heißt … tatata-taaa … der Liebesschwur!«

Triumphierend warf Trasher einen Blick in die Runde, die anderen lachten und Trasher sprang auf den Boden. Er schwankte ein wenig, und ich war mir nicht sicher, ob die Schaukel oder der Alkohol der Grund dafür waren.

»Komm her, meine Süße!« Trasher wandte sich an Nasti

und zog sie zu sich. »Meine Prinzessin, meine Heldin! Los, zeig es ihnen!« Er drückte ihr einen Kuss auf den Mund, dann fing er an, an ihrem Sweatshirt rumzuzerren, und ich sah, wie sie angeekelt das Gesicht verzog. Jetzt hatte ich keine Zweifel mehr: Trasher war betrunken.

Er ignorierte Nastis Miene und griff wieder nach ihrem Shirt. Nasti entwand sich seinem Griff. »Los, zeig ihnen das Tattoo«, grölte er. »Das ist das allergeilste Tattoo überhaupt. Dagegen ist jeder Gecko nur ein billiger Aufkleber aus 'ner Kaugummipackung.«

»Hört, hört.« Leon mischte sich ein. »Dafür sieht man den Gecko immerhin in der ganzen Stadt, was man von deinem Stencil ja nicht eben behaupten kann.«

Trasher drehte sich zu Leon um und nahm noch einen weiteren kräftigen Schluck aus der Flasche, bevor er ihm antwortete: »Na und? Mein Stencil trägt dafür die schönste Frau, die je auf den Dächern dieser Stadt unterwegs war. Das muss diese Eidechsen-Schwuchtel mir erst mal nachmachen.«

Er lachte wieder, und ich sah, wie Nasti unter seinen Worten erschrocken zusammenzuckte. Da wurde Trasher auf einmal leiser, fast zärtlich berührte er ihr Gesicht und küsste sie sanft auf die Nase. Einmal mehr wunderte ich mich, wie schnell er von völlig aufgedreht auf liebevoll und zärtlich umschalten konnte. »Ist gut, Süße. Das hat keine Eile. Adrian bekommt es schon noch früh genug zu sehen.« Dann zog er etwas unter seiner Jacke hervor, das ich erst auf den zweiten Blick erkannte: einen Blumenkranz aus Plastik, wie es sie in jedem Ein-Euro-Shop in der Innenstadt gab. Mit einem weiteren ungeschickten Versuch, sie zu küssen, drückte Trasher den Kranz auf Nastis Kopf.

»Los, mach ein Foto!«, rief er Bob zu und lachte. »Alle sollen sehen, wer meine Königin ist!«

Bereitwillig zückte Bob sein Smartphone. Grelles Licht blitzte auf. »Die Königin der Dächer!«, grölte Trasher und zog Nasti an sich.

»Ich – ich will das nicht.« Nasti hielt sich die Hand mit weit gespreizten Fingern vor das Gesicht. »Bitte! Hört auf damit!«

»He – was ist los, Süße?« Trasher ignorierte ihre Bitte völlig und zog sie wieder zu sich. »Sei doch nicht so zickig.«

»Lass mich los!« Nasti griff in ihre Haare und zog sich den Kranz vom Kopf. »Ich bin nicht deine Königin.«

Die anderen waren inzwischen verstummt. Betroffen starrten sie Nasti an.

»Ey, was …?« Trasher wollte wieder nach ihr greifen, aber Nikolas war schneller und hielt ihn fest.

»Komm, lass sie in Ruhe. Du hast doch gehört, was sie gesagt hat. Sie will nicht, dass …« Weiter kam Nik nicht.

»Du Scheiß-Nigger, verpiss dich!« Trasher versetzte Nikolas einen so heftigen Stoß, dass dieser nach hinten taumelte. Ich schrie auf und presste mir erschrocken die Hand auf den Mund.

»Schon okay.« Nikolas drehte sich zu mir um und hob beschwichtigend die Hände. »Er ist betrunken. Er meint es nicht so. War wohl alles ein bisschen viel heute.« Dann wandte er sich an Trasher. »Du solltest mal was essen.« Trasher starrte ihn nur grimmig an, blieb aber ruhig.

»Liebesschwur? Wie geil ist das denn?«

Ich fuhr herum. Hoch oben auf dem Klettergerüst thronte Adrian und schwenkte sein Smartphone. Mist. Wo kam der denn jetzt her? Wollte er schon wieder Stunk machen? Trasher knurrte etwas Unverständliches, da fiel ihm Adrian schon ins Wort. »Hi, Nasti! Tolles Video!« Er zwinkerte Nasti zu. Dann kletterte er noch ein Stück höher und blickte herausfordernd in die Runde: »Und? Wer leistet den nächsten Liebesschwur? Wie wär's mit dir, Doc?« Er lachte so laut, als habe er den besten Witz aller Zeiten gemacht. Yannik schüttelte den Kopf. »Keine Chance. Ich bin Single und ich habe auch vor, es zu bleiben.«

Adrian deutete eine huldvolle Verbeugung an. »Alles klar. Und die anderen? Keine weiteren Pärchen hier? Niemand, der bereit ist, einen Liebesschwur zu leisten?« Fragend schaute er in die Runde. »Mara? Wie wäre es mit uns beiden, du Süße? Vorausgesetzt, dein Brüderchen lässt dich mal von der Leine.«

Trasher sah aus, als ob er Adrian am liebsten umbringen würde. Er sprang auf und wollte auf das Gerüst losstürmen, aber die anderen hielten ihn zurück. Mara schnitt bloß eine Grimasse und zeigte Adrian den Mittelfinger.

»Wie wäre es mit Alice und Nik?«, rief da eine Stimme von hinten. Ich konnte später nicht mehr sagen, von wem dieser Vorschlag kam. War es Leon? Oder hatte Bob sich eingemischt? Ich wollte mich gerade umdrehen, um den Sprecher ausfindig zu machen, da ergriff Adrian schon wieder das Wort. »Alice und Nik? Nik, du hast wieder eine Freundin? Das wusste ich ja gar nicht.« Er stand auf, hielt sich nur noch mit einer Hand an dem Klettergerüst fest und griff sich mit einer obszönen Bewegung in den Schritt.

»Hör einfach nicht hin«, flüsterte Bee mir ins Ohr.

»Ich werde ganz bestimmt nicht auf irgendwelchen Baugerüsten rumturnen!«, platzte es da schon aus mir heraus.

»Keine Sorge, ich auch nicht.« Nikolas lächelte mir zu.

»Ach, komm schon, Nik! Was ist denn mit dir los?« Mit einer übertrieben langsamen Bewegung schlang Adrian ein Bein um die Stange neben ihm. »Du warst doch früher nicht so langweilig. Ich erinnere mich sogar daran, dass du ein ganz besonders guter Turner warst. Nicht unbedingt auf Baugerüsten …«, setzte er hinzu und ließ seinen Hintern kreisen.

»Lass mich einfach in Ruhe, okay?« Nikolas machte einen Schritt auf das Klettergerüst zu, als ausgerechnet Trasher sich einmischte: »Er hat recht.« Er legte mir einen Arm um die Schultern. »Eigentlich seid ihr jetzt dran, Nik.«

Herausfordernd sah er zwischen mir und Nik hin und her. »Vorausgesetzt natürlich, ihr seid überhaupt ein richtiges Paar.« Er lachte. Ich wagte es nicht, Nikolas anzusehen.

Adrian wackelte noch ein bisschen mit der Hüfte, dann setzte er sich wieder hin und ließ sich kopfüber vom Gerüst baumeln. »Na, komm schon, Nik. Ich weiß doch, dass du es draufhast. Wenn die Kleine hier nicht will, dann gehe ich eben mit dir auf den Schwebebalken. Schließlich gibt es da oben zur Belohnung einen Negerkuss.« Adrian lachte schallend über sein Wortspiel. Nik schüttelte nur den Kopf. »Keine Chance. Tut mir leid. Und jetzt verzieh dich endlich.«

»Oha!« Adrian pfiff durch die Zähne. »Das war deutlich. Dann wirst wohl doch du den Liebesschwur leisten müssen.« Herausfordernd grinste er mich an.

»Klar, Nik und Alice!«, rief Trasher. Und die anderen stimmten ein.

»Nik und Alice! Nik und Alice!«, skandierten sie lautstark. Ich schüttelte benommen den Kopf. Was wurde das hier? Wieso schlug Trasher sich auf einmal auf Adrians Seite? Und Nik wusste doch, dass ich niemals klettern würde. Warum unterbrach er dieses Gegröle nicht? Ich schaute zu ihm rüber, fing seinen Blick auf und sah enttäuscht, wie er sich achselzuckend abwandte. Wieso setzte er den anderen nichts entgegen? Reichte es nicht, dass Nasti fast abgestürzt wäre und dass es ihr beschissen ging? Wenigstens Adrian müsste doch wissen, wie sich das anfühlte.

Nasti? Erst jetzt fiel mir auf, dass ich Nasti schon eine ganze Weile nicht gesehen hatte.

»Wo ist Nasti?«, fragte ich in die Runde, aber niemand antwortete mir.

»Hallo? Wo ist Nasti?« Ich fasste Trasher am Arm und schüttelte ihn.

»Was? Keine Ahnung. Jetzt lenk nicht ab.« Er starrte mich aus glasigen Augen an. Ach, verdammt.

»Nikolas, weißt du, wo Nasti ist?«

Irritiert sah er mich an. »Nasti? Nein. Aber eben war sie doch noch hier.«

Scheiße. Ich spürte, wie Panik sich in mir breitmachte. Ich lief wieder zu den anderen zurück. »Nasti ist weg, wir müssen sie suchen!«

»Meine Güte! Nasti ist doch kein kleines Kind mehr«, mischte Leon sich ein. »Wo soll sie schon sein?«

Ich wollte noch etwas erwidern, aber im gleichen Moment fasste Nik nach meinem Arm. »Los, komm. Wir suchen sie.«

»Ach Gott, wie rührend.« Adrian hing immer noch kopfüber am Gerüst. »Na, dann spielt mal schön Kindermädchen, ihr beiden. Wir warten dann hier auf euch.«

20

Ich folgte Nikolas auf den Spazierweg, der am Main entlangführte. Vielleicht machte ich mir wirklich unnötige Sorgen und Nasti wollte einfach nur ihre Ruhe haben. Wenn ich ehrlich war, war ich ebenfalls froh, Trasher, Adrian und diesem ganzen Liebesschwur-Gerede entkommen zu sein. Trotzdem war ich immer noch traurig, dass Nikolas diesen Vorschlag nicht sofort abgelehnt hatte.

»Ich glaube, du machst dir zu viele Sorgen.« Als ob er meine Gedanken gelesen hätte, blieb Nikolas plötzlich stehen und griff nach meiner Hand. »Sicher sitzt Nasti irgendwo und versucht, das Ganze mit einer Flasche Wein runterzuspülen. Morgen wird sie fürchterliche Kopfschmerzen haben und dir erzählen, wie böse die Welt doch ist.« Er lächelte, und ich wünschte mir nichts mehr, als dass er recht behielt. Möglicherweise war sie auch einfach nach Hause gegangen, beruhigte ich mich, sie hatte müde ausgesehen und inzwischen machte sich die Müdigkeit auch bei mir bemerkbar.

Mein Blick fiel auf den Main, der träge und schwarz dahinfloss, und auf einmal hatte ich eine Idee: die Brücke. Vielleicht hatte Nasti sich unter der Brücke verkrochen. Schließlich war das doch ein beliebter Treffpunkt der ganzen Clique. Ich zog Nik über die Böschung zum Wasser. Ich schaute ihm ins Gesicht und plötzlich konnte ich nicht mehr. Es war zu viel. Alles war viel zu viel. Ich griff auch nach seiner anderen Hand und war froh, dass er sich nicht dagegen wehrte.

»Warum hast du nichts gesagt?« Ich musste ihn einfach fragen. Verwirrt sah er mich an. »Adrian. Trasher. Der Liebesschwur«, ergänzte ich, als er immer noch nicht reagierte. »Das ... das hat doch nichts mit Liebe zu tun. Nasti hätte tot sein können! Und ich ... ich kann das nicht. Ich will das auch gar nicht!« Behutsam zog er mich zu sich. »He, Alice, ganz ruhig. Alles wird gut, hörst du? Du musst das nicht tun. Hast du wirklich geglaubt, ich würde das zulassen?«

Ich schloss die Augen, fühlte seine Hand, die mir hilflos über den Kopf strich, wieder und wieder, die gegen mein Zittern anstrich und gegen meine Angst.

Ich wusste nicht, wie es dazu gekommen war, ich wusste nur, dass es sich gut anfühlte und vollkommen richtig. Ich stand am Ufer, hörte den Fluss hinter uns, stand an Nikolas gelehnt, der jetzt seine Arme um mich geschlungen hatte und mir beruhigende Worte ins Ohr flüsterte. Es war, als ob er durch seine Berührungen etwas in mir zum Klingen gebracht hätte, einen hellen Ton, so hell, dass all das Eis, das mich seit Jahren umgeben hatte, einfach zersprang.

Und kurz war es okay, meine Sorgen um Nasti zur Seite zu schieben und mich in diesem einen Moment richtig zu fühlen. Ich drehte mich um, damit ich ihn ansehen konnte, und Nikolas schob mir behutsam eine Haarsträhne aus der Stirn, ich hielt die Luft an, wollte seine zärtliche Berührung nicht unterbrechen. Sein Finger wanderte weiter über mein Gesicht, streichelte meine Nase, ich schaute in Niks dunkle Augen, verlor mich darin, sein Zeigefinger gab meiner Nase einen kurzen Stups, dann wanderte er weiter bis zu meinem Mund, fuhr meine Lippen entlang, die ich unter seiner Berührung wie von selbst leicht öffnete.

Und dann, als ich schon dachte, er würde sich niemals trauen, nahm er mein Gesicht in beide Hände, schloss die Augen und küsste mich.

Mir wurde ganz schwindelig. Und ich dachte für einen kurzen Moment, dass einem auch schwindelig werden konnte, wenn man das Wunderland durch die kleine Pforte betrat und dann hinabstürzte, tiefer und tiefer trudelte, bis man endlich auf dem Boden des Kaninchenbaus angekommen war.

Ja, dachte ich, noch immer benommen. Ja. Jetzt.

»Du schmeckst nach Honig«, murmelte er leise. Fast wirkte er ein bisschen erstaunt. »Du riechst und schmeckst nach Honig.«

Ich hielt die Luft an, wusste nicht, was ich sagen sollte, hatte Angst, den Zauber dieses Augenblicks durch ein falsches Wort oder eine falsche Bewegung zu zerstören.

Ich fühlte seine Hand, die sich durch die Schichten meiner Kleidung grub, und gleichzeitig war es, als ob endlich der Kokon zerbräche, der mich so lange umschlossen hatte. Und selbst das machte mir keine Angst, sondern fühlte sich gut und richtig an.

Ich öffnete die Augen wieder, weil ich ihn nicht länger nur fühlen und schmecken wollte, ich wollte ihn ansehen bei dem, was er tat. Ich blinzelte kurz, überrascht von dem Sternenregen direkt hinter seinem Rücken. Bis ich begriff, dass die Sterne im Wasser tanzten und in Wirklichkeit nichts als die Abbilder Hunderter erleuchteter Fenster auf dem schwarzen Fluss waren. Und da trieb noch etwas: ein Kranz aus billigen Plastikblumen, wie man ihn in jedem Ein-Euro-Laden kaufen konnte.

Ich schnappte nach Luft, stieß Nikolas von mir, unfähig, etwas zu sagen oder zu erklären. Ich hätte es wissen müssen. Egal wie gut sich etwas für mich anfühlte, es hielt nie lange, es ging sowieso immer nur kaputt. Dummes Herz, warum fiel es nur immer wieder darauf herein?

»He, was ist denn auf einmal?« Er schaute mich überrascht an. »Du siehst aus, als hättest du einen Geist gesehen. Hab ich was falsch gemacht?«

Es tat weh, Nikolas so verwirrt zu sehen, verwirrt und enttäuscht. Er verstand nichts und ich hätte es ihm auch nicht erklären können. Ich konnte nichts tun, als dazustehen und über seine Schulter hinweg auf das Wasser zu starren und auf den Kranz, der dort zwischen welken Blättern trieb. Als Nik sich langsam umdrehte und meinem Blick folgte, begriff er sofort.

»Mein Gott!«, rief er nur und rannte los. Ich lief hinter ihm her, gemeinsam hasteten wir jetzt am Ufer entlang und riefen immer wieder Nastis Namen. Der Kranz trieb weiter, wir konnten ihn nicht erreichen, Nikolas lief ein Stück voraus, fast verlor ich ihn in der Dunkelheit aus den Augen, ich stolperte hinter ihm her, so schnell ich konnte. Dann hörte ich seinen Schrei.

»Alice, ich hab sie! Komm her!« Ich hatte panische Angst vor dem, was Nikolas gefunden hatte, und wäre am liebsten auf der Stelle in die entgegengesetzte Richtung davongelaufen. Aber ich hörte seine Stimme von irgendwoher und rannte genau darauf zu. »Hier drüben! Auf der Bank!«

Ich blieb kurz stehen, um mich zu orientieren.

Endlich konnte ich die Bank sehen und darauf saß eine zusammengesunkene Gestalt. Neben der Gestalt stand Nikolas und winkte und rief.

»Nasti! Meine Güte, Nasti!« Ich sank vor der Bank auf die Knie. Ich war so froh, sie zu sehen.

»Wie lange sitzt du hier schon? Ich habe dich gesucht! *Wir* haben dich gesucht«, verbesserte ich mich mit einem Blick auf Nikolas, der sich inzwischen neben Nasti auf die Bank gesetzt hatte.

»Ich weiß nicht.« Nastis Stimme war nur ein Flüstern.

»Warum bist du überhaupt weggegangen?«

Nasti zuckte nur mit den Schultern. »Ich habe es nicht mehr ausgehalten«, sagte sie leise. »Ich habe es einfach nicht mehr ausgehalten.«

»Trasher? Oder die anderen?«

Nasti antwortete nicht.

»Süße, ich glaube, das war heute einfach alles ein bisschen viel für dich. Warum kommst du nicht mit und wir fahren zu mir nach Hause?«

»Alice hat recht«, stimmte Nikolas mir zu. »Du solltest mal richtig ausschlafen, morgen geht es dir sicher besser.«

Nasti schüttelte den Kopf. »Ich hatte so viel Angst.«

Ich musste mich anstrengen, um Nasti überhaupt hören zu können. »Angst? Natürlich hattest du Angst! Ich hätte auch Angst gehabt, wenn ich da oben auf diesem Ding gelegen hätte. Todesangst!«

»Das ist es nicht«, flüsterte Nasti. »Ich hatte so viel Angst, ihn zu verlieren.«

Ich spürte, wie die alte Wut in mir wieder aufkochte. Wut auf Trasher und Adrian und ihre gefährlichen Ideen, Wut auf den Jungen, der meiner Freundin das Gefühl gegeben hatte, nur dann etwas wert zu sein, wenn sie sich seinen Wünschen beugte. Ich musste mich beherrschen, um ruhig zu bleiben.

»Verdammt noch mal, Nasti! Du hättest ihn auch beinahe verloren! Und er dich! Und zwar nicht, weil du dich geweigert hast, diesen Irrsinn mitzumachen, sondern weil du beinahe abgestürzt wärst! Ich ... ich ...«, ich war so fassungslos, dass ich nicht weitersprechen konnte.

»Er hat gesagt, dass er immer für mich da ist. Und dass ich ihm nur beweisen müsste, dass ich auch immer für ihn da sein würde.«

Beweisen. Ich hatte keine Ahnung, was ich jetzt sagen oder tun sollte. Fragend sah ich über Nasti hinweg zu Nikolas rüber, aber der schüttelte nur genauso hilflos den Kopf.

»Kommt, lasst uns zurückgehen«, sagte er schließlich und stand auf. Ich folgte seinem Beispiel und blickte auf Nasti hinab. Für einen Moment sah es so aus, als ob sie sich weigern würde, mit uns zu kommen, aber dann seufzte sie nur und stand ebenfalls auf.

»Du musst doch völlig durchgefroren sein.« Ich half Nasti,

die Jacke richtig anzuziehen, und zog ihr den Reißverschluss hoch. Dann machten wir uns auf den Weg.

»Nik! Du musst kommen! Schnell!«

Als wir uns dem Spielplatz näherten, lief Mara uns schon entgegen. »Nasti, da bist du ja. Alles in Ordnung?« Sie warf mir einen fragenden Blick zu, aber bevor ich nicken konnte, wandte sie sich schon wieder an Nikolas. »Bitte! Du musst mir helfen! Trasher! Er ist total betrunken. Und er plant schon wieder irgendein verrücktes Ding.« Mara war den Tränen nahe. »Adrian hat ihn total hochgeschaukelt und angestachelt.«

Sie warf einen schnellen Blick zu Nasti. Nur ich merkte, wie diese neben mir zusammenzuckte. Nik beschleunigte seine Schritte.

Mara griff nach seinem Arm. »Bitte! Du musst Trasher stoppen. Er kann doch kaum noch geradeaus laufen!«

Hörte das denn nie auf? Ich hatte so sehr die Nase voll von all dem Mist. »Wo sind sie denn?« Suchend sah ich mich um.

Mara zeigte mit den Armen in Richtung Altstadt.

»Da drüben. Am Eisernen Steg.«

»Am Eisernen Steg? Was zur Hölle …?« Nikolas sprach nicht mehr weiter, und auch ich begriff sofort, was Trasher vorhatte. Der Eiserne Steg war eine der ältesten Brücken Frankfurts, eine Fußgängerbrücke über den Main, deren beeindruckende Stahlkonstruktion ihr diesen Namen gegeben hatte. Das Gerüst dieser Brücke war zwar bei Weitem nicht so hoch wie irgendwelche Baukräne oder Eisenträger auf

Hochhausbaustellen, aber wenn man hier abstürzte, würde man entweder im Main oder auf blankem Asphalt landen. Und das reichte völlig, um sich den Hals zu brechen. Vor allem, wenn man betrunken war.

Nikolas fing an zu laufen, wir spurteten hinter ihm her.

»Er wird da nicht raufgehen, Mara.« Nik keuchte vor Anspannung. »Noch bevor er halb oben wäre, würde ihn die Polizei schon wieder runterholen. Da sind doch heute viel zu viele Touristen unterwegs.«

Ich hoffte das Gleiche, aber als wir an der Sandsteintreppe ankamen, die täglich Hunderte von Menschen auf die berühmte Fußgängerbrücke brachte, erkannte ich unseren Irrtum. Die Brücke war wegen Restaurierungsarbeiten offiziell gesperrt.

»Er hat schon immer davon geträumt.« Mara hielt ihre Tränen jetzt nicht mehr länger zurück. »Er steht auf seiner Liste. Der Henninger Turm, der Eiserne Steg, die EZB und der Dom. Seit Wochen redet er von nichts anderem mehr. Und Adrian kennt diese Liste. Deshalb gibt es ja dauernd Stress.«

Wir hatten uns inzwischen durch die Absperrung gezwängt und waren auf die Brücke gelaufen.

Außer uns und dem Rest der Clique war tatsächlich kein Mensch hier oben.

»Trasher, nein!« Nasti riss sich los und rannte dahin, wo Trasher gerade mit weit ausgestreckten Armen angefangen hatte, auf den Eisenverstrebungen nach oben zu laufen, als handele es sich nur um einen Spaziergang über einen kleinen Hügel.

Adrian lehnte rauchend am Brückengeländer und feixte. »Wenn du oben bist, vergiss dein Stencil nicht! Oder soll ich lieber dein Turteltäubchen zu dir fliegen lassen?«

»Trasher! Was soll der Scheiß? Komm da runter!« Nikolas hatte sich einen Weg durch die anderen gebahnt.

»Lass ihn doch. Er will nur nachsehen, ob ich tatsächlich schon wieder vor ihm oben war. Ich bin gespannt, ob er den Gecko findet.« Adrian lachte noch immer.

»Du riesengroßes Arschloch, warum kannst du ihn nicht einfach in Ruhe lassen?«

Adrian zuckte mit der Schulter. »Wenn der sich dauernd einbildet, dass diese Stadt nur für ihn allein gebaut worden ist, muss er halt mal auf die Schnauze fallen.« Dann stieß er sich vom Geländer ab. »Komm, Leon. Das ist doch Kindergarten hier. Auf 'ner Brücke rumturnen. Auf uns wartet der Dom.« Er lachte. Nach ein paar Schritten drehte er sich noch mal um. »Du und dein lahmer Vogel, ihr schafft ja nicht mal den Turm.«

»Ihr könnt mich alle mal!« Trasher schwankte, fing sich aber sofort wieder. »Kommt doch hoch, wenn ihr euch traut!«

»Dieser Idiot!« Nikolas fluchte. »Warum ist der denn auf einmal so durchgeknallt?«

Grölend verschwanden Adrian und Leon in der Dunkelheit. Ich hoffte, dass Trasher jetzt, wo die beiden endlich gegangen waren, umkehren würde, aber der dachte nicht daran. Inzwischen versuchten auch Bob und Bee, auf Trasher einzureden, allerdings ohne Erfolg. Ich spürte, wie mir Tränen in die Augen schossen. Das alles hier lief völlig aus dem Ruder, und ich hatte keine Ahnung, was ich dagegen machen sollte. Plötzlich drehte Nik sich zu mir um. »Ich geh jetzt da hoch und hol ihn runter.«

»Nik, bitte nicht!« Panisch sah ich zu, wie er seine Jacke auszog, sorgfältig das Buch darin einwickelte und beides auf den Boden legte. Dann zog er Schuhe und Strümpfe von den Füßen, um auf dem glatten Stahl besseren Halt zu finden.

»Nik, bitte, bleib hier. Das ist doch viel zu gefährlich!«

Er legte mir die Hand auf den Arm und sah mir tief in die Augen. Vermutlich sollte mich diese Geste beruhigen, aber ich konnte kaum noch atmen vor Angst um ihn.

»Mach dir keine Sorgen. Bitte! Ich pass schon auf. Im Gegensatz zu dem Idioten da oben bin ich ja stocknüchtern.« Er drückte mir einen Kuss auf den Mund und sprang auf die Brüstung. Dann lief er behände die ersten Meter auf dem Brückenbogen nach oben, als hätte er sein Leben lang nie etwas anderes gemacht.

»He, du Wichser! Bleib, wo du bist. Du hast hier oben nichts zu suchen!«

Trasher hatte sofort registriert, dass Nikolas auf dem Weg zu ihm war und dass er nur ein einziges Ziel verfolgte: ihn von dort oben herunterzuholen. Mara weinte inzwischen hemmungslos und Nasti hatte sich wie ein verwundetes Tier auf den Boden gekauert und wimmerte vor sich hin. Die anderen sagten gar nichts mehr und folgten nur gebannt dem Geschehen.

»Nasti, du Prinzessin, bist du da unten?« Trasher rülpste laut, und einen Moment schwankte er so, dass ich mit dem Schlimmsten rechnete. Aber dann lallte er weiter: »Das war nicht nett, dass du weggelaufen bist, hörst du? Du gehörst doch zu mir!« Er rülpste wieder. Nasti wand sich, während Nik sich Zentimeter für Zentimeter dichter an Trasher heranarbeitete. Angestrengt versuchte ich, so viel wie möglich in der Dunkelheit zu erkennen. Der Eiserne Steg wurde zwar für gewöhnlich angestrahlt, aber heute fiel die Beleuchtung wegen der Bauarbeiten sehr viel spärlicher aus als sonst. Nik war auf halbem Weg stehen geblieben und redete auf Trasher ein. Der hatte inzwischen den höchsten Punkt der Brücke erreicht und fing an, über die Querverstrebung zu balancieren, welche die beiden Brückenseiten miteinander verband. Trasher befand sich jetzt genau über den griechischen Buchstaben, die den Eisernen Steg mit einem Zitat aus Homers Odyssee schmückten. Aus irgendeinem Grund schoss mir die Bedeutung durch den Kopf: *Auf weinfarbenem Meer segelnd zu anderen Menschen.*

Für einen Moment schweifte mein Blick in die Ferne. Zu viel. Es war einfach zu viel. Ich wollte auch davonsegeln.

»Trash!« Niks Schrei ließ mich herumfahren, dann hörte ich ein klatschendes Geräusch und starrte zu der Stelle, auf der Trasher eben noch gestanden hatte.

Der Stahlträger war leer.

Trasher war abgestürzt.

21

Keine Ahnung, wie Nikolas es geschafft hatte, von dem Brückengeländer heil wieder runterzukommen. Sein Schrei gellte mir noch in den Ohren wie der Schrei eines tödlich verwundeten Tieres. Ich wollte zu ihm laufen, mich in seine Arme stürzen, aber meine Beine fühlten sich an wie Blei, versagten mir den Dienst, meine Hände zitterten unkontrolliert und alles in mir zog sich vor Schmerzen zusammen. Ich war blind vor Tränen. Eben noch hatte Nik mit Trasher gestritten und diskutiert, und im nächsten Moment war da, wo Trasher gestanden hatte, einfach nichts mehr. Das klatschende Geräusch, mit dem sein Körper auf der Straße aufgeschlagen war, hatte sich für alle Zeiten in meinen Kopf eingebrannt.

Ich wischte mir mit dem Ärmel übers Gesicht, immer wieder, mir wurde schlecht, vor meinen Augen drehte sich alles, und dann sackte ich einfach auf den Boden. Als sich die Bilder in meinem Kopf endlich wieder beruhigt hatten und die schwarzen Flecken vor meinen Augen anfingen, sich aufzulösen, stützte ich mich auf meine Arme, drückte mich hoch und sah mich um. Ich saß mitten in einem heillosen Durcheinander.

Bee hatte ein Smartphone am Ohr und brüllte irgendetwas hinein. Mara kniete weinend neben Trasher, der merkwürdig verrenkt auf der Straße lag. Er bewegte sich nicht. Warum bewegte er sich denn nicht?

Ich wollte aufspringen und zu ihm rennen und ihn vom Boden hochzerren, ihn auf die Füße stellen, auf seine roten Turnschuhe, aber alles, was ich tun konnte, war, zu ihm rüberzustarren und mich zu fragen, warum er sich nicht rührte. Jemand rempelte mich an, stieß mich unsanft zur Seite. Bob und Yannik rannten an mir vorbei, quetschten sich dann durch die Absperrung am Brückenaufgang und suchten das Weite. Von Leon und Adrian war längst nichts mehr zu sehen. Nur Nik stand noch da und schrie den anderen irgendetwas hinterher und versuchte, sie zurückzuhalten.

Nasti saß auf der Straße, wimmerte leise vor sich hin und wiegte sich wie in Trance mit zusammengekniffenen Augen ununterbrochen vor und zurück, vor und zurück.

Und Trasher? Was war denn jetzt mit ihm? Lebte er noch? Oder war er …? Ich wollte dieses Wort nicht denken. Auf gar keinen Fall wollte ich dieses eine Wort denken. Ich hatte so viel Angst wie noch nie zuvor in meinem ganzen Leben. Noch nicht mal an dem Tag, an dem meine Mutter mir die Schuld am Tod meines Vaters gegeben hatte, hatte ich solche Angst gehabt.

Ich hatte noch nie einen Toten gesehen. Von meinem

Vater blieb mir nur die Erinnerung an einen geschlossenen Sarg.

Mit wem telefonierte Bee so lange? Wo blieben die Rettungswagen? Die Feuerwehr? Die Polizei? Warum kam denn niemand? Ich hielt es nicht länger aus und versuchte aufzustehen, griff nach dem Brückengeländer, um mich hochzuziehen, da stand plötzlich Nikolas neben mir und half mir auf die Füße. Meine Beine wollten nicht stehen bleiben, wollten wieder unter mir nachgeben, ich klammerte mich an dem Geländer fest.

»Was … was ist mit ihm?«

Nikolas schüttelte den Kopf. »Ich weiß es nicht.« Seine Stimme klang ebenfalls ganz heiser, so, als ob ihn das Sprechen unglaublich anstrengen würde. »Er atmet. Aber er ist bewusstlos. Und sein Kopf ist voller Blut. Bee hat schon einen Krankenwagen gerufen«, fügte er schnell hinzu, als er meinen entsetzten Blick bemerkte. »Wir trauen uns nicht, ihn zu bewegen. Ich weiß nicht, was mit seinem Rücken ist. Ich …« Er konnte nicht mehr weitersprechen. Der Schmerz in seinen Augen zerriss mir das Herz. Ich nickte schnell.

»Nasti«, flüsterte ich. »Ich muss nach Nasti gucken.« Ich musste mich zu jedem einzelnen Schritt zwingen. Es war, als ob mein Körper unter einer dicken Nebelschicht gefangen wäre und die Signale meines Gehirns immer erst verzögert bei ihm einträfen.

Gehen, dachte ich und dann noch einmal: *gehen*. Und erst dann liefen meine Beine langsam los. Ich kauerte mich neben Nasti auf den Boden. Sie bemerkte mich gar nicht, sondern hielt nur weiter ihren eigenen Oberkörper umklammert und wiegte ihn in einem Rhythmus, den ihr eigenes Wimmern ihr vorgab, hin und her.

»Nasti«, sagte ich leise. Ich streckte behutsam die Hand aus, unschlüssig, ob ich sie überhaupt berühren sollte, aber dann strich ich ihr vorsichtig übers Haar. »He, Nasti.« Noch einmal.

Ihr Wimmern ging in fast lautloses Schluchzen über. Ich schlang die Arme um sie und zog sie an mich. Sie presste das Gesicht gegen meine Schulter, ihre Haut war heiß und feucht, trotzdem zitterte ihr ganzer Körper, als ob sie gerade erfrieren würde, und ich konnte nichts tun, als sie im Arm zu halten und ihr wieder und wieder über den Rücken zu streicheln. In der Ferne hörte ich das Heulen einer Sirene. Endlich. Nikolas kam zu uns und hockte sich neben mich.

»Kann sie aufstehen?«, fragte er. »Wir müssen verschwinden, sie werden gleich hier sein.«

Fassungslos starrte ich ihn an. »Ihr wollt einfach abhauen?«

Er schüttelte den Kopf. »War nicht meine Idee. Mara hat gesagt, dass wir gehen sollen. Sie bleibt bei Trasher und fährt mit ihm ins Krankenhaus. Und wenn er …« Nik verstummte und presste die Lippen zusammen.

»Ja, aber …« Das Martinshorn wurde lauter und jetzt näherte sich eindeutig ein blinkendes Blaulicht dem Eisernen Steg.

»Los, kommt, worauf wartet ihr noch?« Bee kam angesprintet und zerrte an Nastis Jacke. »Wir müssen weg! Hier wimmelt es gleich von Bullen und Sanitätern.«

Ich wollte nicht weg. Es fühlte sich so falsch an, einfach

wegzulaufen und Trasher und Mara ihrem Schicksal zu überlassen. Andererseits konnten wir für Trasher im Moment ohnehin nichts tun, und Stress mit der Polizei war so ziemlich das Letzte, das ich heute noch gebrauchen konnte. Und vor allem Nasti wollte ich jetzt auf gar keinen Fall irgendwelchen überflüssigen Fragen durch die Bullen aussetzen. Der Ärger würde noch früh genug auf uns zukommen. Denn dass die Polizei irgendwann vor der Tür stehen würde, war klar. Sie waren zu weit gegangen. Viel zu weit. Und wir alle würden dafür bezahlen.

»Okay.« Ich stemmte mich hoch. Gemeinsam zogen wir Nasti auf die Füße und trieben sie in Richtung der abgesperrten Treppe. Der Krankenwagen würde von der anderen Seite kommen, sodass uns genug Zeit blieb zu verschwinden. Wir hatten das Absperrgitter fast erreicht, als mir noch etwas einfiel. Ich ließ Nasti los und schob Nikolas an ihre Seite. »Hier, hilf ihr mal, ich bin gleich wieder da.«

»Wo willst du denn jetzt hin? Wir haben keine Zeit!« Seine Angst um mich tat gut.

»Ich beeile mich. Geht einfach vor. Wir treffen uns unter der Brücke.«

Mit diesen Worten ließ ich ihn stehen und lief zurück zu der Stelle, an der Mara neben Trasher kniete. Als Mara mich kommen sah, fing sie an, mir hektisch zu winken und Zeichen zu geben, dass ich doch verschwinden sollte, aber ich lief trotzdem zu ihr und nahm sie fest in die Arme. »Bist du einigermaßen okay?«, fragte ich. Ich sah, wie ihr Mund zitterte, so als versuchte sie, etwas zu sagen, aber dann nickte sie nur unter Tränen. Ihr Anblick schnürte mir die Kehle zu.

»Danke«, sagte ich deshalb schnell. »Und viel Glück. Bitte melde dich, sobald du etwas weißt.« Mara nickte erneut. Ich warf noch einen schnellen Blick auf Trasher, sah das Blut an seinem Kopf und musste wieder würgen. Schnell stand ich auf. Dann packte ich die Klamotten von Nikolas, die immer noch fein säuberlich zusammengeräumt am Brückengeländer lagen, klemmte mir das Bündel unter den Arm und lief los. Die Sterne trieben im Wasser unter mir hindurch. Auch sie waren vom Himmel gefallen.

Die anderen warteten wie verabredet unter der Brücke. Ich konnte das Aufleuchten in seinen Augen sehen, als ich Nikolas das Bündel in den Arm drückte.

»Was machen wir jetzt?«, fragte ich, während er sich auf den Boden setzte, um seine Socken und Schuhe wieder anzuziehen.

»Wir sollten zuerst Nasti nach Hause bringen«, schlug Bee vor und wies mit dem Kopf in ihre Richtung. Sie hatten Nasti auf eine der rumliegenden Bierkisten gesetzt. Nach wie vor schien sie überhaupt nicht mitzubekommen, was um sie herum passierte. Ich dachte an Nastis Mutter, an die Hoffnung, die sie in Nastis Freundschaft mit mir setzte, und schüttelte den Kopf. »Ihre Mutter flippt aus, wenn wir sie so nach Hause bringen. Sie kann erst mal mit zu mir kommen. Meine Eltern sind übers Wochenende nicht da«, setzte ich schnell hinzu. Dann nahm ich mein Handy, riss mich zusammen, um meiner Stimme einen festen Klang zu geben, und rief Nastis Mutter an. Sie freute sich, dass wir so viel Spaß hatten, und wünschte uns einen gemütlichen Mädelsabend vor dem Fernseher. Ich bedankte mich und beendete das Gespräch, bevor sie auf die Idee kommen konnte, auch noch mit ihrer Tochter sprechen zu wollen.

Bee verabschiedete sich schon vor der Haustür, Nik half mir noch, Nasti in mein Zimmer zu bringen. Er ging zu meinem Fenster und starrte nach draußen, während ich Nasti die klammen Klamotten auszog und sie in mein Bett verfrachtete. Dann stopften wir die Bettdecke gemeinsam um Nasti herum fest, so fest es nur ging, und am liebsten hätte ich diesen Jungen genommen und wäre mit ihm auch unter eine Decke gekrochen und nie wieder hervorgekommen.

Ich wollte nicht, dass er ging. Ich wollte nicht allein sein mit den Bildern in meinem Kopf, mit den Geräuschen, mit Nastis Wimmern und meiner eigenen Angst. Ich wollte überhaupt nicht mehr allein sein. Aber Nikolas sagte, dass er nach Janosch sehen, dass er sich kümmern müsste, er würde wiederkommen, spätestens morgen, und ich klammerte mich an sein Versprechen.

Er war schon an der Tür, als mir etwas einfiel. »Warte!« Ich lief zurück zu Nastis Sachen, wühlte in ihrer Jacke und zog ihr Handy heraus. »Hier, damit ich dich erreichen kann.« Nikolas nickte, steckte es ein, drehte sich um und ging. Ich stand am Fenster, sah ihm nach und fühlte mich mit jedem Schritt, den er sich von mir entfernte, noch einsamer.

Erst als ich mich vom Fenster abwandte, mich zu Nasti umdrehte, sie noch einmal zudeckte, um dann duschen zu gehen, sah ich, dass er sein Buch vergessen hatte. *Deutsche Gedichte.* Golden leuchteten mir die Buchstaben von meinem Schreibtisch entgegen. Hatte er das Buch tatsächlich vergessen? Oder hatte er es absichtlich dort liegen lassen? Diese Frage war jetzt nicht mehr wichtig. Denn als ich aus dem Bad zurückkam, war Nasti weg. Und auf meinem Bett lag nur ein herausgerissenes Blatt:

Warte nur, balde ruhest du auch.

22

Sonntag, 13. November

Ich starre auf das Blatt in meiner Hand, dann wieder auf den Boden, wo doch eben noch Nastis Sachen lagen, dann wieder auf mein Bett. Nasti ist weg, *balde ruhest du auch*, ihre Klamotten sind weg, sie ist gegangen. Warum habe ich denn gar nichts gehört? Habe ich wirklich so lange geduscht? Es ist doch mitten in der Nacht, wo will sie denn jetzt hin? Warum hat sie die Seite aus Niks Buch rausgerissen, woher wusste sie überhaupt, dass das Buch … ich drehe mich um und sehe sofort, dass das Buch nicht mehr auf meinem Schreibtisch liegt. Verdammt.

»Nasti?« Ich reiße die Tür auf, renne auf den Flur, schreie durchs Treppenhaus: »Nasti? Bist du da unten?« Stille.

Ich haste ins Bad, wo ich meine Klamotten vorhin einfach auf den Boden geworfen habe, zerre sie hoch, steige in die Jeans, merke, dass ich meine Unterwäsche vergessen habe, fange noch mal von vorne an. Meine Beine zittern so, dass ich im Stehen überhaupt nicht in die Jeans reinkomme. Ich muss mich auf den Boden setzen, selbst dann brauche ich noch drei Anläufe. Heulend sinke ich vor dem Waschbecken in die Knie. *Reiß dich zusammen. Oder willst du nur noch heulend und kotzend hier im Bad auf dem Boden sitzen?*

Ich stehe auf und ziehe mich fertig an, dann gehe ich zurück in mein Zimmer und hole mein Smartphone. Immer noch keine Nachricht von Mara. Von Nasti auch nicht. Kurz habe ich darauf gehofft, dass sie mir irgendwas geschrieben, dass sie sich vielleicht gemeldet hat, aber dann fällt mir wieder ein, dass sie ihr Handy gar nicht dabeihat. Nikolas. Ich habe Nastis Handy doch Nikolas gegeben, bevor er gegangen ist. Sofort wähle ich Nastis Nummer. Bitte geh ran. Bitte, bitte geh ran. Aber ich erreiche nur die Mailbox.

Kurz überlege ich, eine Nachricht in die Gruppe abzusetzen, aber dann verwerfe ich diesen Gedanken wieder. Trasher liegt im Krankenhaus, Mara hat echt andere Sorgen im Moment. Die Jungs sind alle abgehauen, bleibt noch Bee. Ich scrolle durch meine Kontakte. Habe ich Bees Nummer? Sie war doch auch in der WhatsApp-Gruppe, oder nicht? Doch, da ist sie. Ich drücke auf das kleine grüne Telefon und warte. *The person you have called is temporarily not available.* Super. Ich spüre, wie mir wieder Tränen in die Augen schießen. Und überlege kurz, ob ich nicht doch besser Nastis Mutter anrufen soll. Und dann? Was soll ich ihr dann sagen?

Hallo, Frau Yefimenko, hier ist Alice, und also es ist so, Nasti kennt da einen Jungen, und der ist vorhin beim Klettern vom Eisernen Steg gestürzt, und im Moment wissen wir nicht, ob er den

Unfall überlebt hat, und heute ist Ihre Tochter mit diesem Jungen auch schon so etwa fünfzig Meter über dem Erdboden auf einem Eisenträger balanciert und auch fast abgestürzt, und jetzt geht es ihr ziemlich schlecht, und sie hat ein Gedicht auf mein Bett gelegt, das klingt … also, das klingt, als ob sie …

Ich fluche und stecke mein Handy weg. Dann falte ich das Gedicht zusammen und schiebe es in meine Hosentasche. Ich muss Nasti suchen. Muss sie finden und wieder nach Hause bringen. Eine andere Option gibt es gar nicht.

In Gedanken gehe ich die Orte durch, an denen Nasti jetzt sein könnte. Erst überlege ich, ob sie vielleicht ins Krankenhaus wollte zu Trasher, aber wir wissen ja gar nicht, in welche Klinik ihn der Krankenwagen gebracht hat. Ins Heilig Geist? Oder gleich in die Uni-Kliniken? Oder ins Unfallkrankenhaus? Es gibt viel zu viele Möglichkeiten in dieser Stadt. Bis ich die alle abgeklappert habe, hat sich Nasti vielleicht schon … ich weigere mich, den Gedanken zu Ende zu denken.

Auf jeden Fall brauche ich mein Rad. Ich schiebe die Garage auf und muss wieder an das Gedicht denken, das Nasti auf meinem Bett zurückgelassen hat. Warum hat sie das getan? Wenn sie das Buch doch mitgenommen hat, warum hat sie dann dieses eine Gedicht für mich liegen gelassen? Denn dass es für mich da lag, ist mir vollkommen klar.

Warte nur, balde ruhest du auch.

Wollte sie mir Angst machen? Was wollte sie mir mit diesem Gedicht sagen? Was zur Hölle will Nasti, das ich jetzt tun soll? Ich durchquere die Garage, dann bleibe ich mitten im Lauf stehen. Mein Rad ist weg! Da, wo es stehen sollte, gähnt mir nur eine leere Wand entgegen. Ich sehe mich um. Ralphs teures Rennrad hängt gut geschützt auf dem dafür vorgesehenen Träger an der Seitenwand. Mamas Hollandrad mit dem Einkaufskörbchen und dem bunten Sattelüberzug ist auch da. Nur mein Rad ist weg. Nasti ist einfach mit meinem Rad abgehauen.

Über allen Gipfeln ist Ruh

Über allen Gipfeln … Ruh … die Vögel schweigen im Walde.

Ich zögere nur kurz, dann hebe ich das federleichte Rennrad aus seiner Schiene – Ralph wird mich umbringen –, schwinge mich auf den Sattel und trete in die Pedale, ohne überhaupt zu wissen, welche Richtung ich einschlagen soll. Zum Glück sind die Straßen menschenleer. Ausnahmsweise. Es herrscht kaum Verkehr. Vor meinem inneren Auge erscheint Trashers Stencil, sein Zeichen, das große T, ein stilisiertes Hochhaus mit dem auffliegenden Vogel. Ist es wirklich erst einen Tag her, dass Nasti mir voller Stolz ihr neues Tattoo gezeigt hat? Ich höre wieder Adrians Stimme. *Egal wo du hinkommst, der Gecko war schon da.* Und vorhin auf der Brücke, kurz vor Trashers Sturz, was hatte er da gerufen? Irgendwas mit *lahmer Vogel* und dass er ja nicht mal den Turm schaffen würde?

Der Turm. Auf einmal ist alles ganz klar. Und ich ahne, was Nasti vorhat. Trashers größter Traum war – nein *ist*, korrigiere ich mich. Er lebt, er träumt noch – Trashers Traum *ist* der Turm. Er will sein Stencil da oben sehen. Er will es da sehen, wo der Gecko niemals hinkommen wird. Und Nasti trägt sein Zeichen, hat es sich in die Haut gestochen. Und ins Herz, denke ich. Mitten ins Herz. Und jetzt will sie dieses T mit dem flügelschlagenden Vogel auf den Turm tragen. Damit Adrian nicht recht behält. Für ihn. Für Trasher. Anders kann es gar nicht sein.

Ich reiße den Lenker rum und fahre Richtung Main. Mein Herz rast, ich atme nur noch stoßweise. Und bete zwei Gebete, die widersprüchlicher nicht sein könnten. *Bitte, bitte mach, dass ich recht habe und Nasti am Henninger Turm finde!* Und dann noch: *Bitte, bitte lass sie nicht da sein. Nicht am Turm! Lass sie nicht auf den Turm gehen!*

Als ich die Baustelle am Hainer Weg erreiche, sehe ich trotz der Dunkelheit sofort, dass zumindest eins meiner Gebete erhört worden ist. Mein Rad. Es lehnt wie vergessen an einem Container. Nasti ist hier.

Ich werfe Ralphs Rad achtlos dazu. »Nasti!«, brülle ich. Dann noch einmal: »Nasti!« Ich stolpere über die Baustelle, renne zu dem Stromverteiler, an dem Adrian seinen Aufstieg begonnen hat. Den Blick die ganze Zeit auf den Kran geheftet, versuche ich zu erkennen, ob ich sie irgendwo sehen kann, aber es ist zu dunkel, trotz der blinkenden Warnlampen kann ich nichts erkennen. Ich bete, dass sie nicht wirklich da hinaufgeklettert ist. Ich rufe, stolpere weiter, suche den Kran ab. Dann bleibt mein Fuß an einem Kabel hängen, fast wäre ich gestürzt, muss mich erst wieder fangen. Und dann entdecke ich ihn: einen kleinen Papierflieger. Fast hätte ich ihn übersehen, wäre er nicht so unglücklich gelandet, dass er wie ein winziger abgestürzter Starfighter mit der Spitze in einem kleinen Erdhügel steckt.

Wie in Trance bücke ich mich nach dem Flieger, ziehe ihn aus der Erde, sehe bedrucktes Papier, falte ihn auseinander und streiche ihn glatt. Ich zerre mein Smartphone raus, lasse das Display über dem Blatt aufleuchten, überfliege den Text und mein Herz will einfach aufhören zu schlagen.

Du musst das Leben nicht verstehen.

Nein! Ich halte inne: Ein weiterer Flieger segelt vom Himmel und dann noch einer. Alle stammen aus Nikolas' Buch.

Ich stürze los und erreiche nach wenigen Schritten den Kran. Über einer der Sprossen hängt Nastis Jacke. Warum hat sie ihre Jacke ausgezogen? Ich stürze zum Sockel des Krans, suche nach einer weiteren Nachricht. Und da ragt sie aus Nastis Jackentasche:

Wunder der Liebe
Liebe lässt sich suchen, finden,
Niemals lernen oder lehren;
Wer da will die Flamm' entzünden,
Ohne selbst sich zu verzehren,
Muss sich reinigen der Sünden.
Alles schläft, weil er noch wacht ...

Ich schnappe nach Luft. Nasti hat das Gedicht ausgewählt, das Nikolas heute vorgelesen hat. Als sie und Trasher diese dämliche gemeinsame Aktion vorbereitet haben.

Aber Mut nur kann zerbrechen,
Was die Furcht will ewig schwächen,
Die den Sinn gefangen hält.

Mut. Es ist doch kein Mut, da raufzugehen. Das ist Wahnsinn. Nichts als Wahnsinn. Plötzlich lässt ein Geräusch mich so zusammenfahren, dass ich das Blatt in meiner Hand einfach fallen lasse. Mein Handy klingelt. Ich reiße es an mein Ohr, nehme das Gespräch an, und im gleichen Moment, in dem ich mit dem Handy am Ohr nach oben schaue, sehe ich sie. »Nasti!« Ich schreie.

»Nein, ich bin's. Nikolas. Du hast mir ihr Handy …«

»Nik, Nasti, sie ist, Nik, du musst kommen, ich …« Ich bringe kein Wort heraus. Kann nur noch stammeln.

Nik versucht, mich zu beruhigen, fragt, was passiert ist, aber ich lasse mich nicht beruhigen. Ich kann nur immer weiter nach oben in den Himmel starren zu der Stelle, an der ich Nasti entdeckt habe. Sie sitzt auf dem Ausleger. Sie sitzt genau da, wo Adrian gesessen hat, bevor er fast abgestürzt wäre. Und sie wirft einen Papierflieger nach dem anderen in die Luft.

»Wo?«, fragt Nik nur, und ich bin ihm dankbar, dass er nicht lange diskutiert.

»Der Turm«, stammele ich, und dann hat er auch schon aufgelegt.

Was soll ich denn jetzt machen? Was um Himmels willen soll ich denn jetzt machen? *Ruf die Feuerwehr*, sagt eine Stimme in mir. Aber wenn sie zu spät kommen? Wenn Nasti vorher springt? Wenn wieder alles zu spät ist, weil ich hier stehe und zugucke? Weil wir alle einfach immer nur zugucken.

Die Angst lähmt mich. Die Angst hat mich immer gelähmt. Die Angst vor dem grauen Mann mit den leeren Augen. Die Angst vor den weißen Wänden, den weißen Möbeln und die Angst vor dem weißen Blatt Papier, auf das ich doch schöne Bilder malen sollte.

Später dann die Angst vor dem schwarzen Auto, die mich manchmal minutenlang vor unserem Haus festgehalten hat wie zäher Leim. Die Angst vor dem Türenschlagen und dem Schreien und Toben in der Nacht. Die Angst vor den Migräneattacken meiner Mutter. Die Angst davor, allein zu sein, die Angst, meine Freundin zu verlieren. Alles in mir ist Angst. Eine riesige abgrundtiefe Angst, die mich einhüllt wie Beton, hart werden lässt und unbeweglich, dass man nur noch zugucken kann und nichts tut. Gar nichts tut.

Ein weiterer Flieger segelt vom Himmel. Und da begreife ich.

Aber Mut nur kann zerbrechen,
Was die Furcht will ewig schwächen ...

Und ich zerre meine Jacke runter, hänge sie neben Nastis Jacke, greife die erste Sprosse und fange an zu klettern.

23

Das Metall ist eisig. Sofort schießt die Kälte in meine Finger, lässt sie steif werden, und ich muss mich konzentrieren, um mich überhaupt noch festhalten zu können. An Handschuhe hatte ich überhaupt nicht gedacht. Ich greife die nächste Sprosse, setze den Fuß auf die nächste Stufe, meine Beine zittern. Nicht nach unten gucken, auf gar keinen Fall nach unten gucken. Sieh nach vorne, guck immer nur auf den nächsten Schritt.

»Nasti?!«, ich rufe noch einmal, aber höre dann auf damit, meine Stimme ist sowieso nur noch ein Krächzen, und Nasti reagiert nicht. »Ich komme, Nasti«, flüstere ich, »bitte, bitte warte auf mich, ich komme.«

Greifen, hochziehen, Fuß nachsetzen, dann den anderen Fuß, die andere Hand. Greifen, der Schmerz in meinen Fingern sticht wie tausend Nadeln, meine Füße werden langsam taub. Es ist eisig hier oben. Greifen, hochziehen, kurz schaue ich nach unten, sofort dreht sich alles in meinem Kopf und

Übelkeit steigt in mir auf. Ich schlucke und schlucke, kneife die Augen für einen Moment zusammen, richte den Blick dann wieder nach vorn. Nicht zurückgucken. Nicht nachdenken. Klettern. Meter für Meter. Endlich erreiche ich die Stelle, an der die erste Verankerung eine Verbindung zum Turm geschaffen hat. Eine Verbindung aus Stahl und Eisen, auf der Nasti sitzt mit einem Buch auf dem Schoß, aus dem sie Seite um Seite herausreißt.

Ich will sie rufen, aber ich habe Angst, sie zu erschrecken.

»Nasti«, flüstere ich. Dann noch einmal: »Nasti.« Sie hört mich nicht. Ich muss zu ihr rüber. Muss verhindern, dass sie springt.

Ich kann das nicht. Ich kann nicht über dieses Ding gehen. Tränen laufen mir übers Gesicht. Brennen auf meiner Haut. Mit Armen und Beinen klammere ich mich an den Kran, unfähig, mich zu bewegen, unfähig, auch nur einen einzigen Millimeter weiterzuklettern, loszulassen und die noch einigermaßen sicheren Sprossen zu verlassen. *Nasti, bitte guck zu mir rüber*, bete ich, *bitte, bitte, sieh mich an*. Nasti schickt den nächsten Flieger auf seine Reise. Dann hebt sie den Kopf. Sieht mich. Reißt die Augen auf, öffnet den Mund zu einem stummen Schrei, das Buch oder das, was noch davon übrig ist, rutscht ihr aus den Händen, sie will danach greifen, fasst ins Leere, wankt kurz.

Nein!

Sie lässt das Buch fallen und hält sich wieder an dem Träger fest, den Blick dabei die ganze Zeit auf mich gerichtet.

»Was willst du hier?« Obwohl ich sehe, dass sie schreit, kann ich sie kaum verstehen, der Wind schluckt die Geräusche, ich klammere mich weiter an den Kran und kann mich nicht bewegen.

»Komm zurück!«, flehe ich. »Bitte komm zu mir zurück!«

Sie schüttelt den Kopf. Sagt etwas, das ich nicht hören kann.

»Warum nicht?« Jetzt schreie auch ich. Und dann fange ich an loszulassen, krieche ein Stückchen weiter auf den Ausleger zu, vielleicht kann ich auf dem Bauch zu ihr robben, ich muss zu ihr, ich muss irgendwie zu Nasti und sie da runterholen. Ich lasse los und greife nach dem Träger.

»Nein! Warte!« Jetzt höre ich sie. Zu spät. Ich hänge schon halb auf dem Träger, halb noch im Kran, klammere mich mit den Armen um das eisige Metall, die Kälte strömt durch meinen Körper. Wenn ich mich jetzt nicht bewege, friere ich fest, schießt es mir durch den Kopf, aber ich kann nicht. Meine Arme und Beine gehorchen mir nicht mehr, ich kann mich nicht mehr rühren, mich nie wieder bewegen, alles in mir ist Eis. Jetzt sehe ich, dass auch Nasti weint, sehe die Tränen auf ihrem Gesicht, wie kleine Kristalle glitzern sie, und ich denke an die Sterne im Fluss. Kurz wundere ich mich darüber, dass selbst im Traurigen so viel Schönheit verborgen liegt. Dann endlich höre ich sie.

»Bleib, wo du bist! Ich komme zu dir!«

Nasti hat sich zu mir umgedreht, sie steht nicht auf, sie sitzt auf dem Träger, aber sie hat jetzt die Beine rechts und links um den Träger geschlungen und schiebt sich in meine Richtung. So wie Trasher es ihr heute gezeigt hat, denke ich. Zentimeter für Zentimeter rutscht sie im Sitzen auf mich zu.

Und ich halte sie fest. Mit meinen Augen halte ich sie auf dem Träger fest. Verhindere, dass sie den Blick abwendet, sorge dafür, dass sie nur mich sieht und den Kran und Stück für Stück näher kommt.

Endlich ist sie bei mir. Sie klammert sich weiter mit den Beinen fest, beugt sich nach vorn und schlingt ihre Arme um meinen Oberkörper, der auf dem Träger liegt und zittert.

Obwohl ich sie so gerne auch umarmen möchte, schaffe es nicht, mich zu bewegen. Nasti schiebt sich noch näher an mich, dann fasst sie erst meine Arme, dann meine Hände, löst sie behutsam von dem Träger.

»Halt dich an mir fest«, flüstert sie, richtet mich auf, ein Stück nur, aber ich schlinge meine Arme um ihren Bauch. »Gut so«, flüstert sie, »und jetzt setz den linken Fuß ein Stück zurück.«

Vorsichtig taste ich mit dem linken Fuß, spüre nur Leere, klammere wieder fester.

»Ein Stückchen nach rechts.« Nasti korrigiert, ich schiebe den Fuß nach rechts, spüre einen Widerstand und stemme ihn hinein.

»Gut«, flüstert Nasti, rutscht ein Stück nach, schiebt mich mit sich. »Jetzt den rechten Fuß.« Ich suche mit dem rechten Fuß den Halt, den sie mir gibt. »Und jetzt lass los, greif zur Seite, da ist die Leiter.«

Sie schiebt mich in eine aufrechtere Position. Ich will nicht loslassen, aber sie greift wieder sanft nach meinen Händen und löst sie von ihrem Körper; ich suche, taste durch die Luft, fasse auf Metall und halte mich fest. Ich hänge wieder am Kran. Nasti lächelt mich unter Tränen an, dann greift sie nach dem Träger unter sich. Und rutscht einen halben Meter zurück.

Zurück?

»Nein!« Ich schreie. »Nasti, nein! Bleib hier!«

Sie lächelt, schüttelt den Kopf. Dann richtet sie sich auf, greift in ihre Jeans und zieht etwas hinaus. Einen Stift. Einen dicken schwarzen Edding. Und dann malt sie ein T auf den Träger. Ich kann es nicht sehen, aber ich weiß es genau. Einen breiten senkrechten Balken, breit wie ein Hochhaus oder ein Turm, darüber ein stilisierter Vogel, der seine Flügel ausbreitet und davonfliegt.

Nasti lässt den Stift fallen und lächelt mir zu.

Dann breitet sie die Arme aus, wirft den Kopf in den Nacken …

Ich fange erst wieder an zu atmen, als sie am Kran angekommen ist. Ich will sie umarmen, will sie festhalten und nie wieder loslassen, aber ich muss ihr Platz machen, damit sie von diesem Ding runterkommen und mit mir nach unten klettern kann. Vorsichtig taste ich mit dem Fuß nach der nächsten Sprosse, finde sie, steige nach unten, greife nach, jetzt der andere Fuß, dann die andere Hand. Nasti ist über mir, steigt jetzt auch nach unten. Meter für Meter nähern wir uns dem Boden. Ich spüre meine Finger nicht mehr, mein ganzer Körper ist steif vor Kälte. Ich löse den rechten Fuß, schiebe ihn wieder ein Stück nach unten, trete ins Leere, für einen Moment hänge ich in der Luft, mein Herzschlag setzt aus.

»Ein Stück weiter nach rechts!« Nikolas. Mein Herz fängt

wieder an zu schlagen. Das Eis in mir taut, mein Körper gehorcht mir wieder.

Ich lege die letzten Meter zurück, diesmal rutsche ich nicht mehr ab, trete nicht mehr ins Leere, und endlich umfangen mich zwei Arme, ziehen mich auf den festen Boden und halten mich, während wir gemeinsam auf Nasti warten. Als sie die letzte Sprosse erreicht hat, berühre ich Nik kurz am Arm, er versteht sofort und lässt mich los und dann stürze ich zu Nasti. Tränen laufen ihr über das Gesicht und auch ich weine wieder und dann halten wir uns nur noch fest.

»Ich habe es verstanden«, schluchzt sie. »Ich habe es endlich verstanden.« Ich nicke.

»Ich auch«, flüstere ich.

»Ich hatte so viel Angst.«

Ja. Ich weiß.

»Ich hatte Angst, ihn zu verlieren.«

Ich nicke wieder. *Und ich hatte Angst, dich zu verlieren.* Aber ich spreche diesen Gedanken nicht aus.

»Ich dachte, wenn ich ihm beweise, dass ich alles für ihn tun würde, dann muss er mich lieben.«

»Es geht nicht darum, jedem zu beweisen, dass du keine Angst hast«, flüstere ich.

Nasti nickt. »Trasher hat das nur einfach nicht kapiert.«

Sie zieht die Nase hoch. »Die ganze Zeit hat er versucht, allen zu beweisen, wie mutig er ist. Weil er nämlich viel zu feige war zuzugeben, was für 'ne Scheiß-Angst auch er eigentlich hatte. Davor, allein zu sein und nicht geliebt zu werden. Er hätte es einfach nur zugeben müssen. Das wäre mutig gewesen.«

»Ich weiß«, sage ich leise. Und denke an meine Angst vor so vielen Dingen und daran, wie ich immer wieder versucht habe, diese Angst zu betäuben, statt mich ihr zu stellen.

Nasti guckt mich an. Ihr Gesicht glänzt vor Tränen.

»Trasher? Ist er … hast du … hat Mara sich …?«

Ich will gerade den Kopf schütteln, als Nikolas zu uns kommt.

»Hat sie«, sagt er. »Kurz bevor ich hier angekommen bin. Sie flicken ihn wieder zusammen.«

Mit einem leisen Aufschrei fliegt Nasti ihm in die Arme. Über ihre Schulter hinweg lächelt Nik mir zu und ich grinse zurück. Ich stehe einfach nur da und fühle die Wärme, die sich in mir ausbreitet, die mich auftaut, betrachte den Jungen, der meine beste Freundin festhält. Er hat mir ein Stück vom Himmel geschenkt, denke ich.

Dann reiche ich ihm den Flieger, den ich vorhin gefunden und in meine Tasche gesteckt hatte.

Du musst das Leben nicht verstehen.

»Dann wird es werden wie ein Fest«, ergänze ich. Niks Augen leuchten.

Nasti löst sich aus seinen Armen und schaut uns an. »Können wir zu ihm fahren? Bitte. Ich muss unbedingt mit ihm sprechen.«

Dann dreht sie sich noch einmal zu Nikolas um. »Das mit deinem Buch tut mir leid. Aber weißt du, was mir aufgefallen ist?« Sie grinst. »Rilke fliegt viel besser als Goethe.«

Epilog

Noch nie war er den Sternen so nah. Sie ziehen unter ihm hinweg und immer kommen neue Sterne nach, verschwinden kurz unter der Brücke, tauchen auf der anderen Seite wieder auf, ein unendlicher glänzender Reigen.

Einen Moment noch schaut er ihnen nach, dreht sich um und betrachtet die Skyline.

Die hell erleuchteten Türme. Er legt den Kopf in den Nacken, sieht die Eisenträger über sich, den griechischen Schriftzug, betrachtet die Kamera in seiner Hand, drückt den Aufnahmeknopf und … wirft.

Er wartet nicht auf das kurze Platschen, mit dem die Kamera in dem schwarzen Fluss versinkt. Es ist vorbei. Er wendet den Rollstuhl und fährt zurück zu den anderen, die am Aufgang der Brücke stehen und auf ihn warten.

Auf einem Smartphone leuchtet ein Display auf, dann ein Film.

Ein schwarzes T auf weißem Hintergrund. Ein breiter

senkrechter Balken, darüber ein stilisierter Vogel. Und dann breitet der Vogel seine Schwingen aus und fliegt davon. Es bleibt ein schwarzes Flimmern. Sonst nichts. Und ein Schriftzug:

DIESER YOUTUBE-KANAL WURDE VOM BETREIBER GELÖSCHT.

Jutta Wilke, geboren 1963, arbeitete einige Jahre als Anwältin, hängte später aber die Robe endgültig an den Nagel, um nur noch das zu machen, was sie sowieso am besten kann: Geschichten erzählen.

Da sie von Schranken aller Art nichts hält, sondern mehr dafür ist, öfter mal fröhlich aus der Reihe zu tanzen, kennt sie auch beim Schreiben keine Grenzen. Sie schreibt ihre Bücher genauso gerne für Kleine, Mittlere und ganz Große. Jutta Wilke arbeitet und lebt mit ihrer Familie in Hanau.

Nikola Huppertz
Mein Leben, mal eben
256 Seiten. Klappenbroschur
ISBN 978-3-649-66990-6
Auch als **@book** erhältlich:
ISBN 978-3-649-62331-1

Anouk will ihr Leben ändern: Ab sofort wird sie NORMAL, hört Popmusik wie die andern und spielt Computerspiele. Doch ihr Steinzeit-Laptop lädt das blöde Game einfach nicht, und während sie wartet, hämmert Anouk ihre »Memoiren« in die Tastatur: Über MaMi und Matrix, ihre Mütter; über ihren Rocker-Vater; und über Lore, die neu in der Klasse ist. Außerdem soll Anouk einen Songtext für Moritz schreiben, der aber leider auch dieses Unnormal-Gen hat …

Ortwin Ramadan
Glück ist was für Anfänger
352 Seiten. Gebunden
ISBN 978-3-649-61765-5
Auch als **@book** erhältlich:
ISBN 978-3-649-62516-2

»Das Schicksal hat mich um mein Leben betrogen! So sieht's aus.« Maximilian knallte sein Glas auf den Tisch.
Oleg zuckte nur mit den Schultern. »Immerhin hattest du mal ein Leben. Ich hatte nie eins. Bis jetzt jedenfalls.«

Oleg und Maximilian kommen aus zwei verschiedenen Welten. Oleg ist gerade von der Schule geflogen und schlägt sich mit miesen Jobs durch, während Maximilian als Erbe einer Bankiersfamilie in einer großen Villa aufgewachsen ist. Aber die beiden Jungen verbindet doch eins: ihre unbändige Wut aufs Leben! Denn Maximilian hat bei einem schweren Unfall seine Eltern verloren und sitzt im Rollstuhl. Nach einem missglückten Einbruch muss Oleg plötzlich nach Maximilians Pfeife tanzen. Bis er auf einem völlig verrückten Bootstrip erfährt, was Maximilian wirklich mit ihm vorhat …